Jeannine Molitor wurde 1998 in Mutlangen geboren. Sie entdeckte früh ihre Liebe zu Büchern und schrieb bereits im Grundschulalter erste fantastische Kurzgeschichten. Derzeit lebt sie mit ihrem verrückten Kater im Landkreis Schwäbisch Hall und arbeitet an weiteren Geschichten, die in ferne Welten entführen und das Herz höherschlagen lassen sollen.

JEANNINE MOLITOR

MORD IM SCHOTTENROCK

Erstausgabe Februar 2025

Copyright © 2025 dp Verlag, ein Imprint der
dp DIGITAL PUBLISHERS GmbH
Made in Stuttgart with ♥
Alle Rechte vorbehalten

Mord im Schottenrock

ISBN 978-3-98998-935-1
E-Book-ISBN 978-3-98998-612-1

Covergestaltung: ArtC.ore-Design / Wildly & Slow Photography
Umschlaggestaltung: ARTC.ore Design
Unter Verwendung von Abbildungen von
shutterstock.com: © oxinoxi, © marcel laznicka, © Art Stocker
Firefly: © Christin Peulecke
Lektorat: Daniela Guse
Satz: dp DIGITAL PUBLISHERS GmbH
Druck und Bindung: Books on Demand GmbH, Norderstedt

Für Ben,
weil ich es liebe dein Döpp zu sein <3 (und du das Buch
spätestens jetzt wirklich lesen musst :D)

1

Langsam ließ Mina den Brief in ihrer Hand sinken, nachdem sie ihn schon wieder durchgelesen und eine halbe Ewigkeit lang angestarrt hatte. Diese Prozedur hatte sie in den vergangenen Tagen so oft wiederholt, dass das Papier vom Falten ganz zerknittert war.

Dabei handelte es sich um das Schreiben eines Notars aus Schottland. Als sie ihn erhalten hatte, glaubte sie zunächst, dass ein Fehler vorlag. Doch nach einem kurzen Telefonat mit ihrer Großmutter erfuhr sie, dass der Brief offenbar seine Richtigkeit hatte. Auch wenn diese alles andere als begeistert davon war.

Jedenfalls war Mina nun auf dem Weg nach Schottland. Genauer gesagt in das kleine Dorf Green Hill, um an der Testamentsverlesung ihrer Großtante Poppy teilzunehmen, von der Mina eine Woche zuvor zum ersten Mal gehört hatte. Ihre Großmutter war bei der Erwähnung von Poppys Namen beinahe wie ein Knallfrosch in die Luft gegangen. Irgendetwas schien zwischen den beiden Frauen vorgefallen zu sein, doch Minas Großmutter hatte sich strikt geweigert, auch nur ein weiteres Wort darüber zu verlieren.

Es war ein seltsames Gefühl, London und ihr kleines Studentenzimmer, wenn auch nur für wenige Tage, hinter sich zu lassen, um nach Schottland zu fahren. Durch Zufall fiel die Verlesung des Testaments in ihre

Semesterferien, weswegen sie beschlossen hatte, die Reise anzutreten. Auch wenn sie sich unsicher war, warum ihre Großtante Poppy laut dem Notar schriftlich ausdrücklich darauf bestanden hatte, dass Mina persönlich kam. Vor allem, nachdem ihre sonst so lebenslustige, etwas verrückte Großmutter so heftig reagiert hatte – die gerade wohlgemerkt Cocktail schlürfend auf einem Kreuzfahrtschiff im Mittelmeer herumschipperte. Doch den Grund für die Einladung des Notars würde sie früh genug erfahren.

Die Anreise nach Green Hill gestaltete sich deutlich schwieriger, als Mina angenommen hatte. Das lag vor allem daran, dass die Zugverbindung vom Flughafen in Edinburgh in das kleine Dörfchen quasi nicht vorhanden war. Lediglich zu einem Bahnhof in der Nähe, von dem aus sie nach mehreren Fehlschlägen und der Nutzung zwei verschiedener Buslinien es tatsächlich geschafft hatte und nun vor dem B&B zum Stehen kam, das ihr Zuhause für die nächsten zwei Tage war.

Sie schaffte es gerade einmal, die Fußmatte zu betreten und einen Blick auf den Willkommensspruch an der Tür zu werfen, der ihr in großen, grellen Lettern förmlich entgegensprang, als diese schon aufgerissen wurde. Mina setzte vor Schreck einen Schritt zurück und stolperte dabei fast über ihren Koffer.

»Hallo aber auch!«, rief ihr die Frau in der Tür entgegen. Sie trug eine dunkelgrüne Gartenhose mit Trägern, ähnlich einer Latzhose, verschmutzte, neonpinke Gummistiefel und gelbe Arbeitshandschuhe. Auf ihrer großen Nase saß eine noch größere rote Brille mit offenbar so starken Gläsern, dass ihre Augen dadurch aussahen, als würden sie gleich aus ihren Höhlen springen. Mina schätzte sie auf etwa Anfang sechzig. »Du musst Mina Abbott sein. Die Studentin aus London, die wegen Poppys Testamentsvorlesung hier ist, richtig? Das ist wirklich eine Sache. Poppy war eine so aufgeweckte, fitte Frau. Sie war ja kaum vier Jahre älter als ich. Ich jedenfalls hätte nicht gedacht, dass sie so früh sterben wird. Obwohl mir inzwischen erzählt wurde, dass da gesundheitlich doch nicht so alles im grünen Bereich war. Wie auch immer. Am Ende danken wir sowieso alle ab, nicht wahr?«

Mina blinzelte mehrere Male. Ihr Mund klappte auf und wieder zu, aber ihr wollte kein einziges Wort über die Lippen kommen. Zu baff war sie über diesen Redefluss und die unverblümte Art der Frau. »Ja, ich ... ähm ... bin Mina«, brachte sie schließlich hervor.

»Freut mich, ich bin Ellison. Mir gehört das B&B.« Sie machte eine ausladende Geste, bevor sie Mina ihre Hand entgegenstreckte. Diese zögerte, den Händedruck entgegenzunehmen, woraufhin Ellisons Blick von der jungen Studentin zu ihrer eigenen Hand wanderte. »Oh pardon.« Rasch zog sie den verdreckten Gartenhandschuh aus und streckte Mina abermals die Hand entgegen, die sie dieses Mal entgegennahm.

»Freut mich auch.«

»Dann komm mal rein in die gute Stube. Ich führe dich rum und zeige dir dein Zimmer.« Ellison drehte sich schwungvoll um, wodurch sich Dreckklumpen von ihren Gummistiefeln lösten, und trat in das Häuschen. »Hier ist das Empfangszimmer, wenn du so willst.« Sie schmunzelte über ihren eigenen Scherz, denn das »Empfangszimmer« war bestenfalls ein etwas zu groß geratener Flur, der gerade einmal Platz für einen kleinen Tresen mit Stuhl und ein bis zwei Gästen mit Gepäck bot.

Mina folgte Ellison rechts den Flur entlang, von dem mehrere Türen abgingen. Hinter der ersten Tür lag die kleine Küche, in der die B&B-Besitzerin morgens das Frühstück für ihre Gäste zubereitete und direkt daneben ein Raum, in dem dieses eingenommen werden konnte.

»Ich bin nicht so der Mensch für fixe Uhrzeiten, wie es in Hotels üblich ist«, gab Ellison mit einem breiten Grinsen zu. »Aber normalerweise ist ab halb acht das Frühstück fertig. Falls du morgens gerne Rühr- oder Spiegelei essen möchtest, sag mir gerne Bescheid. Das wird dann natürlich frisch gemacht.«

Mina nickte. »Das klingt gut, danke.« Ihre Stimme klang ein wenig hohl. Sie glaubte nicht, dass sie vor der Testamentsverlesung auch nur einen Bissen herunterbekommen würde.

Als hätte Ellison ihre Gedanken gelesen, blieb sie stehen und sah Mina mit etwas schräg gelegtem Kopf an. »Wegen eines Todesfalls kommen zu müssen, ist für den Appetit bestimmt nicht unbedingt zuträglich. Aber du kannst mir glauben, wenn ich dir sage, dass es deutlich besser ist, nicht mit leerem Magen hinzugehen.« Ellison drehte sich um, wodurch es Mina erspart blieb, darauf zu antworten. Sie hätte ohnehin nicht gewusst, was sie hätte sagen sollen.

»Das ist das Kaminzimmer.« Ellison öffnete die Tür zum letzten Raum neben der Holztreppe etwas zu schwungvoll, wodurch diese gegen die Wand krachte. Doch das schien sie nicht zu kümmern. »Jeder Gast ist herzlich dazu eingeladen, sich abends hier zurückzuziehen und ein Gläschen Scotch mit mir zu trinken. Oder auch zwei, wenn nötig.« Sie lachte leise und wandte sich wieder ab. »Aber jetzt zeige ich dir dein Zimmer. Du möchtest dich bestimmt ein wenig ausruhen nach der Anreise.«

»Sie haben ja keine Vorstellung«, rutschte es Mina heraus, als sie an die stundenlange Anreise im Flugzeug, dem Zug und letztendlich in den Bussen zurückdachte.

»Bitte nenn mich Ellison. Wenn ich gesiezt werde, fühle ich mich so alt, wie es auf meiner Geburtsurkunde steht. Und ich bin mir bis heute sicher, dass da ein Fehler vorliegt.«

Mina schmunzelte. Die B&B-Besitzerin hatte etwas Schrulliges an sich. Auch wenn Ellison sehr unverblümt daherredete und Mina damit zuerst abgeschreckt hatte, schien sie doch eine herzliche und humorvolle Frau zu sein.

Sie gingen zu der Holztreppe, die nach oben zu den Gästezimmern führte. Unter jedem von Minas Schritten ächzte das Holz – und sie auch, da sie für die zwei Tage in Schottland eindeutig zu viel Kram eingepackt hatte. Inzwischen hatte sie das mehrfach bereut, konnte nun aber nichts mehr daran ändern.

»Das hier ist dein Zimmer.« Ellison zog einen Schlüssel aus der Seitentasche ihrer Gartenhose, schloss die Tür auf und überreichte diesen dann Mina. »Fühl dich wie zu Hause. Falls dir irgendetwas fehlt, sag mir Bescheid. Du findest mich in den allermeisten Fällen im Garten.« Ellison deutete vielsagend an ihrer Kleidung herunter. »Und wenn du magst, kannst du mir heute Abend gerne Gesellschaft im Kaminzimmer leisten.«

»Danke für das Angebot, vielleicht komme ich darauf zurück.«

Ellison nickte lächelnd und verließ dann mit einem letzten Abschiedsgruß das Zimmer, worauf Mina sofort die Tür zustieß und sich auf das Bett fallen ließ. Ihr Kopf hatte kaum das Kissen berührt, als sie auch schon einschlief.

***

Ein lautes Rumpeln weckte sie auf. Durch die gelben Vorhänge drang nur schwaches Licht ins Zimmer, was Mina verriet, dass einige Stunden seit ihrer Ankunft vergangen sein mussten. Sie setzte sich auf und lauschte.

Sie erkannte eine männliche Stimme im Flur. Vermutlich war trotz der späten Stunde ein weiterer Gast angekommen und bezog das Zimmer neben ihrem. Wieder war ein lautes Geräusch zu hören. Doch dieses Mal handelte es sich um kein Poltern, sondern um Minas Magen, der lautstark nach etwas Essbarem verlangte.

Mit einem Seufzen auf den Lippen schob sie die Decke zurück und stand auf, um hinunterzugehen. Vielleicht konnte sie Ellison Toast und etwas Käse abschwatzen, um zumindest eine Kleinigkeit in den Bauch zu kriegen.

Mina fand sie, ein Buch lesend, im Kaminzimmer. Das Feuer prasselte und verbreitete eine angenehme

Wärme im Raum. Links neben dem Kamin war ein großes Regal aus dunklem Holz, in dem sich die verschiedensten Bücher befanden. Von Fachbüchern zur Gartenpflege bis hin zu Romanen war alles vertreten. Als sie nähertrat, drehte Ellison sich mit einem Lächeln zu ihr um.

»Ah, sie ist doch noch unter den Lebenden«, witzelte sie. »Du hast bestimmt Hunger. Lass uns in der Küche mal nachsehen, was der Kühlschrank so hergibt.« Bevor Mina irgendetwas erwidern konnte, hatte Ellison ihr Buch mit »100 Tipps für den perfekten Garten« zur Seite gelegt und war aufgesprungen.

»Danke, das ist sehr lieb von dir«, sagte Mina, während sie versuchte, mit der älteren Frau mitzuhalten – und das war zugegeben gar nicht so einfach.

»Nichts zu danken. Es ist tatsächlich ein schwierigeres Unterfangen an diesem Ort an etwas Essbares zu kommen. Die Supermärkte sind im Nachbarort. Der Dorfladen hat bereits geschlossen und es gibt in Green Hill nur ein einziges Restaurant und unter uns gesagt, ist das Wenigste von der Karte genießbar. Da ist London etwas völlig anderes.« Ellison trat an den Kühlschrank und warf einen prüfenden Blick hinein. »Was hältst du von Spaghetti mit Tomatensoße? Damit kann man wohl nicht allzu viel falsch machen.«

»Mach dir bitte keine Umstände. Mir würde ein Käsetoast reichen.«

Schwungvoll drehte Ellison sich zu Mina um und sah sie mit großen Augen an – und das musste etwas heißen, da diese durch ihre Brillengläser ohnehin denen eines Koboldmakis Konkurrenz machten. »Papperlapapp, das kommt nicht infrage. Du warst den ganzen Tag unterwegs und brauchst jetzt etwas Richtiges.«

Minas Wangen wurden heiß, doch sie brachte ein Lächeln zustande. »Spaghetti mit Tomatensoße klingt wunderbar, vielen lieben Dank.«

Ellison war wirklich freundlich und schien dieses B&B mit vollem Herzblut zu führen. Zumindest war Mina noch in keinem anderen Hotel oder Gasthaus gewesen, in dem sie so umsorgt worden war. Aber das gehörte scheinbar zu Ellisons Art. Sie war ihren Gästen nahe und ihr schien es ein Anliegen, dass alle rundum glücklich und zufrieden waren.

Vor sich hin lächelnd, ließ sie die Spaghetti aus der Verpackung in das kochende Wasser rutschen. Nebenbei bereitete sie die Soße vor. Es dauerte nur wenige Minuten, bis sich ein wunderbarer Duft in der Küche ausbreitete und Minas Magen einen Hüpfer vor Freude machte.

Ellison befüllte zwei große Teller und nickte in Richtung der Tür. »Komm, wir essen im Kaminzimmer. Da ist es gemütlicher.«

Sie stellten die Teller auf dem Tischchen ab und ließen sich auf die roten Samtsessel vor dem Feuer sinken. Mina bedankte sich abermals bei Ellison für das Abendessen, die jedoch nur abwinkte. »Das mache ich gerne. Und wie gesagt, nach dieser langen Anreise brauchst du etwas Ordentliches im Bauch.« Sie seufzte. »Auch in Hinblick auf morgen. Ein solches Ereignis ist nicht einfach«, sagte sie und lenkte so das Gespräch abermals auf die Testamentsverlesung.

Mina hatte damit nicht gerechnet und schluckte hastig herunter. *Zu* hastig. Sie verschluckte sich prompt an einer Nudel und verfiel in einen Hustenanfall, der sie ordentlich durchschüttelte. Mit knallrotem Gesicht griff sie nach dem Wasserglas, das Ellison ihr geistesgegenwärtig entgegenhielt und trank mehrere tiefe Schlucke.

»Danke«, brachte sie mit rauer Stimme hervor.

»Poppy war wirklich eine eigentümliche Person«, setzte Ellison das Thema nahtlos fort. Dabei betrachtete sie Mina mit wachem Blick. Als würde sie auf eine weitere Reaktion warten.

»Du kanntest Poppy also?«

Ellison lachte auf, wodurch sich die Falten um ihre Augen und Mundwinkel herum verstärkten. »Oh Kindchen, Green Hill ist ein Dorf. Wenn es noch eine Unterkategorie des Begriffes Dorf gäbe, wäre dieses Örtchen vermutlich ganz unten auf der Liste. Hier kennt jeder jeden und nichts bleibt für länger ein Geheimnis. Die Leute sind verflucht neugierig, da hier nicht allzu viel passiert.«

»Ich habe vergangene Woche, als ich den Brief des Notars bekommen habe, zum ersten Mal von ihr gehört«, gab Mina zu und rutschte dabei auf dem Sessel herum. Es war ihr unangenehm, von ihrer Großtante zu ihren Lebzeiten noch nicht einmal gewusst zu haben. Auch wenn es laut ihrer Großmutter dafür scheinbar einen triftigen Grund gab, den sie ihr aber nicht erzählen wollte.

Ellison nickte verständnisvoll. »Das muss eine ...« Sie suchte nach dem richtigen Wort und zuckte schließlich mit den Schultern, als würde sie sich damit geschlagen geben, dass ihr kein Besseres einfiel. »... Überraschung gewesen sein.«

»Das kann man so sagen. Aber wenn du sie kanntest«, setzte Mina an, »kannst du mir dann etwas über sie erzählen?« Ellisons Augenbrauen schossen in die Höhe, worauf Mina schnell wieder zurückruderte. »Ich meine, nur als Vorbereitung für morgen. Damit ich weiß, wer sie war und ... womit ich es zu tun bekomme.«

Ellisons Blick wurde weicher. Sie nickte verständnisvoll und stellte ihren inzwischen leeren Teller auf dem Tischchen ab. »Dafür brauch ich erst mal einen Scotch. Auch einen?«

»Gerne«, erwiderte Mina. Vielleicht beruhigte das ihre Nerven ein wenig. Denn je näher die Testamentsverlesung rückte, desto angespannter wurde sie.

Die ältere Dame stand auf und füllte zwei Gläser mit der bernsteinfarbenen Flüssigkeit. Eines davon reichte sie Mina und aus dem Zweiten trank sie sofort einen großen Schluck. »Wie gesagt, Poppy war wirklich eine eigentümliche Frau. Sie war immer sehr ... breitgefächert interessiert. Sie hat sich wie ich für die Gartenarbeit begeistert und an demselben Wettbewerb teilgenommen. Und, wie ich zu meinem Leidwesen gestehen muss, Jahr für Jahr gewonnen.« Ellison rollte mit den Augen, doch ihre Lippen umspielte ein kleines Lächeln, als müsste sie ihrer Konkurrentin dafür immer noch Respekt zollen. »Aber was wir alle nie verstanden haben, ist, dass sie sich für diese seltsamen Supermänner interessiert hat.«

Mina blinzelte mehrmals. »Supermänner?«, wiederholte sie und richtete sich dabei in ihrem Sessel auf.

»Ach, du weißt schon. Diese seltsamen Männer in ihren noch seltsameren, engen Anzügen, die mich persönlich ja an die Strumpfhosen im Ballett erinnern.« Ellison wedelte mit der freien Hand herum und nahm dann einen weiteren Schluck Scotch. »Deshalb hat sie ihren dicken roten Kater auch Mr. Marvel genannt.«

Mina konnte nicht anders, als bei dem Katzennamen laut aufzulachen. »Poppy muss wirklich eine Persönlichkeit gewesen sein. Aber ihre Liebe zu Comicfiguren teile ich leider nicht. Damit konnte ich nie etwas anfangen.«

»Darauf stoßen wir an«, erwiderte Ellison und erhob ihr Glas.

Mina stieß mit ihrem dagegen, wodurch ein leises Klirren den Raum erfüllte. Damit fiel der Startschuss für einen wirklich gemütlichen Abend, mit teils lustigen, teils skurrilen Geschichten über Poppy, die übrigen Bewohner Green Hills – und etwas zu viel Scotch. Die Aufregung vor der Testamentsverlesung jedenfalls floss wie ein Rinnsal stetig aus Minas Körper, bis sie gar nicht mehr daran dachte.

Zumindest nicht, bis ihr Wecker sie am nächsten Morgen unsanft aus dem Schlaf riss und Mina mit dem Aufschlagen ihrer Augen wieder bewusst wurde, wofür sie eigentlich hier war. Die Nervosität kehrte mit einem Schlag zurück.

2

Mina stand vor der Tür des Notariats – und sie war nicht die Einzige, die etwas zu früh dran war. Eine Dame, sie schätzte sie auf Mitte siebzig wartete ebenfalls vor dem roten Backsteingebäude. Auffällig war, dass die Frau eine Box bei sich trug, aus der immer wieder ein leises Miauen zu hören war. Ob sie sich in dem Gebäude täuschte und eigentlich zu einem Tierarzt wollte?

Ehe Mina weiter darüber nachdenken konnte, öffnete sich die Tür und ein Herr in schwarzem Anzug und roter Krawatte trat einen Schritt hinaus. »Diejenigen, die zur Testamentsverlesung von Mrs. Poppy Kerr eingeladen wurden, dürfen gerne hereinkommen. Es ist alles so weit vorbereitet.«

Es fühlte sich immer noch seltsam für Mina an, hier zu sein. Am Morgen hatte sie überlegt, ob das nicht doch nur eine Verwechslung war und sie gar nicht in Green Hill sein und einfach abreisen sollte. Ohne an der Verlesung teilzunehmen. Diesen Gedanken hatte sie sich jedoch direkt wieder aus dem Kopf geschlagen, wie so oft in den vergangenen Tagen.

Also folgte Mina dem Notar und der älteren Dame mit der Tiertransportbox in das Innere des Gebäudes. Es war nur karg und wenig farbenfroh eingerichtet. Selbst die Vorhänge waren grau, als wäre ihnen die Farbe entzogen worden. Die Wände dagegen waren weiß, ohne dekorative Bilder oder Fotografien im Flur, der zum Büro des Notars führte. Als sollte diese Aufmachung die häufig langweiligen und tragischen Angelegenheiten, die sich hier abspielten, widerspiegeln.

Sie betraten einen Raum mit einem großen Schreibtisch. Davor waren mehrere Stühle in zwei Reihen aufgestellt worden, auf die der Notar nun deutete und dann die Hände hinter seinem Rücken verschränkte. »Nehmen Sie bitte Platz. Wir werden noch ein paar Minuten auf die übrigen eingeladenen Personen warten und starten um Punkt zehn Uhr.« Während des Redens wippte er auf seinen Ballen vor und zurück und es fehlte nur, dass er eine goldene Taschenuhr aus der Hosentasche hervorzog, um den Minutenzeiger zu beobachten.

Schweigen legte sich über den Raum. Einzig unterbrochen von dem leisen Miauen aus der Box. Die ältere Dame hatte auf dem Stuhl neben Mina Platz genommen, wodurch sie einen Blick auf das orangene Fell der Katze erhaschte.

»Er ist ein wenig nervös«, durchbrach die zittrige Stimme der Frau die Stille. »Vermutlich befürchtet er, zum Tierarzt gebracht zu werden. Das ist für ihn jedes Mal wieder nervenaufreibend.«

Mina schenkte ihr ein kleines, doch immer noch nervöses Lächeln. »Das kann ich mir vorstellen.«

Die Frau rückte die Box auf ihrem Schoß zurecht und hielt sie mit einer Hand fest. Die nun freigewordene Hand streckte sie Mina entgegen. »Ich heiße übrigens

Glenna. Poppys älteste Freundin. Ich wage sogar zu behaupten, ihre bessere Hälfte gewesen zu sein.« Glenna schmunzelte über ihren eigenen Witz und drückte ihre Hand leicht.

»Mina. Poppy war meine Großtante«, erwiderte sie und löste den Händedruck wieder.

»Freut mich, dich kennenzulernen, Mina.« Ihre Stimme klang dabei normal, doch in Glennas Augen blitzte etwas auf, was Mina nicht benennen konnte. Sie wusste nicht einmal, ob das etwas Gutes oder Schlechtes hieß.

Ehe sie nachhaken konnte, öffnete sich abermals die Tür und eine hochgewachsene Frau in einem beigen, enganliegenden Etuikleid und roten Pumps betrat den Raum. Auf ihrer Nase saß eine große Sonnenbrille, die den Großteil ihres Gesichts verbarg. Einzig der knallrote Lippenstift dominierte noch mehr.

Ohne ein Wort der Begrüßung stakste die Frau auf die Stuhlreihe zu und ließ sich auf einen freien Platz sinken. Minas Blick war so gefangen gewesen, dass sie zuerst gar nicht bemerkt hatte, dass hinter ihr drei weitere Frauen den Raum betraten und sich ebenfalls schweigend auf einen Platz in der hinteren Reihe setzten.

Glenna beugte sich zu Mina herüber. »Die Drei können es sich natürlich nicht nehmen lassen, hierherzukommen. Irgendjemand muss den Tratsch über die Verlesung ja dann im Dorf auch weitertragen«, flüsterte sie ihr zu, woraufhin Mina nur nickte. Sie wusste nicht recht, wie sie sonst darauf reagieren sollte und war aufgrund der Situation ohnehin schon nervös.

Das darauffolgende Schweigen war beinahe erdrückend und Mina hoffte inständig, dass die Verlesung gleich beginnen würde. Allein schon, damit sie so schnell wie möglich wieder verschwinden konnte. Sie rutschte auf ihrem Stuhl herum und folgte Glennas Blick zur Tür, den sie alle paar Sekunden dorthin wandern ließ. Als würde sie auf eine bestimmte Person warten. Und tatsächlich: Ein Mann mittleren Alters huschte zur Tür hinein. Den Kopf gesenkt, sodass Mina sein Gesicht hinter den fast schulterlangen Haaren nur vage erahnen konnte, lief er mit schnellen Schritten in den hinteren Teil des Raumes. Dort setzte er sich auf einen der freien Stühle, die am weitesten von allen anderen Anwesenden entfernt waren. Seltsam.

Mina hatte den Mann beim Hereinkommen beobachtet und deutlich gespürt, wie sich eine gewisse Anspannung über den Raum gelegt hatte.

Nun lehnte sich die ältere Dame zu ihr. »Das war Poppys Sohn.« Mina schnappte nach Luft und drehte sich bei dieser Offenbarung noch einmal nach hinten um, um einen Blick auf ihren bislang unbekannten Großcousin zu werfen. Doch auch im Sitzen beugte er sich nach vorne, sodass sein Gesicht hinter dem Vorhang aus leicht fettigen Haaren verschwand. Und sie war nicht die Einzige, die ihn beobachtete. Auch die zurechtgemachte Frau in Kleid und Pumps konnte kaum den Blick von ihm lösen. »Das müssten jetzt alle sein«, flüsterte Glenna und Mina prustete beinahe los, als der Notar nur einen Augenblick später genau dieselben Worte wiederholte. Aber erst nachdem eine Frau mittleren Alters, die Mina als Sekretärin vermutete, ihm etwas zuflüsterte und sich dann ein paar Schritte zurückzog.

Die Krönung war, als er nun tatsächlich eine goldene Taschenuhr aus seinem Revers zog und einen Blick darauf warf. »Es ist Punkt zehn Uhr. Ich würde sagen, wir beginnen mit der Testamentsverlesung.« Er ließ sich auf den unbequem wirkenden Holzstuhl hinter dem großen Tisch sinken, legte verschiedene Papiere vor sich aus und griff schließlich nach einem. »Testament und letzter Wille von Mrs. Poppy Kerr«, las er vor und eine Gänsehaut breitete sich auf Minas Armen aus.

Nacheinander verlas er die Punkte des Schreibens. Die Anwesenden kommentierten es meistens nur mit einem knappen Nicken und würden sich vermutlich später noch einmal mit dem Notar unter vier Augen unterhalten. Selbst Poppys Sohn, Freddie, wie sie nun wusste, verlor kein Wort – und das, obwohl er nur den Pflichtteil geerbt hatte. Einzig die dunklen Ringe unter seinen Augen und das Nesteln seiner Hände an der zu großen Anzugjacke verrieten, dass ihn die Sache mehr mitnahm, als es auf den ersten Blick den Anschein machte. Vielleicht hatte sie später die Möglichkeit, ein paar Worte mit ihm zu wechseln? Sie hatte von diesem Teil der Familie bis vor Kurzem nichts gewusst, aber wenn sie nun die Chance bekam, würde sie Freddie gerne kennenlernen. Dieser Gedanke ließ sie die ganze Zeit über kaum los, weswegen es ihr oft schwerfiel, den Worten des Notars zu folgen.

Doch eines war Mina auch so klar: Poppy musste unverschämt reich gewesen sein. Sie besaß ein altes Herrenhaus in Green Hill, das von der beschriebenen

Größe beinahe einer Villa gleichkam, eine Sammlung seltener Gemälde und Bücher, sowie zahlreichen Goldschmuck. Und all das vererbte sie an ihre beste Freundin Glenna.

»Bitte sagen Sie mir, dass das ein schlechter Scherz ist«, erklang eine Frauenstimme hinter Mina. Sie drehte sich um und sah, wie die Nasenflügel der Etuikleid-Frau bebten. »Der gesamte Schmuck soll ... an diese Frau gehen?« Ihre Stimme klang gepresst, als müsste sie alle Willenskraft aufbringen, um nicht zu schreien.

Der Notar sah von dem kleinen Papierstapel vor sich auf. »Das hat so seine Richtigkeit, Miss Margot.«

Margot schnaubte so laut, als wollte sie einem Pferd Konkurrenz machen. »Unglaublich. Einfach unfassbar.« Sie schüttelte heftig den Kopf, wobei keine einzige ihrer Haarsträhnen sich bewegte. Das musste ein verdammt gutes Haarspray sein. »Meiner Meinung nach sollte der Schmuck an Leute vererbt werden, die diesen auch entsprechend zu würdigen wissen – und vor allem richtig stylen können. Das ist ja überhaupt erst das Wichtigste. Bei dieser ... dieser ...« Sie warf Glenna einen verächtlichen Blick zu und schluckte scheinbar das Wort herunter, das ihr auf der Zunge gelegen hatte. »Diese Dame ist definitiv nicht die Richtige.«

»Und dennoch steht ihr dieser Schmuck laut Testament zu.« Die Stimme des Notars hatte einen unnachgiebigen Ton angenommen. Er und Margot fochten ein stummes Blickduell und als der Notar sich schließlich erhob, um den Druck zu erhöhen, gab sie tatsächlich nach.

»Wenn das Poppys letzter Wille ist, werde ich mich wohl fügen müssen.« Abwehrend kreuzte sie die Arme vor der Brust.

Der Notar nickte. »Dann können wir ja fortfahren.«

Mina rutschte auf ihrem Stuhl herum. Wann war sie an der Reihe? Warum war es Poppy so wichtig gewesen, dass sie nach Green Hill kam, um das, was auch immer sie vererbt bekam, persönlich entgegenzunehmen? Diese und noch mehr Fragen wirbelten durch ihren Kopf, der mit einem unangenehmen Pochen darauf antwortete.

»Mina Abbott«, verlas der Notar endlich und sah von dem Schreiben in seiner Hand auf, um ihr einen Blick unter hochgezogenen Augenbrauen zuzuwerfen. »Der Tochter meiner lieben Nichte Alice und ihres Mannes Seamus, die leider viel zu früh von uns gegangen sind, vererbe ich das, was mir am meisten am Herzen lag.«

Die Gänsehaut wanderte von Minas Armen weiter und breitete sich auf ihrem ganzen Körper aus. Sie rutschte nervös auf ihrem Stuhl hin und her und hing an den Lippen des Notars, um endlich zu erfahren, warum sie hierhergekommen war.

Es kam ihr vor, als würde er eine extra lange Pause einlegen, um sie auf die Folter zu spannen und Mina stand kurz davor aufzustehen und ihm das Schreiben aus der Hand zu reißen. Geduld war noch nie ihre Stärke.

»Meiner Großnichte Mina Abbott möchte ich Mr. Marvel, meinen über alles geliebten Kater, vererben. Ich weiß, sie hat die Tierliebe ihrer Mutter geerbt und wird sich gut um ihn kümmern und ihm eine Freundin sein. Es ist übrigens eine lustige Geschichte, wie Mr. Marvel zu seinem Namen kam ...«

Mina klappte die Kinnlade herunter. Sie hörte nichts mehr von dem, was der Notar noch von sich gab. Stattdessen ertönte wie auf Kommando ein lautes Miauen direkt neben ihr, als Glenna die Box öffnete und ein dicker, roter Kater zum Vorschein kam.

Sie hätte ihn Garfield nennen sollen, schoss es Mina sogleich durch den Kopf.

Sie konnte immer noch nicht fassen, was gerade geschah und brachte kein Wort heraus. Zumindest nicht, bis Glenna sie breit anlächelte und »Siehst du, das ist deine neue Mama« zu dem Kater sagte.

»Oh nein«, stieß Mina laut hervor. »Da muss ein Fehler vorliegen.« Der Notar hielt inne und zog eine Augenbraue nach oben. Sie sprach weiter, ohne auf seine missbilligende Miene zu achten. »Ich kann nicht ... Warum sollte ich ... Das ergibt doch überhaupt keinen Sinn! Ich kannte Großtante Poppy noch nicht einmal. Warum sollte sie wollen, dass ich mich um ihren Kater kümmere?« Mina konnte es nicht fassen, nur dafür angereist zu sein, um ab sofort für einen Kater, der eindeutig zu viel Thunfisch vorgesetzt bekam, verantwortlich zu sein.

»So steht es im Testament, Miss«, erwiderte der Notar. Seine Stimme klang gezwungen leise und kontrolliert, doch Mina sah ihm an, dass es in seinem Inneren brodelte.

Sie öffnete gerade den Mund, um etwas zu erwidern, als Glenna ihr zuvorkam. Sie hatte Mr. Marvel wieder sicher in der Box verstaut, doch sein lautes Miauen war immer noch zu hören. »Poppy mochte deine Mutter sehr gerne, auch wenn sie sich ...«, Glenna stockte kurz und rang sichtlich mit sich, » ... aus den Augen verloren haben. Sie hat mir oft davon erzählt, wie tierlieb Alice war und wie gut sie mit ihnen umgehen konnte. Und Poppy war sich sicher, dass ihre Tochter ein genauso guter Mensch ist. Sie war fest davon überzeugt, dass Mr. Marvel bei dir sein bestmögliches Zuhause bekommen würde. Besser als bei irgendjemandem sonst.«

Dass Minas Mutter ein großes Herz für Tiere gehabt hatte, war kein Geheimnis gewesen. Nach ihrem Veterinärstudium hatte sie ihre eigene Auffangstation geführt. An den Wochenenden hatte sie bei einem Gnadenhof ausgeholfen und ehrenamtlich Hunde im Tierheim ausgeführt. Sie hatte beinahe ihr ganzes Leben dafür gegeben, um allen möglichen Lebewesen zu helfen. Bis sie und Minas Vater schließlich bei einem schrecklichen Autounfall auf dem Weg zu einem tierischen Notfall ums Leben gekommen waren und sie von diesem Zeitpunkt an bei ihrer Großmutter aufgewachsen war.

Minas Blick wanderte zu der Katzenbox. Mr. Marvel hatte sich scheinbar mit der aktuellen Situation abgefunden, denn sein Miauen war verstummt. Ein kleines Lächeln breitete sich auf ihren Lippen aus beim Gedanken an ihre Mutter. Glenna hatte recht. Mina liebte Tiere fast genauso sehr, weswegen sie seit einigen Jahren vegetarisch lebte und sich fest vorgenommen hatte, nach ihrem Psychologiestudium eine Katze aus dem Tierheim zu adoptieren. Nun kam sie früher zu einem Haustier, als gedacht. »In Ordnung, ich werde mich um ihn kümmern«, lenkte sie ein.

»Ich danke dir«, sagte Glenna und in ihren Augen konnte Mina lesen, dass sie es wirklich so meinte. Vorsichtig nahm sie den Katzenkorb entgegen, um Mr. Marvel darin nicht zu sehr durchzuschütteln, und stellte ihn auf ihrem Schoß ab. Sie streckte einen Finger durch das Gitter und der rote Kater schnupperte daran.

»Wenn das jetzt geklärt ist, würde ich gerne fortfahren«, erklang die Stimme des Notars. Die nun nicht einmal mehr erzwungen ruhig war, sondern nur noch genervt klang.

Mina richtete sich auf ihrem Stuhl wieder auf und sah nach vorn. Doch mit dem Kopf war sie immer noch bei der absurden Situation, die sich gerade ereignet hatte.

Sie war als Psychologie-Studentin hierhergekommen, um an der Testamentsverlesung teilzunehmen. Abreisen würde sie als Psychologie-Studentin, die nun mehr oder weniger stolze Besitzerin eines zu dick geratenen Katers war. Das war eine Wendung, die Mina nicht erwartet hatte – und über deren Bedeutung sie genauso wenig sicher war. Ihr gesunder Menschenverstand – oder vielleicht auch die heranreifende Psychologin in ihr – sagte ihr nämlich, dass da mehr dahintersteckte.

Als plötzlich lautes Quietschen und Stühlerücken erklang, sah Mina sich um. Die Anwesenden waren dabei, den Raum zu verlassen. Offenbar war sie so vertieft in ihre Gedanken gewesen, dass sie die letzten Worte des Notars nicht mitbekommen hatte.

Rasch griff sie nach der Katzenbox und hob sie vorsichtig an. Der arme Kater hatte schon genug mitgemacht und würde sich sicherlich darüber freuen, endlich aus dieser Katzen-Gefängniszelle befreit zu werden. Nur stand ihnen noch die Heimreise per Zug und Flugzeug bevor, wovor es ihr bereits graute.

Mina trat hinaus ins Freie und atmete tief die frische Luft ein. Sofort fiel ein Teil der Anspannung von ihr ab. Zwar war ihr kurzer Besuch in Green Hill anders verlaufen als geplant, aber es hätte definitiv schlimmer kommen können.

»Da seid ihr zwei ja.« Glenna trat auf Mina zu und ein freundliches Lächeln lag auf ihren Lippen, das die Falten um ihren Mund verstärkte. »Du bist bestimmt verwundert über dein Erbe.« Sie deutete auf die Katzenbox.

»Ein wenig, ja. Aber Poppy hatte recht. Meine Mutter hat Tiere geliebt und praktisch all ihre Energie und Zeit darauf verwendet, ihnen zu helfen. Daher brauchst du dir keine Sorgen machen. Mr. Marvel wird es bei mir gut gehen.«

»Daran habe ich keine Sekunde gezweifelt.«

Ein Moment der Stille kehrte ein, in dem Mina versuchte, ihre Gedanken zu ordnen. »Nur ... Warum bleibt Mr. Marvel nicht bei dir? Ich meine, du hast Poppys Herrenhaus geerbt. Wäre es für ihn nicht besser in seinem gewohnten Umfeld zu bleiben?«

Glenna rieb die Hände und wich Minas forschendem Blick aus. »Poppy hat mir ziemlich genaue Instruktionen hinterlassen, was mit dem Herrenhaus und allem anderen nach ihrem Tod geschehen soll. Dort ... dort wird später kein Platz mehr für Mr. Marvel sein.«

Mina öffnete den Mund, um nachzuhaken, was Glenna damit genau meinte, doch schloss ihn dann wieder. Das ging sie nichts an und scheinbar wollte die ältere Dame nicht näher darauf eingehen. »Verstehe«, antwortete sie daher nur.

»Dann heißt es jetzt wohl Abschied nehmen.« Glenna trat an die Katzenbox heran und steckte einen Finger durch das Gitter. »Lebwohl, Mr. Marvel. Ich bin mir sicher, in deinem neuen Zuhause wird es dir ganz wunderbar ergehen.« In Glennas Augen glitzerten Tränen und Mina überkam Mitgefühl bei dem Anblick.

»Wenn du ein Handy hast und mir deine Nummer gibst, kann ich dir Bilder von ihm schicken, wenn du möchtest.«

»Oh so etwas habe ich nicht. Nur so ein Tablett. Das hat meine Tochter mir vor einiger Zeit eingerichtet, damit wir mit Video telefonieren können.«

Mina versuchte, das Schmunzeln zu unterdrücken. »Du meinst ein Tablet? Das würde auch gehen, wenn es eine SIM Karte hat.«

»Ich werde meine Tochter fragen. Sie kennt sich damit aus.«

Mina zog ihre Handtasche nach vorne und kramte nach einem alten Einkaufszettel und einem Kugelschreiber. Sie kritzelte darauf herum und reichte den Papierfetzen Glenna. »Hier, das ist meine Handynummer. Dann kannst du mich jederzeit erreichen.«

Glenna steckte das Papier ein und lächelte Mina an. »Vielen Dank. Ich sehe schon, dass Poppy sich die richtige Person ausgesucht hat.«

Hitze stieg in Minas Wangen und sie verstaute rasch den Kugelschreiber wieder. »Dann wünsche ich dir alles Gute, Glenna, und melde dich gerne.« Mit einem letzten Händeschütteln verabschiedeten sie sich voneinander. Für einen Augenblick blickte Mina der älteren Dame hinterher. Dann sah sie sich um, doch von den anderen Teilnehmern der Verlesung stand niemand mehr draußen vor dem Gebäude. Ein kurzer Stich durchfuhr sie. Damit hatte sie die Chance, mit Freddie zu sprechen und vielleicht etwas über die scheinbare Familienfehde zu erfahren, verpasst. Dabei hätte sie nur zu gern erfahren, warum ihre Großmutter sich so strikt dagegen wehrte, auch nur über Poppy zu sprechen. Doch vermutlich hatte Freddie so schnell wie möglich das Weite gesucht, nachdem er nur den Pflichtteil geerbt hatte – und wer konnte ihm das verdenken? Er hatte ohnehin so gewirkt, als würde er sich in seiner Haut alles andere als wohl fühlen.

Also lief Mina los und ihr Weg führte sie an einem Teil der Rückseite des Gebäudes vorbei. Verwundert hielt sie inne, als lautstreitende Stimmen zu ihr drangen. Sofort erkannte sie die zurechtgemachte Frau mit den Pumps aus dem Notarbüro. Wie bereits dort blähten sich ihre Nasenflügel vor Wut und unter ihrem stechenden Blick wurde der ihr gegenüberstehende Mann immer kleiner: Freddie.

Mina verstand nicht, worum es in dem Streit ging und doch konnte sie allein anhand der Körperhaltung der beiden erahnen, dass das kein Gespräch für fremde Ohren war. Noch dazu wurde der Kater in seiner Box immer unruhiger. Wer wusste schon, wie lang er da bereits drin steckte? Also unterdrückte sie ihre Neugier und den Wunsch mit ihrem Großcousin zu sprechen und machte sich mit Mr. Marvel auf den Rückweg zum B&B.

Dort wartete Ellison offenbar schon auf sie. Denn die Haustür wurde im selben Moment aufgerissen, als Mina den gepflasterten Weg davor erreichte. Als hätte Ellison die ganze Zeit durch das Fenster gespäht, um sie ja nicht zu verpassen.

»Das hat aber deutlich länger gedauert als erwartet. Gab es Auseinandersetzungen? Du hast ja keine Ahnung, was ich auf solchen Testamentseröffnungen teilweise erlebt habe! Das glaubt mir keiner, wenn ich davon erzähle. Oh, und wie ich sehe, kommst du nicht mit leeren Händen zurück. Aber jetzt komm erst einmal rein. Dann kannst du mir alles berichten.«

Mina kam nicht einmal dazu, auf Ellisons Wortschwall einzugehen. Stattdessen fand sie sich nur zwei Minuten später auf dem roten Sessel im Kaminzimmer wieder. Auf dem Tischchen vor ihr wurden zahlreiche Scones auf einem Teller drapiert, die einen wunderbaren Duft verströmten. Daneben standen eine Teekanne und eine Flasche Scotch mit zwei Gläsern.

Ellison musste Minas Blick bemerkt haben, denn sie sagte nur: »Ich wusste nicht, was von beidem eher gebraucht wird.« Sie zuckte mit den Schultern und schloss die Tür des Kaminzimmers. »Jetzt kannst du den Kater rauslassen, ohne dass er direkt stiften geht.«

Sofort beugte Mina sich herunter zur Box und öffnete die Gittertür. Es dauerte nur ein paar Sekunden, bis Mr. Marvel seinen orange-weiß gestreiften Kopf heraussteckte und sich vorsichtig umsah.

»Ich hätte mir denken können, dass Poppy auch nach ihrem Tod noch dafür sorgen wird, dass den Menschen in ihrer Umgebung nicht langweilig wird«, sagte Ellison mit einem Blick auf Mr. Marvel, der mit langsamen

Schritten den Raum erkundete. »Aber jetzt erzähl erst mal, wie es überhaupt dazukam.«

Mina kam ihrer Aufforderung nach und erzählte in knappen Sätzen, was bei der Testamentsverlesung alles vorgefallen war. »Und jetzt bin ich wohl für das Kerlchen verantwortlich«, schloss sie. Den Streit zwischen Freddie und Margot ließ sie außen vor. Sie hatte ohnehin nicht mitbekommen, worum es gegangen war und schob die Erinnerung an diese Szene einfach fort.

Ellison nickte, nahm einen Bissen von ihrem Scone und grinste breit. »Ich sage ja, Poppy hatte schon immer einen eigentümlichen Humor.«

3

»Bleib doch bis morgen.« Das hatte Ellison am vorigen Nachmittag gesagt, als sie und Mina bei Tee und Scones zusammengesessen und über Poppys Testamentsverlesung philosophiert hatten.

Auf dem Weg in die Küche war Mina sogar einmal Freddie über den Weg gelaufen, der, wie sie nun wusste, ebenfalls im B&B übernachtete. Sie hatte versucht, mit ihm zu sprechen, doch er war nur mit einem knappen »Keine Zeit, wichtiger Anruf« an ihr vorbeigestürmt und auch an diesem Morgen hatte er ihren erneuten Gesprächsversuch mit einem einfachen Abwinken auf Eis gelegt. Es lag klar auf der Hand, dass ihr Großcousin nicht mit ihr sprechen wollte. Mina hatte Ellison davon berichtet, die darauf zumindest ein entschuldigendes Lächeln und ein paar tröstende Worte parat gehabt hatte.

Jedenfalls wusste Mina nicht, ob es an Ellisons Hartnäckigkeit oder dem Whisky lag, dass sie schließlich zugestimmt hatte, noch zu bleiben. Vielleicht hatte sie auch gespürt, wie wichtig das heutige Ereignis für Ellison war und dass sie sich ehrlich freute, wenn Mina blieb – und so kam es dazu, dass sie und Mr. Marvel nicht in den Zug gestiegen und stattdessen eine Nacht länger geblieben waren.

Nun wurden Mr. Marvel, der sich in dem kleinen Gasthaus bereits nach wenigen Stunden wie zu Hause fühlte, und Mina an diesem Tag Zeuge, wie Ellison den Preis für den schönsten Garten gewann. Zumindest betonte sie das immer wieder, als würde sie dadurch versuchen, es zu manifestieren.

»Heute wird es sich entscheiden. Ich habe ein Jahr lang darauf hingearbeitet und ... Oh diese verflixten Handschuhe!«, unterbrach Ellison sich selbst. Sie zog die Gartenhandschuhe kurzerhand aus und warf sie einfach auf den Boden. Einen kurzen Blick auf ihre Armbanduhr werfend, schnaubte sie laut und machte sich an die Arbeit. »Die Richter werden in weniger als zwei Stunden hier sein.« Sie nahm mehrere kleine Steine in die Hand und verteilte sie wieder auf dem Beet.

Zwar verstand Mina den Zweck dahinter nicht, doch ihr war bewusst, dass das definitiv der falsche Zeitpunkt war, um Ellison darauf hinzuweisen. »Mach dir keine Sorgen. Dein Garten sieht wundervoll aus und das wird die Jury genauso sehen. Ich bin sicher, dass du gewinnen wirst.«

»Nachdem die letzten fünf Jahre immer Poppy den Preis abgeräumt hat und ich mich mit Platz zwei begnügen musste, wäre das jetzt zumindest im Bereich des Möglichen«, murmelte Ellison vor sich hin und schien erst einen Augenblick später zu bemerken, was sie gerade gesagt hatte. Erschrocken sah sie zu Mina auf. »Oh, tut mir leid, Mädchen. So habe ich das nicht gemeint. Poppy und ich waren zwar Konkurrentinnen, was unsere Gärten anging, und haben oft über den besten Dünger gestritten, aber ich mochte die verrückte Alte.«

Mina winkte ab. »Alles gut. Aber vielleicht sollten wir lieber reingehen und gemütlich einen Tee trinken, bevor es losgeht. Um deine Nerven zu beruhigen.«

»Eher ein Glas Whisky.« Ellison fuhr sich mit den dreckverkrusteten Fingern durch das graue Haar, wodurch etwas Erde darin hängen blieb.

»Und vielleicht eine Dusche. Die Jury ist zwar primär für deinen Garten da, aber Erde in den Haaren ist dann doch ein wenig zu gewagt.«

Ellison lachte auf und hakte sich bei Mina unter. »Damit könntest du richtig liegen.«

Die beiden gingen zurück in das B&B und während Ellison eine Dusche nahm, bereitete Mina in der Küche trotz Ellisons ausdrücklichem Wunsch nach einem Gläschen Whisky, einen Tee zu. Immerhin war es früher Mittag und die Jury sicherlich nicht begeistert, wenn sie nicht voll zurechnungsfähig war.

Anstatt in das Kaminzimmer setzten sie sich auf die nach vorn ausgerichtete kleine Veranda, um die Ankunft der Jury nicht zu verpassen. Ellisons Haar war noch ein wenig feucht, doch würde in der Sonne schnell trocknen. Mina fiel auf, dass ihre Hände stark gerötet waren, als Ellison nach der Teetasse griff, als hätte sie sie minutenlang geschrubbt, um den Dreck loszuwerden.

»Bist du aufgeregt wegen der Beurteilung?« Mina nahm einen großen Schluck Tee, der sich rasch in ihrem Körper ausbreitete und eine angenehme Wärme hinterließ.

Ellison lehnte sich nach vorn, worauf der alte Gartenstuhl einen protestierenden Laut von sich gab. »Aufgeregt ist das falsche Wort. Aber eine gewisse Grundanspannung und Nervosität sind auf jeden Fall vorhanden. Obwohl ich dieses Jahr gute Chancen habe, nachdem ...« Sie warf Mina einen Blick über den Rand ihrer Tasse hinweg zu und unterbrach sich dann selbst. »Jedenfalls habe ich gute Chancen«, endete sie schließlich lahm.

Auch wenn Mina wusste, wie die B&B-Besitzerin ihren Satz hatte beenden wollen, ging sie nicht näher darauf ein. Zwar hatte Ellison Poppy als ihre Konkurrentin gesehen, doch wenn sie über die Verstorbene sprach, hörte man den Respekt und die Achtung in ihren Worten deutlich heraus.

»Ich bin mir sicher, dass du gewinnen wirst. Dein Garten ist einfach wundervoll.« Sie dachte sofort an die bunten Beete mit ihren perfekt angeordneten Steinen zur Abgrenzung hinter dem Haus. Den Rosensträuchern, die sich wie in einem Märchengarten um einen Bogen rankten, durch den man hindurchtreten konnte. Doch das Highlight war definitiv der Teich, den Ellison selbst angelegt hatte. Darin züchtete sie Koi und inzwischen blühende Seerosen bedeckten einen Teil der Wasseroberfläche. Es fehlte nur noch ein singender Frosch und Mina würde jedem Glauben schenken, der ihr erzählte, dass sie in einem Märchen gelandet war.

Etwas Weiches strich an Minas Bein entlang und sie bückte sich, um unter den Tisch zu sehen. Mr. Marvel schmiegte sich schnurrend an sie, worauf sie ihn hinter den Ohren kraulte. Sein Schnurren nahm an Lautstärke zu und er drückte sein Köpfchen fest gegen ihre

Finger, um ihr klarzumachen, dass sie jetzt bloß nicht aufhören sollte. Der Kater hatte sich in den letzten Stunden schon gut an sie gewöhnt und in der vergangenen Nacht sogar am Fußende ihres Bettes geschlafen, während sie ihren True Crime Podcast gehört hatte, bis sie selbst eingenickt war. Seit sie eine Vorlesung in Kriminalpsychologie besucht hatte, ließ Mina das Thema nicht mehr los. Die Frage nach dem »Warum« Menschen Straftaten begingen und wie viel oftmals dahintersteckte, fand sie unheimlich spannend. Auch wenn solche Podcasts zum Einschlafen zugegeben vielleicht etwas kurios waren.

»Dieser Kater.« Ellison schüttelte den Kopf und ein Lächeln breitete sich auf ihren Lippen aus. »Er war Poppys Ein und Alles. Ich kann mich nur zu gut daran erinnern, dass er ihr überallhin gefolgt ist. Selbst in den Hofladen ist er ihr hinterhergelaufen. Wobei das auch daran liegen könnte, dass Christie, die Besitzerin des Ladens, ihm immer wieder kleine Stückchen Wurst oder Käse zuwirft, wenn sie ihn sieht.«

Mina lächelte ebenfalls. Auch wenn die gebückte Haltung ihr so langsam Rückenschmerzen verursachte, fuhr sie mit den Streicheleinheiten fort. »Ich kann mir vorstellen, dass das Kerlchen ein kleiner Katzanova ist. Diesen Kulleraugen zu widerstehen, ist praktisch unmöglich.«

»Ich bin immun«, erwiderte Ellison trocken. Dabei zog sie die Augenbrauen nach oben und verschränkte die Arme vor der Brust, um ihre Worte zu unterstreichen. Doch da Mina am vergangenen Abend einmal in einem unbemerkten Moment beobachtet hatte, wie Ellison Mr. Marvel gestreichelt und sogar Leckerchen zugesteckt hatte, glaubt sie der älteren Frau kein Wort.

Selbst Mr. Marvel schien davon nicht überzeugt. Er hielt mit einem Mal inne, blieb stocksteif und mit schief gelegtem Kopf stehen und sah mit großen Augen zu Ellison auf, als würde er ihr sagen wollen: Das glaubst du ja wohl selbst nicht. Sie erwiderte den Blick des Katers und die beiden fochten ein Blickduell aus, von dem nicht einmal Mina sagen konnte, wer als Sieger hervorgehen würde.

Sie prustete bei dem Anblick los und beruhigte sich erst wieder, als drei Männer in Anzügen auf das Grundstück traten – und in dem Aufzug etwas fehl am Platz wirkten. Mr. Marvel erschrak sich aufgrund der lauten Stimmen und rannte, wie von der Tarantel gestochen, ins Innere des B&Bs. Doch einen Augenblick später schien ihm klar zu werden, dass *er* der Mann im Haus war und kam mit hocherhobenem Kopf zurück, um nachzusehen, ob es den beiden Frauen gutging.

Ellison stand bereits, während Mina es in diesen wenigen Sekunden noch nicht einmal geschafft hatte, ihre Tasse auf dem Tischchen abzustellen.

»Das müssen sie sein«, sagte Ellison und strich sich über die dunkelblaue Bluse, als würde sie versuchen, die letzten Falten darin loszuwerden.

Mina nickte und erhob sich ebenfalls. Sie folgte Ellison, um die Jury zu begrüßen. Selbst Mr. Marvel lief ihnen hinterher, wenn auch mit etwas Sicherheitsabstand. Für den Fall, dass sich dieses offenbar traumatisierende Erlebnis wiederholen sollte.

»Guten Tag Mrs. Paterson«, grüßte einer der drei Männer, als Ellison vor ihnen zum Stehen kam. Sie nahm nacheinander die ausgestreckten Hände entgegen und Mina fiel auf, wie sehr ihre dabei zitterte. Ellison war deutlich nervöser wegen des Wettbewerbs, als sie gegenüber Mina hatte zugeben wollen.

»Wenn die Herren mir bitte in den Garten folgen möchten. Den Ort des Geschehens quasi.« Ein viel zu lautes, schrilles Lachen verließ Ellisons Mund und brachte Minas Ohren zum Klingeln. Doch sie biss die Zähne zusammen, lächelte über den Witz und folgte der kleinen Gruppe um das Haus nach hinten in Richtung Garten.

Ellison schloss das Tor auf und als dieses einen Spalt offen stand, nutzte Mr. Marvel sofort die Chance, um an ihnen vorbei zu flitzen. Dabei rannte er einem der Männer vor die Füße, der ruckartig anhalten musste, um den Kater nicht zu erwischen, und dabei gefährlich ins Wanken geriet. Der zweite Herr hinter ihm wurde dadurch gezwungen, ebenfalls eine Vollbremsung hinzulegen, und krachte fast in den Vorderen. Doch Mr. Marvel schien es nicht zu kümmern, dass er beinahe eine Massenkarambolage veranstaltet hatte. Mit hocherhobenem Kopf trabte er um die Ecke und verschwand außer Sichtweite im Garten.

Mina schmunzelte bei dem Anblick. Der Kater war gerade einmal vierundzwanzig Stunden bei ihr und sie musste zugeben, dass sie ihn bereits jetzt ins Herz geschlossen hatte. Minas Mutter hatte recht: Tiere waren etwas Besonderes. Sie eroberten einen Menschen innerhalb kürzester Zeit im Sturm und bereicherten das Leben auf eine Art, wie es sonst nichts anderes konnte.

»Hier kommen wir in den Eingangsbereich, würde ich sagen«, riss Ellisons Stimme Mina aus ihren Gedanken.

»Nun, Mrs. Paterson. Wir sind nicht zum ersten Mal hier.« Einer der Richter machte Anstalten, sich an ihr vorbeizuschieben, um den Garten auf eigene Faust zu erkunden. Doch dabei hatte er die Rechnung ohne Ellison gemacht, die sich ihm in ungeahnter Geschwindigkeit in den Weg stellte.

»Mr. Moray, Sie verstehen sicherlich, dass ich Ihnen gerne die Highlights zeigen würde. Vor allem diejenigen, die sich seit Ihrem letzten Besuch hier verändert haben. Daher möchte ich die Führung so gestalten, dass Sie den Garten aus seiner besten Perspektive betrachten können.« Der Mann öffnete den Mund, um zu widersprechen, doch Ellison kam ihm zuvor. »Natürlich werden Sie alles zu sehen bekommen. Ich habe keine hässlichen Beete zu verstecken.«

Die Augenbrauen des Richters wanderten in die Höhe, doch schließlich nickte er nur. »Dann gehen Sie voraus, Mrs. Paterson.«

In einer stummen Prozession folgten die drei Jurymitglieder und Mina ihr durch den Garten. Unterbrochen wurde das Schweigen nur durch das leise Murmeln der Männer und Ellison, die ab und zu eine kurze Erklärung einwarf. Beispielsweise welchen Dünger sie verwendet hatte oder aus welchem Grund sie sich für eine bestimmte Bepflanzung und gegen eine andere entschieden hatte.

Inzwischen war eine gute halbe Stunde vergangen und sie hatten noch nicht einmal die Hälfte des Gartens gesehen. Ellison blieb so oft stehen, um auf irgendwelche Besonderheiten hinzuweisen, dass sie kaum vorankamen. Mina musste ein Gähnen unterdrücken und sah sich nach Mr. Marvel um, als sie wieder einmal vor einem scheinbar speziellen Busch mit Blüten stehen blieben. Doch der Kater war nicht zu sehen.

Sie bogen rechts um das kleine, rot und weiß gestrichene Gartenhäuschen, das Mina an die Häuser in Schweden erinnerte, und gelangten so in das Herzstück des Gartens.

»Und hier präsentiere ich Ihnen nun das absolute Highlight. Den selbstangelegten Teich mit einigen Nymphaeas, oder geläufiger Seerosen genannt, wie Sie sehen.« Ellison blieb in der Mitte mit dem Rücken zum Wasser stehen und breitete die Arme in großer Geste aus, als würde sie den gesamten Garten umfassen wollen. »Lassen Sie uns näher herantreten.«

Sie ging abermals voraus und die kleine Prozession folgte ihr. Bis plötzlich ihr lauter Schrei die Luft zerriss. Mina gefror das Blut in den Adern und eine Gänsehaut der unguten Art breitete sich überall aus. Ihr wurde eiskalt.

Der bewegungslose Körper eines Mannes, sein Gesicht war von ihnen abgewandt, lag nur wenige Meter entfernt am Rand des Teiches. Zuvor hatte ein Busch den Blick verwehrt, aber nun hatten sie freie Sicht darauf. Mina ging ein paar Schritte auf den Mann zu. Hoffte, nein, betete, dass ihre dunkle Vermutung sich nicht bestätigen würde. Doch je näher sie kam, desto klarer wurde ihr, dass sie dem Mann nicht mehr helfen konnten. Dennoch lief sie weiter – wie ferngesteuert – auf ihn zu, ließ sich neben ihm auf den Boden sinken und versuchte, sich der aufkeimenden Panik und Übelkeit nicht hinzugeben. Sie griff nach seinem Handgelenk, hoffte, zumindest einen schwachen Puls zu erfühlen. Doch da war nichts. Sie schluckte fest in dem Versuch, ihre Gefühle im Zaum zu halten.

»Ist er tot?«, kreischte Ellison und erst in diesem Moment wurde Mina wieder bewusst, wo sie war – und aus welchem Grund.

Sie richtete sich auf. Mina spürte, wie ihr alle Farbe aus dem Gesicht wich, als ihr Blick Ellisons begegnete und sie auf ihre Frage hin nur ein Nicken zustande brachte. »Wir müssen die Polizei verständigen.« Mina erschrak über den Ton ihrer eigenen Stimme. Sie war ohne Gefühl. Kalt. Regungslos. Wie die Leiche in Ellisons Garten.

»Das ist ... das ... So etwas gab es ja noch nie!«, echauffierte sich einer der Männer. Sein Gesicht war so kalkweiß, dass Mina befürchtete, er würde gleich umkippen. »Wir werden umgehend die Polizei alarmieren.« Er nickte seinen beiden Kollegen zu, die ebenso fassungslos dreinblickten und sie entfernten sich aus dem Garten, ohne ein weiteres Wort.

Sie waren kaum außer Sichtweite, als Mr. Marvel aus einem Busch und direkt auf die Leiche zu sprang. Er schnupperte an dem leblosen Körper herum und machte damit jedem polizeilichen Spürhund Konkurrenz.

»Mr. Marvel, nicht!«, versuchte Mina ihn davon abzuhalten. Doch keine Chance. Er ignorierte sie vollkommen. Hilfesuchend sah sie sich nach Ellison um. Die ältere Dame war jedoch in eine völlige Schockstarre verfallen.

Mina trat auf Mr. Marvel zu, um ihn notfalls einfach zu packen. Doch der Kater schnüffelte weiter ausgiebig an der Hand des Mannes herum, bis die Finger sich ein wenig bewegten und ein kleiner Zettel auf das Gras fiel.

Sofort bückte Mina sich und griff nach dem Stück Papier, um einen Blick darauf zu werfen. Der Zettel war scheinbar in großer Eile abgerissen worden. Auch die schwer zu lesende Schrift sprach dafür. Doch Mina konnte zumindest einzelne Wörter entziffern. Es handelte sich um ein Datum und eine Uhrzeit. Ohne Adresse, ohne einen Namen oder sonstige Angaben. Ein Termin, der in wenigen Stunden stattgefunden hätte.

Sie zog die Stirn kraus und richtete sich wieder auf. Dabei sah sie zum ersten Mal das Gesicht des Mannes. Sie schluckte fest, um sich nicht zu übergeben. Sie kannte ihn. Hatte ihn gesehen und sogar mehrmals versucht, mit ihm zu sprechen. Zuletzt vor wenigen Stunden. Er war Poppys Sohn. Freddie.

Was hatte das zu bedeuten?

4

Mina hätte sich am liebsten selbst eins dafür über-
gebraten. Jedes Kind wusste doch, dass man an einem
möglichen Tatort bloß alles so sein lassen sollte, wie es
war. Trotzdem hatte sie in diesem Moment einfach ge-
handelt, ohne darüber nachzudenken und die Hand
der Leiche berührt. Zweimal. Wofür sie direkt von dem
alten Dorfpolizisten Brown das Fett wegbekommen
hatte. Jedenfalls konnte sie ihm die schroffe Art, in der
er sie angeschnauzt und zurechtgewiesen hatte, nicht
verübeln. Selbst Mr. Marvel hatte er mit seinem Geze-
ter verscheucht.

»Sie haben die Leiche also hier gefunden, Mrs. Paterson?«, wandte sich der beleibte Polizist an Ellison. In
seiner schwitzigen Hand, Minas Händedruck war jedenfalls sehr feucht, hielt er einen Kugelschreiber und
einen kleinen Block, auf dem er einige Notizen kritzelte. Hinter ihm stand ein junger Polizeianwärter, der
bislang nichts anderes als seinen Namen herausbekommen hatte und sich seitdem im Hintergrund hielt.
Ein paar Mal hatte Mina ihn dabei beobachtet, wie er
zur Leiche sah und sich dann mit blassem Gesicht und
einem Schaudern wieder abwandte.

»Wie gesagt. Ich habe die Herren der Jury herumge-
führt. Es findet im Moment ein Wettbewerb statt und
heute stand die Begutachtung meines Gartens auf der

Agenda. Ich war also nicht alleine, aber habe den Verstorbenen als Erstes gesehen.« Zwar hatte Mina nicht mitgezählt, doch sie war sich sicher, dass Ellison das mindestens schon dreimal gesagt hatte. Worauf wollte der Polizist hinaus?

Brown brummte etwas Unverständliches vor sich hin und setzte hörbar einen Punkt hinter den Satz, den er gerade aufgeschrieben hatte. »Und die Leiche ... Sie lag genauso da, wie jetzt? Sie haben sie so vorgefunden?«

Ellison nickte. »Ja, er lag genauso da. Hier am Teich. Woran könnte er gestorben sein?« Die Stimme der B&B-Besitzerin wackelte ein wenig, als sie den letzten Satz aussprach. Als hätte sie Angst vor dem, was er ihr antwortete.

»Ich bin kein Arzt, Mrs. Paterson«, sagte er unwirsch und sein Schatten, in Form des Anwärters, nickte nur bekräftigend. Sogar so kräftig, dass Mina befürchtete, er würde sich gleich einen Nerv im Nacken bei diesen ruckartigen Bewegungen einklemmen. »Doch so wie sich der Fall darstellt, gehen wir von einem natürlichen Tod aus.«

Ellison nickte und wirkte für den Moment erleichtert. Doch Mina dagegen, konnte nicht aufhören auf Freddies leblosen Körper zu starren. Sie hatte nicht einmal die Chance bekommen, ihren Großcousin kennenzulernen oder zumindest herauszufinden, weswegen ihre Seite der Familie diese totgeschwiegen hatte. Ob er den Grund überhaupt gewusst hätte? Eine Frage, auf die Mina nun wohl nie eine Antwort bekommen würde. Jedenfalls nicht, wenn ihre Großmutter sich nicht überwand und ihr selbst davon erzählte.

»Sie sagten, der Verstorbene habe etwas in der Hand gehalten?« Die Worte des Dorfpolizisten rissen Mina aus ihren Gedanken. Er sah sie und Ellison abwechselnd mit einem Blick aus zusammengekniffenen Augen an.

Mina kam Ellison mit einer Antwort zuvor. »Ja, den hat Mr. Marvel entdeckt.« Sie zog den zerrissenen Zettel mit der undeutlichen Schrift aus ihrer Hosentasche, den sie darin vorsorglich verstaut hatte, und reichte ihn Brown. »Soweit ich die Handschrift entziffern kann, steht allerdings nur ein Datum mit Uhrzeit darauf.«

»Wir werden ihn untersuchen.« Ohne sich umzudrehen, streckte er die Hand mitsamt dem Zettel nach hinten aus. Der Anwärter zog sich sofort einen Gummihandschuh über und trat einen Schritt näher, um das Stück Papier in eine durchsichtige Hülle zu stecken. Nun beäugte Brown den jungen Mann doch mit einem Stirnrunzeln. »Da die beiden Damen und der Kater bereits ihre Spuren darauf hinterlassen haben, müssen Sie sich wohl kaum so viel Mühe geben, Fergus.«

»Ja, Sir. Sie haben natürlich vollkommen recht, Sir. Ich dachte nur, je weniger fremde Fingerabdrücke, desto besser, Sir.« An der Dienstbeflissenheit dieses jungen Mannes mangelte es wirklich nicht. Es fehlte nur, dass er die Hacken zusammenschlug und vor dem älteren Polizisten salutierte. Doch das sparte Fergus sich – zum Glück. Das würde die ohnehin peinliche Szene nur verschlimmern und ihn vermutlich auch nicht in der Achtung Browns steigen lassen, das war sicher.

Der Dorfpolizist wandte sich mit immer noch gerunzelter Stirn wieder ab und schüttelte dann mit geschlossenen Augen den Kopf, als könnte er selbst nicht fassen, dass er sich das in Zukunft jeden Tag antun musste. »Wir sind hier erst einmal fertig, Mrs. Paterson. Es wird nun alles in die Wege geleitet, damit der Leichnam schnellstmöglich abgeholt wird. Falls wir weitere Fragen haben sollten, melden wir uns noch einmal bei Ihnen.« Damit schlug Brown beinahe einen sanften Ton an und wenn Mina sich nicht täuschte, meinte sie sogar so was wie Mitleid in seinen Augen aufblitzen zu sehen. Doch er gewann schnell seine Schroffheit zurück. »Alarmier den Doc, Fergus. Er und sein Team müssen das hier«, Brown wedelte in Richtung der Leiche, »untersuchen und fortbringen.«

Mina wurde bei der Beschreibung des Dorfpolizisten ein wenig übel. Für sie klang es, als würde er nur darüber sprechen, den Müll wegbringen zu lassen – und keine Leiche. Aber das hing vermutlich damit zusammen, dass er in seiner langen Dienstzeit nicht zum ersten Mal einen Toten sah. Im Gegenteil zu Mina, die mit dem Tod bislang nur in ihren Krimis und True Crime Podcasts indirekte Bekanntschaft gemacht hatte – und dafür mehr als dankbar war.

Fergus entfernte sich, um über das Handy mit seinen Kollegen zu kommunizieren und anzufragen, wo der Arzt blieb. »Sie werden eine Weile brauchen. Scheinbar fällt die Anforderung direkt in deren Pausenzeit, Sir.«

Brown wirkte auf diese Aussage hin noch angefressener, als ohnehin schon. »So was aber auch. Einfach nicht zu fassen, die Arbeitsmoral heutzutage. Andererseits ist es ja nicht so, als könnte der noch davonlaufen.« Er deutete mit dem Daumen über die Schulter hinweg auf Freddies Leiche.

Mina schnappte bei diesen Worten laut nach Luft. Browns Humor war ihrer Meinung nach definitiv einen Tick *zu* makaber in Anbetracht dieser Situation. Immerhin hatte ein Mann sein Leben verloren – wie auch immer das passiert war.

Brown rollte mit den Augen, als hätte er Minas Gedanken gelesen. »Nun machen Sie sich mal nicht gleich ins Hemd. Der Tod gehört zum Leben nun mal dazu. Und manchmal ist ein wenig trockener Humor genau das Richtige, um die Stimmung aufzuhellen.«

Sie öffnete den Mund, um etwas zu erwidern, doch schluckte die Worte dann herunter, als Mr. Marvel laut neben ihr miaute. Scheinbar hatte er sich von dem Schock nach der nicht zu überhörenden Standpauke des Polizisten wieder beruhigt und hielt sie nun davor zurück, sich mit Brown anzulegen – was tatsächlich keine allzu gute Idee wäre. Trotzdem war irgendetwas seltsam an dieser Situation. Nicht nur, dass der Polizist ein wenig zu entspannt angesichts der Leiche wirkte und Witze riss, sondern auch, dass ausgerechnet Poppys Sohn kurz nach der Testamentsverlesung gestorben war. In Ellisons Garten. Am Tag des Wettbewerbs.

Ein weiteres Miauen riss Mina aus ihren Gedanken und erst jetzt bemerkte sie, dass Brown sich ein paar Schritte entfernt hatte und mit konzentrierter Miene das Handy ans Ohr hob. Als er zurückkam, ließ sich aus seinem Gesichtsausdruck nicht ablesen, was er zu hören bekommen hatte. »Sie sind auf dem Weg und müssten in den nächsten fünf Minuten hier eintreffen. Dann können wir abziehen«, sagte er in Fergus' Richtung, ohne ihn direkt anzusehen.

Das darauffolgende Schweigen als unangenehm zu bezeichnen, wäre noch geprahlt. Noch hatte Ellison ihre Gesichtsfarbe nicht wieder gewonnen. Im Gegenteil wirkte sie nicht nur blass, sondern inzwischen sogar grünlich um die Nase herum. Mina rückte ein wenig näher zu ihr, aus Sorge, die Ältere würde gleich einfach umkippen.

Sie dagegen bekam abermals eine Gänsehaut der unguten Art. Und diese verstärkte sich noch, als der Polizist Ellison und sie die ganze Zeit nicht aus den Augen ließ, als würde er befürchten, dass sie plötzlich das Weite suchten. Was sie vermutlich auch am liebsten getan hätten, denn je länger Mina in der Nähe des Leichnams ihres Großcousins stand, desto unwohler fühlte sie sich in ihrer Haut.

Mina wäre beinahe ein erleichtertes Seufzen entwichen, als endlich das angeforderte Team der Polizei im Garten auftauchte und die Stille unterbrach, die sich über sie gelegt hatte. Sogleich trat Brown auf die eingetroffenen Polizisten zu, um sie einzuweisen, während Mina und Ellison regungslos stehen blieben und das Treiben beobachteten.

»Der Leichnam wird nun vom Arzt untersucht und dann von dem Team fortgebracht. Wir werden nun abziehen und damit können natürlich auch Sie sich aus dem Garten entfernen«, sagte Brown nur wenige Minuten später an Ellison und Mina gewandt, während seine Kollegen sich bereits um Freddies Leichnam kümmerten. »Wir melden uns, falls doch weitere Fragen aufkommen sollten. Aber davon gehe ich im Moment nicht aus.« Der Dorfpolizist schüttelte den beiden Frauen nacheinander die Hände und verließ dann mit Fergus, der nur ein knappes Nicken zustande brachte, den Garten.

Ellison drückte kurz Minas Schulter und erst da gelang es ihr, den Blick von der Arbeit der Polizei zu lösen. »Lass uns reingehen, Kindchen. Wenn das nicht nach einem Gläschen Whisky und süßem Gebäck zur Beruhigung ruft, dann weiß ich auch nicht.«

***

Wie bereits im Garten herrschte auch im Kaminzimmer zunächst Schweigen. Mina hing ihren eigenen Gedanken nach und sie war sich sicher, dass es Ellison ebenso ging. Der Schock aufgrund des Leichenfundes saß immer noch tief – und der Fakt, dass es sich dabei um ihren Großcousin handelte, machte es für Mina nur noch schwieriger.

»Du hättest ihn gerne kennengelernt, nicht?«

Mina sah auf und ihr Blick traf direkt auf Ellisons, in dem sie nichts als Mitgefühl und Schock lesen konnte. Sie versuchte sich an einem kleinen Lächeln. »Kannst du Gedanken lesen?« Mina richtete sich in ihrem Sessel ein wenig gerader auf. »Es ist nur seltsam. Bevor ich den Brief vom Notar erhalten habe, wusste ich nicht einmal, dass Poppy und Freddie überhaupt existieren. Existiert haben«, verbesserte sie sich sofort selbst und schluckte fest. »Als ich meine Grandma darauf angesprochen habe, ist sie beinahe in die Luft gegangen. So habe ich sie wirklich noch nie erlebt und das muss was heißen. Sie ist jetzt nicht unbedingt die typische Grandma, die viel kocht und backt und einen umsorgt.«

Ellison schmunzelte ein wenig bei Minas Ausführung und – vermutlich dank des Whiskys – gewann ihr Gesicht wieder an Farbe. »Das klingt sehr ... besonders.«

»Damit triffst du es ganz gut. Nach dem Tod meiner Eltern bin ich bei ihr aufgewachsen. Es hat nicht immer unbedingt reibungslos funktioniert und glaub mir ... für selbstgebackene Scones hätte ich damals absolut alles gegeben.« Vielsagend wedelte Mina mit dem Gebäck in ihrer Hand herum, um ihre Worte zu unterstreichen. »Kochen und backen, gehört nicht unbedingt zu Grandmas Stärken. Ich hätte jedenfalls endloslange Strichlisten darüber führen können, wie oft sie mir in den fünf Jahren Tiefkühl-Lasagne aufgetischt hat.«

»Und trotzdem liebst du sie«, sagte Ellison mit einem sanften Lächeln und trank einen weiteren Schluck.

Mina nickte eilig. »Natürlich. Zwar hatten wir unsere Höhen und Tiefen, aber sie war immer für mich da, seit meine Eltern es nicht mehr sein konnten. Deshalb gönne ich ihr diese Kreuzfahrt um die halbe Welt wirklich von ganzem Herzen. Sie hat deutlich länger darauf warten müssen, als ursprünglich geplant. Nur das mit Poppy und Freddie ... « Sie legte eine kurze Pause ein, auf der Suche, nach den richtigen Worten. Hilflos zuckte Mina mit den Schultern. »Ich kapiere es einfach nicht. Da muss irgendetwas vorgefallen sein. Grandma bringt sonst nichts aus der Ruhe. Sie ist immer energiegeladen und fröhlich und absolut alles ist für sie ein großes Abenteuer. Sie genießt ihre Freiheit in vollen Zügen. Deshalb hat mich ihre Reaktion auf Poppys Testamentsverlesung auch so erschrocken.«

Ellison nickte und drehte das Whiskyglas in ihren Händen hin und her. Die Stirn in nachdenkliche Falten gelegt. »Vielleicht ist sie irgendwann bereit dazu, dir die Geschichte zu erzählen.«

»Ja, vielleicht«, erwiderte Mina ebenso nachdenklich.

Von diesem Zeitpunkt an sprachen sie über belanglosere Themen, wie Minas Studium, das Dörfchen Green Hill und das B&B. Nur einmal wurden sie kurz unterbrochen, als das Team der Polizei Bescheid gab, dass sie im Garten nun fertig seien und praktisch nichts mehr an den Vorfall erinnerte. Zumindest wenn man von der Tatsache absah, dass in Green Hill nun in wenigen Tagen schon wieder eine Beerdigung stattfinden würde.

Obwohl sie versuchte, nicht daran zu denken, wanderten Minas Gedanken die ganze Zeit zurück an den Ort des Geschehens. Nicht einmal unbedingt, da sie den Anblick der Leiche nicht aus ihrem Gehirn löschen konnte, sondern weil das Alles etwas ... Seltsames an sich hatte. Etwas, das Minas Gehirnwindungen kitzelte und sie einfach nicht losließ.

Immer wieder ging sie durch, was sie über den Verstorbenen wusste. Auch wenn das zugegeben nicht viel war. Er war Poppys Sohn, wie sie extra nach Green Hill gereist und im selben B&B untergekommen. Doch das war der Situation geschuldet, dass es in dem Dörfchen nur eines gab. Und er hatte offenbar nichts mit Mina zu tun haben wollen. Jedenfalls hatte er jeden Annäherungsversuch sofort auf Eis gelegt. Eine Sache jedoch stach in ihrer Erinnerung besonders hervor: Der Zettel mit dem heutigen Datum und der Uhrzeit. Eine Uhrzeit, wenige Stunden nach Freddies Tod.

Sie zog ihr Handy hervor und suchte in ihrer Galerie das Bild heraus. In diesem Moment dankte Mina sich selbst dafür, ein Foto von dem Stück Papier gemacht zu haben, bevor sie es der Polizei überlassen hatte.

»Was siehst du dir da an?«

Mina schreckte auf und bemerkte erst in diesem Moment wieder, dass Ellison auch im Raum war. Zu sehr hatte sie sich ihren Gedanken hingegeben. »Ich habe ein Bild von diesem abgerissenen Zettel gemacht. Du weißt schon, das Papier, das Freddie in der Hand gehalten hat.«

»Warum das?«

Mina zuckte knapp mit den Schultern. »Weiß auch nicht so genau. Irgendwie hatte ich das Gefühl, es wäre wichtig.« Sie senkte abermals den Blick auf ihr Handy und kaute auf ihrer Unterlippe herum. »Es ist einfach irgendwie komisch. Der Termin, wenn es denn überhaupt einer gewesen wäre, hätte paar Stunden nach Freddies Tod stattgefunden. Es stand zwar kein Name oder so dabei, aber hätte sich nicht vielleicht irgendjemand gemeldet und nachgefragt, wenn Freddie nicht auftaucht?«

Nun war Ellison diejenige, die ratlos die Schultern hob und wieder sinken ließ. »Hier hat zumindest niemand angerufen. Aber vielleicht auf seinem Handy. Oder vielleicht hatte es mit dem Datum auch etwas ganz anderes auf sich. Das werden wir wohl nicht mehr erfahren.« Sie hob das Glas an die Lippen und leerte es in einem Zug. »Komm, lass uns etwas an die frische Luft gehen. Ich denke sowohl uns, als auch dem Kater würde ein kleiner Spaziergang guttun.«

Mina nickte lächelnd und folgte Ellison aus dem Kaminzimmer. Schnell stellte sie fest, dass Green Hill
wirklich idyllisch lag. Direkt in den Lowlands Schott-
lands, mit vielen grünen Wiesen auf denen zahlreiche
Schafe grasten. Sie folgten einem kleinen Bachlauf, der
sie sprudelnd begleitete und obwohl der Spaziergang
und die frische Luft tatsächlich ein wenig halfen, wollte
ihr Kopf einfach keine Ruhe geben. Ihre Gedanken
wanderten stets zurück zu dem Leichenfund am Vor-
mittag.

5

Ein lautes Klingeln ließ Mina und Ellison aus ihren Sesseln im Kaminzimmer hochfahren, wo sie gemeinsam gefrühstückt hatten. Selbst Mr. Marvel hörte damit auf, sich auf Minas Schoß zu räkeln, und starrte, auf dem Rücken liegend und alle vier Beine in die Luft gestreckt, mit großen Augen zur offen stehenden Tür hinüber. »Das ist das Telefon.« Ellison seufzte laut und stand auf, um das Gespräch anzunehmen.

Natürlich war das Humbug, doch Mina hatte das Gefühl, dass das Klingeln mit jeder verstreichenden Sekunde eindringlicher wurde.

»Ich komme ja schon!« Ellison trat in den Flur und kam wenig später mit dem klingelnden Telefon zurück. Mit einem Ächzen ließ sie sich auf den Sessel fallen und nahm das Gespräch an. »Paterson?« Trotz der Entfernung konnte Mina die schrille Stimme am anderen Ende der Leitung erahnen. Auch Ellison verzog das Gesicht und hielt eilig den Hörer von ihrem Ohr weg. »Amanda, du bist es. Schön von dir zu hören.«

Mina konnte sowohl am Klang von Ellisons Stimme, als auch anhand des Gesichtsausdrucks deutlich erkennen, dass sie das nicht ehrlich meinte. Dennoch lauschte die B&B-Besitzerin den Worten der anderen Frau – und die schien eine ganze Weile zu reden, denn

Mina schaltete nach wenigen Augenblicken ab und kraulte stattdessen Mr. Marvel hinter den Ohren.

»Da es in meinem Garten geschehen ist, habe ich das tatsächlich mitbekommen, ja«, sagte Ellison, als sie endlich einmal zu Wort kam.

Sofort horchte Mina auf. Offensichtlich ging es um Freddies Tod. Obwohl es klar war, dass ein solcher Vorfall in einem kleinen Dorf wie Green Hill schnell die Runde machte, war sie neugierig, welche Gerüchte sich darum bereits rankten. Vor allem nach so kurzer Zeit. Freddies Tod war immerhin noch keine vierundzwanzig Stunden her.

»Was du nicht sagst? Das ist tatsächlich interessant.«

Mina setzte sich aufrechter in ihren Sessel, doch erhaschte natürlich dennoch kein Wort von dem, was diese Amanda sagte. Ihre Neugier war wirklich Fluch und Segen zugleich. Ihre Mutter hatte damals immer gesagt, dass sie sich in manche Angelegenheiten wie ein Terrier verbeißen konnte und erst wieder losließ, wenn sie absolut alles wusste. Zugegeben hatte sie damit nicht ganz Unrecht gehabt.

Ellison räusperte sich. »Danke für deinen Anruf, Amanda. Auf Wiederhören!« Sie drückte gleich mehrmals den roten Knopf zum Auflegen und legte das Telefon anschließend auf das kleine Tischchen vor sich. »Ich frage mich immer wieder, wie es möglich ist, dass sie all diese Informationen innerhalb kürzester Zeit aufschnappen kann. Ich habe nun schon mehr als einmal vermutet, dass Amanda zumindest in einem früheren Leben für den Geheimdienst gearbeitet hat.«

Gespannt wartete Mina darauf, dass Ellison ihr erzählte, um *welche* Informationen es ging. Immerhin hatte es ganz offensichtlich mit Freddies Tod zu tun. Doch ihre Geduld wurde ein weiteres Mal auf die Probe gestellt, als Ellison zunächst nach ihrer Tasse griff und einen großen Schluck Schwarztee trank.

Mina rutschte auf dem Sessel herum, worauf Mr. Marvel mit einem deutlich genervten Miauen von ihrem Schoß sprang und sich demonstrativ auf den Boden legte.

Ellison hingegen schmunzelte, doch erlöste Mina schließlich. »Sie hat mir erzählt, dass bereits feststehen soll, woran Freddie gestorben ist.« Mina hielt die Luft an. »Er ist an den Folgen eines allergischen Schocks gestorben. Freddie war hochgradig gegen Erdnüsse allergisch. «

Ein Allergieschock, schoss es Mina durch den Kopf und im nächsten Augenblick sah sie erschrocken Ellison an. »Hat er denn … ich meine … könnte es sein … « Mina schluckte fest gegen den sich bildenden Kloß in ihrer Kehle an. »Hat er denn im B&B gefrühstückt?«

Sofort schüttelte Ellison den Kopf. »Nein. Definitiv nicht. Er hat das Frühstücksangebot nicht wahrgenommen. Das kann ich ganz sicher sagen.« Eine Last fiel bei diesen Worten von Minas Schultern. Zumindest konnten sie damit sicher sein, dass er nicht wegen Ellisons Frühstücksbuffet gestorben war. Ellison zuckte mit den Schultern. »Die Polizei ermittelt jedenfalls wegen der natürlichen Todesursache nicht weiter. Die Beerdigung soll am Wochenende stattfinden.«

»Das heißt aber, dass er von seiner Allergie wusste, oder?«

Ellison nickte sofort. »Definitiv. Als Amanda das eben gesagt hat, habe ich mich auch wieder daran erinnert.

Nach gut zwanzig Jahren kann so ein Detail schon mal kurzzeitig im Hirnsumpf verloren gehen. Aber gerade auch als engagierte Bäckerin kann ich dir sagen, dass das einem früher oder später definitiv auffällt. Meistens schon im Kindesalter, da Erdnüsse gerade auch häufig in Süßigkeiten als verstecktes Allergen vorkommen.« Sie nahm einen weiteren Schluck Tee. »Und soweit ich weiß, können sie schon direkt beim Verzehr allergische Reaktionen hervorrufen. Das kann verdammt schnell gehen.«

Mina zog ihre Unterlippe zwischen die Zähne. »Das muss schrecklich gewesen sein.«

»Aber nun haben wir zumindest Klarheit.« Ellison beugte sich vor und tätschelte Minas Hand, deren Finger sie unbewusst in die Armlehne gekrallt hatte. »Auch wenn es mir lieber gewesen wäre, wenn es nicht in meinem Garten passiert wäre. Vor allem nicht ausgerechnet dann, wenn ich die Jury herumführe.« Ellison legte sich die Hand auf die Stirn und schüttelte den Kopf. »Schon seltsam wie das Leben spielt, sage ich dir.«

Mina reagierte nicht. Zu sehr steckte sie gedanklich noch darin, die Informationen zu sortieren. »Was ich nur nicht verstehe ... « Sie machte eine kurze Pause, um sich die Worte richtig zurechtzulegen. »Warum war er überhaupt im Garten? Dort kann er ja wohl kaum Erdnüsse gegessen haben.«

»Das habe ich mich tatsächlich auch schon gefragt. Vor allem, da ich extra beide Tore vor dem Besuch der Jury abgeschlossen habe. Sowohl das vordere, als auch das hinter dem Teich.«

Mina nickte. In diesem Moment erinnerte sie sich daran, dass Ellison sie auf der Terrasse noch einmal kurz alleingelassen hatte, um alles abzuschließen. Sie hatte nichts dem Zufall überlassen wollen – und trotzdem war alles schiefgelaufen, was hatte schieflaufen können. »Das heißt, dass Freddie genau in den paar Minuten rausgegangen sein muss, als wir zurück ins B&B sind und du unter der Dusche warst.«

»Stimmt. Zu einem anderen Zeitpunkt hätten wir ihn hinaus gehen sehen.« Ellison warf die Hände in die Luft. »Das ist verrückt. Vollkommen verrückt.«

Mina riss die Augen auf, als ihr ein weiteres Detail in den Kopf kam. »Und es wird noch verrückter«, murmelte sie und sah dann zu Ellison auf, die ihr nur einen fragenden Blick zuwarf. »Freddie lag in der Nähe des Teiches. Vielleicht hat er versucht, durch die hintere Gartentür rauszukommen.«

»Oh Gott.« Ellison schlug sich die Hand auf den Mund, wodurch die folgenden Worte etwas hohl klangen. »Du meinst, ich habe ihn versehentlich aus dem B&B ausgesperrt?«

Langsam nickte Mina. »Ich befürchte ja. Auch wenn das immer noch nicht die Frage klärt, warum er überhaupt in den Garten gegangen ist.« Sie rieb sich über die pochende Stirn. »Irgendetwas sagt mir, dass da etwas vorne und hinten nicht zusammenpasst.«

»Inwiefern?«

»Ich glaube nicht, dass Freddie einfach so an einem anaphylaktischen Schock gestorben ist. Nicht, wenn er mit hoher Wahrscheinlichkeit von seiner Allergie wusste.« Mina sah Ellison direkt in die geweiteten Augen. »Das war kein Unfall.«

Die Kinnlade der B&B-Besitzerin klappte nach unten und ihre Augen wurden so groß, dass sie hervorquellten. »Du meinst ...« Sie schluckte und Mina beendete ihren angefangenen Satz.

»Irgendjemand wollte Freddie schaden.«

***

Ellison und Mina tauschten sich in der darauffolgenden Stunde über Minas Vermutung aus. Und je länger sie darüber sprachen, desto überzeugter waren sie davon, dass es sich bei Freddies Tod um keinen Unfall handelte. Dafür waren sowohl der Zeitpunkt, als auch die Art seines Ablebens einfach zu ... auffällig. Etwas passte nicht und genau dieses fehlende Puzzleteil war es, das Minas Fingerspitzen kribbeln ließ.

»Die Polizei hat seinen Tod allerdings sehr schnell als tragischen Unfall abgestempelt«, erwiderte Ellison.

Mina zuckte mit den Schultern. »Der Gerichtsmediziner hat ihn untersucht und einen schweren allergischen Schock als Todesursache festgestellt. Damit gibt es für die Polizei keinen Grund zu ermitteln. Zumindest nicht zu diesem Zeitpunkt.«

Für ein paar Sekunden herrschte absolute Stille. Bis Ellison im Brustton der Überzeugung »Dann übernehmen wir das« sagte.

Die Blicke der Frauen trafen aufeinander und in Ellisons konnte Mina dieselbe Entschlossenheit erkennen, die soeben von ihr Besitz ergriff. »Und ich werde hierbleiben, bis wir beide den Täter gefunden haben.«

Mr. Marvel miaute laut und als Mina zu ihm herübersah, saß er mit erhobenem Haupt und stolz vorgestreckter Brust auf der Lehne des Sessels. »Oder wohl eher wir drei. Mr. Marvel ist offenbar auch mit von der Partie. Und nachdem er derjenige war, der den Zettel in Freddies Hand gefunden hat, haben wir mit seiner Hilfe gute Karten, den wahren Grund hinter Freddies Tod herauszufinden.«

Selbst Ellison musste auf diese Worte hin schmunzeln. »Das ist vielleicht ein seltsames Ermittler-Trio.«

Mina zuckte mit den Schultern. »Aber eines, das Green Hill mal so richtig auf den Kopf stellen wird.« Sie lächelte Ellison an. »Und was sagst du?«

Das Lächeln auf dem Gesicht der älteren Dame verblasste und machte einem nachdenklichen Ausdruck Platz. Es vergingen ein paar Augenblicke, bevor sie zu einer Antwort ansetzte. »Du möchtest wirklich hierbleiben, um diese Sache aufzuklären?«

Mina nickte eilig und drückte Ellisons Hand. »Natürlich. Ich habe Semesterferien und der Flug zurück nach London lässt sich problemlos verschieben. Außerdem bin ich wahnsinnig neugierig, was dahintersteckt«, gab sie zu und errötete dabei ein wenig. »Ich habe eine Schwäche für Krimis.«

Ellison lachte laut auf und schien daher aufgrund des unbedachten Kommentars nicht sauer zu sein, wie Mina erleichtert feststellte. »Da hast du recht. Die ganze Sache ist schon ein wenig seltsam.«

»Nicht nur ein wenig«, erwiderte Mina.

Ellison schüttelte den Kopf, wodurch die übergroße Brille auf ihrer Nase gefährlich ins Wanken geriet und richtete sich dann in ihrem Sessel auf. »Wie willst du anfangen?«

Mina dachte einen Augenblick nach. »Vielleicht sollten wir ... Ich weiß nicht ... In sein Zimmer schauen.« Sie fühlte sich nicht wohl dabei, diesen Vorschlag zu machen. Aber das war mit Abstand die einfachste Möglichkeit, um an Informationen zu kommen.

Im Gegenteil zu Mina schien Ellison überhaupt kein Problem damit zu haben. »Gute Idee. Wir müssen die Sachen ohnehin zusammenpacken. Soweit ich weiß, war Freddie verheiratet und seine Frau wird die Sachen sicherlich abholen wollen.«

Das beruhigte Minas Gewissen zumindest ein wenig. Zwar schnüffelten sie dann immer noch in den persönlichen Dingen ihres verstorbenen Großcousins herum, aber nicht nur aus Neugierde. Jedenfalls redete sie sich das ein.

Ellison hievte sich aus ihrem Sessel und Mina tat es ihr gleich. Sie verließen das Kaminzimmer, stiegen die knarzende Holztreppe hinauf und gingen auf das Gästezimmer zu, das direkt neben Minas lag.

Die B&B-Besitzerin zog einen Schlüssel hervor, der an einem Anhänger in Form einer Gießkanne befestigt war und schloss das Zimmer auf. Während Ellison die Klinke nach unten drückte, hielt Mina die Luft an. Sie wusste zwar nicht, was sie erwartete oder zu finden hoffte, aber dennoch lag deutlich Spannung in der Luft, als Ellison die Tür aufschob.

Alles war völlig unauffällig. Das Bett war fein säuberlich gemacht. Auf dem kleinen Stuhl in der hinteren rechten Ecke lag ein akkurat gefalteter Stapel Kleidung und Freddies Reisetasche lag unter dem Tisch, auf dem eine Obstschale, ein kleiner Wasserkocher und eine Packung Haferflocken standen. Ein paar braune Krümel lagen zudem darauf verstreut. Nun wussten sie zumindest, womit Freddie sich frühstückstechnisch versorgt hatte. Doch Mina beachtete all das nicht weiter. Stattdessen sprang ihr ein Smartphone, das auf dem Nachtkästchen neben dem Bett lag, direkt ins Auge.

Sofort ging sie darauf zu und tippte zweimal auf den Bildschirm, sodass dieser aufleuchtete. »Ich habe sein Handy gefunden«, rief sie über die Schulter Ellison zu, die in das winzige, angrenzende Badezimmer gegangen war. »Darauf sind tatsächlich drei entgangene Anrufe, alle ungefähr zur selben Zeit und mit unbekannter Nummer.«

Minas Gehirn startete gerade auf Betriebstemperatur, als Ellison ihren Kopf zur Badezimmertür hinausstreckte. »Ich habe auch etwas.« Damit war das Handy für den Moment vergessen und Mina überbrückte rasch die wenigen Schritte und blieb im Türrahmen stehen. »Was denn?«

Mit einem kleinen Täschchen in der Hand drehte Ellison sich zu Mina um. Auf ihren Lippen lag ein triumphierendes Lächeln. »Ich würde behaupten, dass wir jetzt mit ziemlicher Sicherheit sagen können, dass Freddie eine Allergie hatte.« Sie schwenkte mit dem Täschchen so sehr in der Luft herum, dass Mina mehrere Augenblicke benötigte, um zu entziffern, was darauf stand. Direkt mittig platziert, war ein weiß-gelber Aufnäher angebracht. Darauf stand in schwarzen Großbuchstaben »EpiPen« und daneben eine kleine Abbildung, die wie eine Spritze aussah.

»Verdammt«, rutschte es Mina heraus und sie wischte sich unwirsch die Locken aus dem Gesicht. »Wenn er den gehabt hätte, würde Freddie jetzt vielleicht noch leben.«

Ellison schürzte die Lippen. »Nur hatte er weder die Chance an den EpiPen zu kommen, noch an sein Handy, um Hilfe zu holen.« Ihre zuvor gesunde, leicht rötliche Gesichtsfarbe nahm blitzschnell einen unheimlich bleichen Ton an, bis sie, beinahe einem Geist gleich, mit der ebenso weißen Wand hinter sich verschmolz. Zumindest, wenn da nicht ihre bunt zusammengewürfelte Kleidung wäre, die sich deutlich abhob. »Wenn ich Freddie nicht aus dem Haus ausgesperrt hätte, würde er jetzt noch leben«, sagte Ellison mit leiser, zittriger Stimme.

»Nein. Dieser Gedanke wird gar nicht erst weitergesponnen.« Mina schüttelte so ruckartig den Kopf, dass ihre Locken wild hin und her flogen. »Da steckt eindeutig mehr dahinter. Und wir zwei«, ein Miauen unterbrach sie, »okay, wir drei, werden herausfinden, was es damit auf sich hat.«

6

Ellison und Mina verbrachten die nächste Stunde damit, Freddies wenige Habseligkeiten in eine Kiste zu packen. Sobald sich jemand – mit großer Wahrscheinlichkeit seine Frau – meldete, konnte sie diese abholen oder Ellison schickte sie ihr zu.

Das Aufräumen hatte der B&B-Besitzerin glücklicherweise dabei geholfen, sich ein wenig zu beruhigen. Mit etwas gutem Zureden und einer Schmuseeinheit von Mr. Marvel war Ellison bereits wieder die Alte.

»So, das müsste alles gewesen sein«, sagte Ellison mit in die Hüfte gestemmten Händen und ließ ihren Blick ein weiteres Mal durch das Zimmer schweifen.

Mina währenddessen starrte auf die einsame Kiste, die nun auf dem kleinen Tisch stand. In diesen, zugegeben nicht besonders großen, Karton hatten Freddies Sachen problemlos hineingepasst. Irgendwie ein seltsames Gefühl, dass nun nichts mehr an ihn erinnerte. Auch wenn ihr natürlich bewusst war, dass er nur wenig Zeit im B&B verbracht hatte.

»Und jetzt?« Ellison sah Mina mit Neugier in den Augen an. Scheinbar hatte der Fall nun auch sie gepackt und nachdem Mina ihr tausendmal versichert hatte, dass sie keine Schuld traf, war ihre Laune wieder um einiges positiver.

Mina dachte einen Moment nach, während ihr Blick die ganze Zeit über an der Kiste hängenblieb. »Glenna«, stieß sie schließlich hervor, woraufhin Ellison nur fragend eine Augenbraue hob. »Sie hat sich mit mir auf der Testamentsverlesung kurz unterhalten. Als beste Freundin von Poppy muss sie Freddie doch soweit ganz gut gekannt haben. Vielleicht weiß sie mehr. Zum Beispiel, wann er das letzte Mal hier war.«

»Ein Versuch ist es wert.« Ellison gähnte mit einem Mal laut. »Aber vielleicht doch besser nicht mehr heute. Der Tag fühlt sich an wie drei.«

Mina knabberte auf ihrer Unterlippe herum. Sie stand immer noch komplett unter Adrenalin, auch wenn es seit dem Leichenfund zumindest ein wenig abgeklungen war. Doch bis zum nächsten Tag warten, klang eher nach Folter. »Ich könnte allein zu Glenna gehen. Es interessiert sie bestimmt, wie Mr. Marvel sich bisher so gemacht hat und dann könnte ich das Thema Poppy und Freddie ansprechen.«

Ellison ließ sich ein paar Augenblicke Zeit mit der Antwort. »Sei aber vorsichtig. Zwar hat sie von dem Vorfall sicherlich schon gehört, solche Dinge verbreiten sich in Green Hill wie ein Lauffeuer, aber sie steht bestimmt unter Schock.«

»Keine Sorge. Ich werde sie nicht überfallen. Aber wenn wir so schnell wie möglich herausfinden wollen, was wirklich dahintersteckt, dürfen wir nicht zu viel Zeit verlieren.«

***

Eine halbe Stunde später fand Mina sich vor einem alten Herrenhaus wieder. Es war gigantisch. Anders konnte sie diese Ausmaße nicht beschreiben. Es bestand aus grauem Stein. Der Hauptteil des Gebäudes war quaderförmig, während rechts und links zwei breite Rundtürme in die Höhe ragten. Ein großes, schwarzes Tor versperrte ein wenig die Sicht, doch die Pracht des Herrenhauses war unbestreitbar.

Mina trat an das Tor heran und schluckte bei dem Anblick der metallenen Spitzen, die Eindringlinge definitiv daran hinderten hinauf zu klettern. Eine Klingel, sowie ein schwarzes Touch-Pad, in das eine Zahlenkombination eingegeben werden konnte, waren auf Brusthöhe angebracht.

Sie klingelte und wenige Sekunden später erklang eine zittrige, weibliche Stimme. »Hallo?«

»Hallo, hier ist Mina Abbott.«

»Abbott?«

Am liebsten hätte Mina sich mit der Hand gegen die Stirn geschlagen. Natürlich konnte die ältere Dame mit ihrem Nachnamen auf die Schnelle nichts anfangen. »Ich bin Poppys Großnichte. Die, die Mr. Marvel geerbt hat«, fügte sie daher rasch hinzu.

Ein lautes Scheppern ertönte, dann vernahm Mina ein leises Glucksen in der Leitung. »Oh, aber natürlich! Entschuldige bitte. Komm gerne herein. Einfach dem Weg zur Tür folgen, ich mache dir sofort auf.«

Ehe Mina etwas erwidern konnte, erklang ein lautes Summen, und die eingebaute Tür im Tor öffnete sich. Sie trat hindurch und folgte Glennas Anweisungen. Spätestens nach diesem Ausruf war sie sich zumindest sicher, dass es sich bei der Frauenstimme um die ältere Dame handelte.

Der schmale Weg zum Haus war gepflastert und zu beiden Seiten waren Bäume gepflanzt, wodurch der Eindruck einer kleinen Allee erweckt wurde. Der Garten blühte in allen Farben und Mina konnte nur zu gut verstehen, weswegen Ellison und Poppy oftmals ein Kopf an Kopf Rennen hingelegt hatten hinsichtlich des schönsten Gartens. Auch wenn Mina zugegeben ein klein wenig Ellison-Chaos lieber war als das perfekt gestutzte Gras und die auf den millimetergenau angelegten Beete Poppys. Doch da waren die Richter zu Ellisons Leidwesen bislang anderer Meinung gewesen.

Gerade als Mina endlich die dunkel angestrichene Tür mit einem Löwenkopf als Türklopfer erreicht hatte, öffnete diese sich mit einem lauten Quietschen. Glenna stand mit einem freundlichen Lächeln im Durchgang. »Ich wusste gar nicht, dass du noch in Green Hill bist«, begrüßte sie Mina und winkte sie zu sich. »Aber komm erst mal herein. Ich gieße uns einen Tee auf.«

»Sehr gerne«, antwortete sie und folgte Glenna in das Gebäude, wobei sie in Gedanken nachsetzte, dass ihr ein Whisky nach dem heutigen Erlebnis lieber wäre. Nicht nur, um ihre Nerven zu beruhigen, sondern auch um ihre Zunge für das bevorstehende Gespräch zu lockern. Denn Glenna wirkte nicht gerade so, als hätte sie schon von Freddies Tod erfahren.

Das Innere des Herrenhauses war genauso, wie Mina es sich vorgestellt hatte. An den grauen Wänden hingen zahlreiche Kunstwerke. Eingefasst in Goldrahmen, die vermutlich allein schon einen ungeheuren Wert besaßen. Auf schlanken Tischchen standen blau-weiße

Ming-Vasen, auf denen Drachen und andere Lebewesen der chinesischen Kultur abgebildet waren.

Aus Sorge, den gebrechlichen Gefäßen zu nah zu kommen, hielt Mina sich, so gut es ging, in der Mitte des breiten Flures und bestaunte die Einrichtung aus sicherem Abstand. Immerhin hatte sie ein angeborenes Talent in Sachen Tollpatschigkeit und glaubte, dafür eines Tages noch im Guinnessbuch der Weltrekorde zu landen. Zumindest wäre ihr der erste Platz ziemlich sicher, wenn sie es schaffte, eine dieser extrem teuren Porzellanarbeiten zu zerstören.

»Sie sind wunderschön, nicht wahr?«, sagte Glenna, die Minas Blick gefolgt war. »Poppy hat Jahrzehnte damit verbracht, all diese Vasen und Gemälde zu sammeln. Aber nichts ging ihr über ihre Bibliothek. Diese war ihr ganzer Stolz. Vermutlich habe ich noch kein einziges Antiquariat besucht, das mehr Erstausgaben berühmter Schriftsteller besitzt. Ich kann sie dir gerne später zeigen.«

»Das Alles ist atemberaubend«, erwiderte Mina und meinte es auch genauso. Sie hatte das Gefühl, in einer anderen Zeit gelandet zu sein. Einer Zeit, in der die schottischen Clans über dieses Land regierten und ihre Kämpfe ausfochten. Für einen kurzen Augenblick war es ihr, als könnte sie die Dudelsäcke spielen und das Trampeln hunderter, gar tausender Füße zum Tanz eines flotten Liedes auf dem alten Fußboden hören.

Glenna schmunzelte. »Mir ging es wie dir, als ich das zum ersten Mal gesehen habe.« Sie vollführte eine alles umfassende Geste und warf ihr dann einen belustigten Blick zu. »Und selbst jetzt, obwohl ich all diese Reichtümer schon hunderte Male erblickt habe, entdecke ich doch immer wieder etwas, das mich erstaunt, überrascht oder mir den Atem raubt.«

»Und jetzt gehört das Alles dir«, sagte Mina mit leiser Stimme. Sie sprach, ohne über ihre Worte nachzudenken und erst, als Glenna darauf nicht sofort etwas erwiderte, sah Mina zu ihr. Ein abwesender, trauriger Blick verdüsterte nun das Gesicht der alten Dame und Mina bereute ihre unbedachte Wortwahl direkt. »Entschuldige, so habe ich es nicht gemeint. Ich wollte nur sagen, dass du jetzt alle Zeit der Welt hast, um dir die Sachen anzuschauen.« Glennas lautes Seufzen ließ Mina erröten. »Das war auch nicht besser. Entschuldige. Ich ... ich sollte einfach meinen Mund halten«, schloss sie schließlich. In diesem Moment hätte sie alles dafür gegeben, dass sich der Erdboden unter ihr auftat.

Nun sah Glenna doch wieder zu ihr auf, ein kleines Lächeln auf den Lippen. »Mach dir keine Gedanken. Ich habe verstanden, wie du es gemeint hast. Aber jetzt wollen wir erst mal einen Tee trinken.«

Mina hätte am liebsten umgekehrt und sich schleunigst auf den Rückweg in das B&B gemacht. Wieder einmal war sie sich alles andere als sicher, ob es wirklich ein guter Plan gewesen war, hierherzukommen. Wer war sie, um Glenna über Freddie auszuquetschen und damit vermutlich als Erste von seinem Tod zu berichten? Von dem Sohn ihrer besten Freundin, die sie ebenfalls gerade erst verloren hatte? Es stand ihr nicht zu, diese Nachricht zu überbringen. Doch andererseits: Wer war ein besserer Kandidat? Niemand wollte so etwas überhaupt zu hören bekommen – egal von wem.

Andererseits zählte Ellison auf sie und darauf, dass sie neue Informationen mit zurückbrachte.

Doch ehe Mina sich dazu entscheiden konnte, die Flucht anzutreten, fand sie sich auf einem gemütlichen Stuhl in einem riesigen Esszimmer wieder. Wobei der Begriff Esszimmer definitiv zu klein war, um diesen Raum zu beschreiben. Allein der Tisch erinnerte mehr an eine Tafel. Minas Augen weiteten sich bei dem Anblick der zahlreichen Stühle.

Glenna griff nach einer gefüllten Teekanne und füllte zwei Tassen mit ihrem dampfenden Inhalt. »Poppy hat immer Witze darüber gemacht, dass sie hier ohne Probleme alle Ritter der Tafelrunde verköstigen könnte. Sie hat es geliebt, Besuch zu bekommen. Doch das wurde leider mit den Jahren weniger. Abgesehen von dem Treffen der Gartenfreunde.« Glenna schien für einen Moment in ihren Erinnerungen zu versinken und ihr Blick wurde immer glasiger. »Poppy und ich haben uns tatsächlich erst als Mütter in der Schule kennengelernt. Immerhin war sie gut zehn Jahre jünger als ich. Freddie und meine jüngste Tochter haben dieselbe Klasse besucht. Wir haben uns trotz des Altersunterschieds schnell angefreundet und sind es seitdem auch geblieben.«

»So eine Freundschaft ist wirklich wertvoll.« Mina schluckte fest und versuchte sich an einem, zugegeben eher wackeligen Lächeln. »Aber ...« Sie räusperte sich leise und legte sich die richtigen Worte zurecht. »Hat Freddie Poppy denn nicht zumindest ab und zu besucht?«

Glenna hörte damit auf, in ihrer Tasse herum zu rühren. Sie hatte so viel Zucker hinein gehäuft, dass Mina zuerst glaubte, ihr Löffel würde darin einfach stecken bleiben. Die ältere Dame sah ihr für ein paar Sekunden fest in die Augen, doch schüttelte dann den Kopf. »Freddie habe ich in den letzten gut zwanzig Jahren, seit er für sein Studium nach Edinburgh gezogen ist, nicht mehr zu Gesicht bekommen. Bei der Beerdigung habe ich ihn kaum wiedererkannt. Er hat damals praktisch alles, was mit Green Hill zu tun hat, hinter sich gelassen.«

»Auch seine Mutter«, flüsterte Mina und wie so oft an diesem Tag bildete sich ein Kloß in ihrem Hals.

Glenna seufzte tief und schüttelte langsam den Kopf, während ihr Blick auf die glatt polierte Oberfläche des Tisches gerichtet war. »Poppy litt sehr unter seiner Abwesenheit. Irgendwann habe ich aufgehört, zu zählen, wie oft sie mir erzählte, dass er am Telefon versprach, bald vorbeizuschauen. Doch in den vergangenen zwanzig Jahren hat er es nicht ein einziges Mal geschafft. Ich bin mir nicht einmal sicher, ob Poppy Freddies Frau abseits von der Hochzeit in der Hauptstadt jemals wieder zu Gesicht bekommen hat.«

Mina biss sich bei dieser Erzählung auf die Unterlippe und tiefes Mitleid für ihre Großtante überkam sie. Bis auf Glenna schien Poppy niemanden gehabt zu haben und einmal mehr fragte sie sich, was der Grund für die Abneigung ihrer Großmutter gegen Poppy gewesen war. Warum ihr Teil der Familie ihre Verbindung nach Schottland und Green Hill gekappt hatte.

Mina konnte sich nicht einmal vorstellen, wie es gewesen war, stets allein in diesem großen Haus zu leben und an dieser gigantischen Tafel zu frühstücken. Selbst mit Glenna als bester Freundin über all die Jahre hinweg und den Gartenfreunden an ihrer Seite war Poppy vermutlich sehr einsam gewesen.

»Dann hatten die beiden kein besonders gutes Verhältnis?«

Glenna schüttelte abermals den Kopf. »Nein, sie hatten kaum Kontakt.« Ein lautes Klingeln ertönte und Mina fuhr auf ihrem Stuhl so zusammen, dass sie sich einen guten Schluck ihres Schwarztees über das helle T-Shirt kippte. Während sie versuchte, das Übel so gut wie möglich mit einer Serviette in Ordnung zu bringen, stand Glenna auf und nahm das laut klingende Telefon ab.

»W... wa... Was? T...ot?«, stieß Glenna wenige Augenblicke später mit zittriger Stimme hervor. »Ich v... ve... verstehe.«

Mina sah erschrocken auf und erkannte, dass Glenna mit jeder verstreichenden Sekunde bleicher wurde. Mit zwei schnellen Schritten stand sie neben der älteren Dame und zog einen Stuhl heran, auf den sie sich setzen konnte und sie kam Minas stummer Aufforderung sofort nach.

Selbst Mina war von dem Anruf erschüttert. Nicht unbedingt wegen des Inhalts, den kannte sie natürlich selbst bereits *zu* gut. Doch während sie und Ellison bereits über mehrere Ecken erfahren hatten, dass ein allergischer Schock Grund für Freddies Tod war, erfuhr Glenna erst jetzt, dass er überhaupt gestorben war.

Ein paar weitere Augenblicke vergingen, bis Glenna mit einem »Danke für Ihren Anruf« das Gespräch beendete. Sie hängte den Hörer zurück auf die altmodische

Gabel und starrte ins Leere, als bräuchte sie einen Moment, um das Telefonat sacken zu lassen. Als sie wieder aufsah und ihr Blick Minas begegnete, glitzerten Tränen in ihren Augen. »Das war Brown. Er«, sie schluckte fest, »er hat mir gerade mitgeteilt, dass Freddie ... Poppys Sohn ... Er ist tot. Ein ... ein allergischer ... Schock.« Glennas Körper zitterte unkontrolliert und Minas Sorge um die ältere Dame stieg immer weiter an. Sie war sich fast sicher gewesen, dass der Buschfunk über Freddie bereits bis zu ihr vorgedrungen war, doch da hatte sie sich getäuscht.

Beinahe wäre ihr ein »Verdammte Scheiße!« herausgerutscht. Zumindest hatte sich so das Problem, Glenna von Freddies Tod erzählen zu müssen, gelöst. Doch um welchen Preis?

1

»Und wie hat sie auf die Nachricht reagiert, dass er ausgerechnet in meinem Garten gefunden wurde?«, fragte Ellison Mina am nächsten Morgen zum nun bestimmt fünften Mal in abgewandelter Form.

»Ich glaube, das hat sie in dem Moment nicht wahrgenommen. Sie hat den Besuch dann ziemlich schnell beendet und wollte allein sein. Ich kam weder dazu, ihr zu erzählen, dass das der eigentliche Grund für mein Kommen war, noch zu fragen, ob ich nicht doch ein wenig bleiben solle.«

Ellison nahm einen großen Bissen von ihrem Scone. »Arme Frau. Sie hat gerade viel auf einmal zu schlucken. Nicht nur wegen Poppy und Freddie. Auch wegen des Herrenhauses. Auf der einen Seite ist es zwar wirklich eine Goldgrube, aber auf der anderen Seite hält sich das mit genauso viel Nippes wieder die Waage. Ich jedenfalls wäre in Glennas Alter nicht erpicht darauf, dieses riesige Anwesen allein ausräumen zu müssen, das sage ich dir.« Ellison sprach mit halb vollem Mund, wodurch sich ein paar Krümel des Scones überall verteilten.

»Ich denke die ganze Zeit daran, dass Freddie so lang nicht hier war. Irgendwie will es mir nicht in den Kopf gehen, dass er Green Hill zum Studieren verlassen hat und dann einfach nie wieder zurückkam. Nicht einmal, um seine Mutter zu besuchen.«

Ellisons Stirn legte sich in nachdenkliche Falten, als würde sie in Gedanken um zwanzig Jahre in die Vergangenheit reisen. »Zugegeben war Freddie immer schon ein wenig anders. Er hat nie wirklich hierher gepasst. Es war ihm zu ruhig in Green Hill. Hier passiert selten etwas und er hat zu den jungen Leuten gehört, die gern rauskamen und Dinge erlebten. Du kannst dir ja nicht vorstellen, wie oft er die älteren Herrschaften im Dorf auf die Palme gebracht hat, wenn er wieder einmal seine Langeweile stillen musste. Ich verstehe, dass er diese Abenteuer in der Hauptstadt gesucht und scheinbar auch gefunden hat.« Ellison räusperte sich leise. »Wenigstens war er zu Poppys Beerdigung hier und hat ihr die letzte Ehre erwiesen. Nicht nur zur Testamentsverlesung.«

Mina nickte und starrte dabei gedankenversunken auf den Tropfen, der an der Teekanne herunterlief. Mochte sein, dass junge Leute in einem Dorf wie Green Hill nur bedingt auf ihre Kosten kamen. Aber kehrte man diesem Ort dann gleich für immer den Rücken? Oder zumindest für über zwanzig Jahre, ohne jemals wieder einen Fuß hineinzusetzen? Nicht einmal, um seine Mutter zu besuchen? Das kam ihr doch etwas seltsam vor. Irgendetwas sagte ihr, dass mehr dahintersteckte. Es musste einen anderen, einen größeren Grund dafür geben, dass Freddie erst wieder zur Beerdigung und Testamentsverlesung hier aufgetaucht war.

»Mina! Hallo? Hörst du mich?« Ellison winkte mit der Hand vor ihren Augen herum und erst in diesem Augenblick schrak Mina aus ihren Gedanken auf. Sie löste den Blick von der Teekanne, der Tropfen hatte längst seinen Weg auf die Tischplatte gefunden und sah zu Ellison auf. Selbst Mr. Marvel stieß ein lautes Miauen aus, um Minas Aufmerksamkeit auf sich zu ziehen.

Sie errötete und schnappte sich rasch den Kater, um ihn auf den Schoß zu nehmen und ihre Scham zu überspielen. »Entschuldige, ich war in Gedanken. Was hast du gesagt?«

»Das war kaum zu übersehen.« Ellison schmunzelte und lehnte sich in ihrem Sessel zurück. »Ich sagte, dass Freddie nicht der Einzige ist, der Green Hill für immer verlassen hat. Es ist ein kleiner, beschaulicher Ort. Normalerweise ist das Interessanteste, was hier passiert, dass sich ein Kater in den Lebensmittelladen verläuft, sich an dem Fisch wohltut und abgeholt werden muss.« Sie warf Mr. Marvel einen bedeutungsschweren Blick zu, der darauf das Schnurren für einen Moment unterbrach, um diesen zu erwidern.

Normalerweise. Wenn man nicht gerade eine Leiche in seinem Garten neben dem Teich entdeckt, schoss es Mina durch den Kopf und Ellison schien ihre Gedanken zu lesen.

Sie seufzte laut. »Zumindest war es das bisher. Die Sache mit Freddie ist ...« Doch Mina sollte nicht mehr erfahren, was die Sache mit Freddie war. Sie hatte augenblicklich ein Déjà-vu-Gefühl, als ein Telefon klingelte. Ellison stand sofort auf und nahm das Gespräch an. Sie legte einen ähnlichen Blick an den Tag wie gestern, weswegen Mina vermutete, dass es sich bei der Anruferin wieder um die Klatschtante des Dorfes handelte. Wenige Augenblicke später bestätigte sich ihre Vermutung und wurde zur glasklaren Sicherheit, als Ellison sich mit brillenverstärkten, großen Augen zu ihr umdrehte.

»Das war Amanda.« Sofort setzte sich Mina aufrechter hin und hing Ellison förmlich an den Lippen, die bei diesem Anblick jedoch nur schmunzelte. »Ich muss dich enttäuschen. Dieses Mal ging es nicht um Freddie. Sie ist Mitglied der Gartenfreunde und möchte sich eines meiner Bücher ausleihen. Sie hat sich irgendwie in den Kopf gesetzt zu dieser Jahreszeit Christrosen ziehen zu wollen. Seit Wochen sage ich ihr, dass sie erst im Winter Saison haben, aber sie will einfach nicht darauf hören.«

Ellison seufzte schwer und rollte in großer Geste mit den Augen, während Mina in der Zwischenzeit wieder in sich zusammengesunken und die vorherige Neugierde verflogen war.

»Und sie braucht das Buch sofort?«, fragte Mina und beobachtete Ellison dabei, wie sie sich eine knallgelbe Strickjacke über ihre grüne Cord-Latzhose warf. Diese Kombination biss sich natürlich wunderbar mit ihrer knallroten Brille.

Ellison trat auf das Bücherregal zu und Mina stand ebenfalls auf. Dabei vergaß sie, dass Mr. Marvel es sich bis zu diesem Zeitpunkt noch auf ihrem Schoß gemütlich gemacht hatte. Mit einem lauten, protestierenden Miauen sprang er hinunter und sah sie aus dem Augenwinkel genervt an, doch sie ignorierte ihn gekonnt. »Ich begleite dich. Vielleicht gibt es doch ein paar neue Erkenntnisse, die wir direkt für unsere Ermittlungen mitaufnehmen können.«

»Oh, überlege dir das gut. Amanda ist wie ein Bluthund. Wenn sie einmal ein interessantes Detail aufgenommen hat, lässt sie nicht mehr davon ab. Und da reicht es schon, dass sie dich nicht kennt, du aber mit Poppy verwandt bist und den Kater geerbt hast. Also wenn du nicht unbedingt den restlichen Tag in einem Haus voller ausgestopfter Tiere, verbranntem Longbread und zigtausend Fragen verbringen willst ...

Glaub mir, das ist ein Vergnügen, dass ich dir ersparen möchte. Mach doch stattdessen lieber einen Spaziergang. Ein wenig den Kopf freibekommen, du weißt schon. Es reicht, wenn sich eine von uns hautnah in diesem Albtraum befindet.« Ellison versuchte sich an einem Lächeln, das jedoch ordentlich in Schieflage geriet. Ihr Missfallen, zu Amanda gehen zu müssen, stand ihr deutlich ins Gesicht geschrieben.

»In Ordnung. Aber du rufst mich an, falls ich doch kommen soll. So als seelische und moralische Stütze oder um einen Notfall im B&B vorzutäuschen, damit du schnellstmöglich zurückkommen musst.«

»Versprochen«, erwiderte Ellison mit einem breiten Lächeln.

***

Zuerst hatte Mina vor, einfach im B&B auf Ellisons Rückkehr zu warten. Doch sie hielt es keine zwanzig Minuten allein im Kaminzimmer aus, bevor sie das Gefühl hatte, ihr würde gleich die Decke auf den Kopf fallen. Trotz allem hoffte sie, dass Ellison Amanda ein paar weitere Informationen über Freddie entlocken konnte. »Komm Mr. Marvel. Vielleicht hat Ellison recht und uns würde ein wenig frische Luft guttun.«

Sie schnappte sich kurzerhand den roten Kater und fand sich ein paar Minuten später vor der Tür wieder. Tief atmete sie die warme Frühlingsluft ein und lief einfach drauflos.

Mr. Marvel übernahm rasch die Führung und scharwenzelte mit schnellen, tapsigen Schritten und aufgestelltem Schwanz die Dorfstraße entlang. Sie kamen an einer kleinen Bäckerei vorbei, einem Bauernhof, der mit einem Schild warb, dass man hier direkt die frischeste Milch in ganz Schottland abholen konnte, und einem Lebensmittelladen, den Mina inzwischen aus Ellisons Erzählungen kannte.

Es war definitiv kein Zufall, dass der Kater sie zielgenau hierherführte. Jedenfalls wurde er mit einem begeisterten Ausruf der Verkäuferin begrüßt, die damit die etwas zu laut eingestellte Dudelsackmusik übertönte. »Ja, Mr. Marvel!« Sie bückte sich sofort zu dem schnurrenden Kater hinunter, um ihn zu streicheln. Dabei ignorierte sie völlig, dass er ganze Büschel seines roten Fells an ihrer schwarzen Stoffhose hinterließ. »Dass ich dich noch einmal zu Gesicht bekomme.« Sie griff in die Tasche ihrer ebenso schwarzen Schürze und ließ etwas vor Mr. Marvel auf den Boden fallen, worüber er sich sofort hermachte, als hätte er seit Tagen nicht gegessen. Wie lange die Frau die Leckerchen schon in der Tasche hatte für den Fall, dass der Kater doch noch einmal auftauchte? So genau wollte Mina das vermutlich gar nicht wissen.

Sie trat näher heran und erst jetzt schien die Frau zu bemerken, dass Mr. Marvel ihren Laden zumindest dieses Mal nicht allein aufgesucht hatte. »Ah, wie ich sehe, hast du jemanden mitgebracht.«

»Entschuldigen Sie. Ich wusste nicht, dass er sich auf den Weg hierher machen würde«, sagte Mina, während die Frau sich zeitgleich langsam aufrichtete. Dabei stützte sie eine Hand in den unteren Rücken, als würde die Bewegung ihr Schmerzen verursachen. »Aber eigentlich hätte ich es mir von den Erzählungen her denken können. Er ...« Mina stockte, als sie zum ersten Mal das Gesicht der Ladenbesitzerin erkannte. Sie hatte das Gefühl sie schon einmal gesehen zu haben.

Die Frau musterte sie und ihr Gesichtsausdruck zeigte ebenfalls, dass sie überlegte, ob sie Mina kannte. Dann wanderte ihr Blick zurück zu Mr. Marvel und im nächsten Moment zeichnete sich Erkenntnis auf ihrem Gesicht ab. »Ich glaube, wir kennen uns. Oder haben uns zumindest schon einmal gesehen. Auf der Testamentsverlesung.«

»Natürlich!«, stieß Mina hervor. In diesem Moment erinnerte sie sich daran, dass die Ladenbesitzerin in der Reihe hinter ihr gesessen und während der gesamten Verlesung kein Wort von sich gegeben hatte. Sie war Mina nur beim Hereinkommen mit den anderen beiden Frauen aufgefallen. »Entschuldigen Sie, ich erinnere mich nur leider nicht an Ihren Namen.«

»Christie, Christie Forbes«, stellte sie sich vor.

Mina ergriff Mrs. Forbes ausgestreckte Hand und erwiderte: »Mina Abbott, Poppys Großnichte. Freut mich, Sie kennenzulernen.«

»Die Freude ist ganz auf meiner Seite. Mr. Marvel scheint es bei dir sehr gut zu gehen. Nur dachte ich, du wärst wieder nach London abgereist?«

Mina blinzelte mehrere Male, wusste nicht, was sie darauf antworten sollte. Mrs. Forbes lachte daraufhin laut auf. »Entschuldige. Green Hill ist ein kleines Dörfchen. Wenn hier jemand aus einer Großstadt auftaucht, macht das schnell die Runde und zack, weiß jeder sofort alles über diese Person.« Sie zwinkerte Mina verschwörerisch zu, als hätte sie ihr soeben ein wichtiges Geheimnis über die Dorfbewohner Green Hills verraten.

»Dann müsste es ja bei Freddie genauso gewesen sein«, wagte Mina einen Schuss ins Blaue.

Sofort verrutschte das Lächeln auf Mrs. Forbes Gesicht und ihr Mund stand für einen Augenblick offen, wodurch Mina ihre unbedachten Worte direkt bereute. »Ja, da könntest du recht haben«, sagte Mrs. Forbes mit betont ruhiger Stimme. »Freddies Anblick bei der Testamentsverlesung war tatsächlich ein seltener. Seit er für sein Studium nach Edinburgh gezogen war, habe ich ihn bis zur Beerdigung nicht mehr zu Gesicht bekommen.« Das Lachen der Ladenbesitzerin klang ein wenig schrill in Minas Ohren und sie musste ihre Hände dazu zwingen, nicht nach oben zu wandern, um diese zuzuhalten. »Schrecklich, was mit ihm geschehen ist«, setzte die Ladenbesitzerin nach und bestätigte damit Minas Vermutung, dass sie von seinem Tod Bescheid wusste.

»Das stimmt«, erwiderte Mina mit ebenso leiser Stimme. »Wissen Sie, wieso Freddie nicht mehr zurückgekommen ist? Ich meine, soweit ich mitbekommen habe, hat er Poppy in den letzten Jahren nicht einmal besucht.«

Mrs. Forbes richtete sich auf und schüttelte den Kopf. »Nein, ich habe keine Ahnung. Er war damals ein paar Klassen unter mir und als Kind schon ein rechter Wirbelwind. Es war schnell klar, dass er nicht länger als nötig hierbleiben wird.«

Das bestätigte zumindest, was Ellison ihr über Freddie erzählt hatte. Mina versuchte, ihre Enttäuschung darüber, keine neuen Erkenntnisse in Erfahrung gebracht zu haben, nicht zu zeigen. »Dann scheint er sehr nach Poppy gekommen zu sein. Wie ich gehört habe, hatte sie auch viele verschiedene Interessen.«

Die Ladenbesitzerin lachte auf und damit verschwand die Schwere in dem Gespräch genauso schnell wieder, wie sie aufgekommen war. »Das kannst du laut sagen. Ich glaube, sie hat sich nie entscheiden können, was ihr tatsächliches Heiligtum war: Ihr Garten, ihre Bibliothek, der Kater oder diese Fernsehsendung, in der Männer in Kostümen durch die Luft fliegen.« Mrs. Forbes rümpfte die Nase, als wäre es etwas Anstößiges, sich so was anzuschauen. Dabei schien sie nicht zu wissen, dass Mr. Marvel seinen Namen eben genau von diesen Filmen geerbt hatte.

Für einen Moment setzte ein Schweigen ein, das von Mrs. Forbes jedoch mit einem lauten Räuspern durchbrochen wurde. Doch zum Sprechen senkte sie ihre Stimme, als hätte sie Sorge, jemand könnte ihre folgenden Worte hören. »Jedenfalls kann ich Ms. Margot verstehen, dass sie bei der Testamentsverlesung ein wenig ...« Ihre Stirn legte sich in Falten, offenbar auf der Suche, nach einem passenden Wort. »... ja ungehalten, könnte man vielleicht sagen, reagiert hat. Glenna ist keine Person, die viel für Mode, Schmuck und dergleichen übrig hat.«

Zwar hatte Mina der Name Margot nicht sofort etwas gesagt, doch aufgrund des Kontexts mit dem Schmuck reimte sie sich zusammen, dass es sich um die Dame im Etuikleid und High Heels bei der Verlesung handelte. »Glenna war Poppys älteste und beste Freundin. Ich bin mir sicher, dass meine Großtante sich dabei etwas gedacht hat.« Mina jedenfalls war diese Ms. Margot bei der Testamentsverlesung unsympathisch gewesen.

»Bestimmt«, lenkte die Ladenbesitzerin sofort ein. »Das wird schon alles so seine Ordnung haben.« Sie lachte abermals laut auf und auf Minas Arm breitete sich eine Gänsehaut aus, als Mrs. Forbes wiederholt sagte: »Wirklich schrecklich, was mit Freddie geschehen ist. Ganz schrecklich.« Ihre Augen glänzten ein wenig, doch nicht etwa vor Tränen, wie es bei Glenna der Fall gewesen war. Es war etwas anderes. Etwas, das ein ungutes Gefühl in Minas Bauchgegend aufwallen ließ. Auch wenn sie nicht genau festmachen konnte, woran es lag.

Das ungute Gefühl blieb, weswegen Mina beschloss, den Laden schnellstmöglich zu verlassen. »Da haben Sie recht. Aber wir müssen weiter, haben noch ein paar Besorgungen zu erledigen. Auf Wiedersehen Mrs. Forbes.«

Die Ladenbesitzerin hob die Hand zum Gruß. »Auf Wiedersehen, ihr zwei!« Der seltsame Glanz in ihren Augen war verschwunden, stattdessen lag ein freundliches Lächeln auf ihren Lippen. Fast, als hätte es diesen komischen Moment zuvor nie gegeben.

8

Mina konnte den Laden kaum schnell genug verlassen. Ihre Gedanken kreisten um das soeben gehörte und ihr Hirn arbeitete unermüdlich daran, die gewonnenen Informationen zu verarbeiten. Auch wenn auf den ersten Blick nicht allzu viel Neues dabei war.

Interessant fand sie jedoch, dass Mrs. Forbes nur wenige Klassen über Freddie gewesen war. Das bedeutete zumindest, dass sie etwa im gleichen Alter waren. Trotzdem wirkte die Frau zunächst deutlich älter. Nicht unbedingt wegen ihres äußeren Erscheinungsbildes, sondern aufgrund ihres Auftretens und der Art, wie sie sprach.

Doch die eine Frage, die immer wieder aufkam und sich in ihren Gedanken in den Vordergrund drängelte, war: Warum hatte Mrs. Forbes die Sache mit dem Schmuck angesprochen und diese Margot verteidigt? Mina spürte, dass mehr dahintersteckte. Dass es einen Grund, irgendeinen Zusammenhang zwischen den beiden Frauen geben musste.

Mr. Marvel miaute einmal laut und riss Mina damit aus ihren Gedanken. Sie sah auf und erkannte, dass sie beinahe in eine andere Person hineingerannt wäre. Diese hatte genauso wenig aufgepasst, wohin sie lief, da sie mit wütender Stimme in ihr Handy schrie und wild mit ihrer freien Hand in der Luft herumfuchtelte. Dabei stießen die zahlreichen Goldreifen um ihr Handgelenk immer wieder aneinander.

Mina wollte sich an der Frau vorbeischieben, als diese sich mit einem Ruck umdrehte und die Hand, in der sie das Handy hielt, sinken ließ. »Passen Sie gefälligst auf, wo Sie hinlaufen!«

Entrüstet schnappte Mina nach Luft. Immerhin war es nicht einmal zu einem Zusammenstoß gekommen und wenn, dann hätten definitiv beide daran eine gewisse Teilschuld. Doch sie kam gar nicht so weit, etwas zu erwidern. Stattdessen klappte ihr beinahe die Kinnlade herunter, als sie die Dame erkannte: Ms. Margot. Die Frau von der Testamentsverlesung, die sich wegen des Schmucks beschwert hatte. Als hätte Mina sie durch das Gespräch mit der Ladenbesitzerin und ihren darauffolgenden Gedanken heraufbeschworen.

»Oh nein, entschuldigen Sie bitte, Ms. Margot«, rief sie anstelle ihrer Entrüstung aus und versuchte dabei, so bedauernd wie möglich zu klingen. »Das war nicht meine Absicht.«

Margot griff mit Zeigefinger und Daumen an die Seite ihrer Sonnenbrille und zog sie ein wenig herunter, um Mina über den Rand hinweg anzuschauen. Ihre Fingernägel waren so lang, dass Mina sich fragte, wie sie mit diesen überhaupt irgendetwas erledigen konnte, doch verkniff sich diese Frage. Stattdessen ließ sie Margots Musterung über sich ergehen, die sie mit geschürzten Lippen und dem Satz »Kennen wir uns?«, beendete.

»Kennen nicht direkt. Ich war ebenfalls auf der Testamentsverlesung von Poppy. Ich habe Mr. Marvel geerbt.« Mina deutete auf den roten Kater, der neben ihrem Bein saß und wachsam zuerst die Umgebung und dann die Frau musterte.

Margots Blick wanderte zu Mr. Marvel. Sie rümpfte die Nase und wich einen kleinen Schritt auf ihren High Heels zurück, als müsste sie sichergehen, dass genügend Abstand zwischen ihr und dem Kater herrschte. »Ich verstehe. Dann wünsche ich dir viel Spaß damit.« Sie wandte sich ab und wollte gerade in den schwarzen Mercedes steigen, als Mina sie mit ihrem Ausruf zurückhielt.

»Moment! Bitte warten Sie!« Auch wenn sie alles andere als erpicht darauf war, sich länger als nötig mit Margot zu unterhalten, durfte sie diese Chance nicht einfach ziehen lassen. Vielleicht konnte sie ein paar ihrer Fragen loswerden und mit ein wenig Glück sogar neue Informationen herausfinden.

Margot drehte sich um. Ihre hochgezogenen Augenbrauen, gepaart mit den zusammengekniffenen Lippen und den in die Hüfte gestemmten Händen sagten nur »Was gibt es denn noch?«.

Mina ignorierte den genervten Blick und sprach weiter: »Kannten Sie Poppy und Freddie gut? Sie waren meine Großtante und mein Großcousin, wissen Sie. Und da ich als Studentin in London lebe, hatte ich zugegeben bisher kaum die finanziellen Möglichkeiten nach Green Hill zu reisen, um sie zu besuchen.« Margot musste ja nicht wissen, dass Mina von Poppy bis zu dem Brief des Notars noch nicht einmal etwas gewusst hatte – geschweige denn von ihrem Sohn Freddie. Sie versuchte, ihren Augen einen gewissen Glanz zu verleihen, den Margot für Tränen halten könnte. »Ich würde einfach gern mehr über sie erfahren«, setzte sie mit leiser, zitternder Stimme einen oben drauf und schniefte ein wenig. Dabei ignorierte sie Mr. Marvels zweifelnden Blick mit schräg gelegtem Kopf so gut wie möglich. Der Kater schien genau zu wissen, dass sie eine miese Show ablieferte. Doch Margot kaufte es ihr ab.

»Ich bin hier aufgewachsen. Freddie und ich gingen zusammen zur Schule und waren … gut befreundet.« Irrte Mina sich oder kam Margot einmal kurz ins Stocken, als sie von ihrer Beziehung zu Freddie berichtete? Jedenfalls konnte sie dieser Frage nicht lange gedanklich nachgehen, da Margot bereits weitersprach: »Der Kontakt zu der Familie Kerr hat auch darüber hinaus noch lange gehalten. Freddie habe ich in den vergangenen Jahren, oder jedenfalls bis zur Beerdigung seiner Mutter, nicht zu Gesicht bekommen. Aber zumindest habe ich Poppy, im Gegenteil zu ihrem Sohn, der es nicht für nötig hielt mal vorbeizuschauen, ein paar Mal im Jahr gesehen, wenn ich meine Eltern besucht habe.« Sie winkte nachlässig mit ihrer beringten Hand über die Schulter hinweg, als handelte es sich dabei um ein lästiges Insekt, das sie versuchte, loszuwerden.

Der Rest des Satzes blieb unausgesprochen, doch Mina hörte die Worte deutlich in ihren Ohren klingen: Deshalb ging ich auch davon aus, dass Poppy mir einen Teil ihres Schmucks vererben würde. Hatte Margot damit ein Motiv? Immerhin war sie nicht nur enttäuscht darüber, nichts geerbt zu haben, sondern war regelrecht während der Verlesung ausgeflippt. Doch warum hätte sie dann Freddie umbringen sollen? Er hatte außer dem Pflichtteil nichts weiter bekommen. Hätte sie dann nicht eher Glenna aus dem Weg räumen müssen?

Vermutlich schon. Jedenfalls passten diese Puzzleteile so gar nicht zusammen. Und welche Verbindung bestand zwischen ihr und der Ladenbesitzerin? So viele Fragen und doch hatte Mina auf keine einzige davon eine Antwort.

Dann tauchte plötzlich ein Bild vor ihrem inneren Auge auf: Margot und Freddie. Hinter dem Notariatsgebäude. Wie sie stritten. Da Mina nichts von dem Streit verstanden hatte, hatte sie ihn schnell wieder aus ihrem Gedächtnis gelöscht und für unwichtig eingestuft. Aber vielleicht steckte doch mehr dahinter? Margot hatte betont, dass sie Freddie seit Jahren nicht mehr gesehen hatte. Doch worüber hatten die beiden dann gestritten? Ging es vielleicht darum, dass Freddie nie bei seiner Mutter vorbeigeschaut hatte und Margot ihm das vorwarf? Vor allem jetzt, wo Poppy gestorben war.

»Ich verstehe«, antwortete Mina mit leiser, nachdenklicher Stimme und überlegte im gleichen Atemzug fieberhaft, wie sie auf den Streit zu sprechen kommen sollte. Doch Margot kam ihr zuvor.

»Nichts für ungut, Mädchen. Aber ich habe gestern den ganzen Tag im Altersheim bei meinen Eltern verbracht und da *beide* an Demenz leiden, war ich gezwungen, ihnen etwa dreitausend Mal von der Testamentsverlesung zu erzählen. Ich bin nur froh, dass sie die Sache mit Freddie bislang nicht mitbekommen oder es zumindest schon wieder vergessen haben. Ansonsten hätte ich vermutlich bis zum Sankt-Nimmerleins-Tag in diesem Zimmer gesessen.« Margot rieb sich über die Stirn, als hätte sie unerträgliche Kopfschmerzen. Doch vor allem hatte sie damit ein Alibi, das sich ganz einfach überprüfen ließ.

Minas Schultern sackten nach unten. Damit fiel direkt eine verdächtige Person weg. Sie verabschiedete sich mit ein paar knappen Worten von Margot und machte sich mit Mr. Marvel auf den Rückweg zum B&B, wo Ellison glücklicherweise bereits auf die beiden wartete.

»Wo kommt ihr zwei denn auf einmal her?«

»Wir haben einen Spaziergang gemacht, wie du es uns gesagt hast.« Das Treffen mit Margot kehrte Mina unter den Tisch. Zumindest für den Moment, da Ellison ziemlich geschafft aussah. »Wie lief es mit Amanda? Gibt es irgendwelche neuen Informationen?«

Ellison schüttelte den Kopf und ihre Augen wurden noch ein wenig größer, als sie hinter der Brille ohnehin schon waren. »Der Besuch hat sich leider überhaupt nicht ausbezahlt. Ich habe jedenfalls nichts Neues herausfinden können und zwei Stunden meiner Lebenszeit verloren. Also leider keine neuen Anhaltspunkte.« Sie rollte mit den Augen und brachte ihren Unmut damit deutlich zum Ausdruck.

»Wem sagst du das. Meine Liste an Verdächtigen wird schnell kürzer.« Ellisons fragend erhobene Augenbraue veranlasste Mina dazu, weiterzusprechen. In knappen Sätzen erzählte sie nun von dem Zusammentreffen mit der Ladenbesitzerin Christie Forbes und Margot. »Aber Letztere hat zumindest definitiv ein wasserfestes Alibi«, schloss sie ihre Erzählung und ließ dabei auch nicht ihre wiedergefundene Erinnerung über den Streit aus.

Ellison beugte sich ein Stück vor. »Christie wirkt zwar manchmal ein wenig schräg, ist aber harmlos. Ich wüsste jedenfalls nicht, in welchem Zusammenhang sie und Margot stehen sollen. Zudem arbeitet Christie jeden Tag in dem Laden und verbringt dort mehr Zeit als zu Hause. Selbst nach Ladenschluss, weil sie lieber allein, als bei ihrem Mann ist.«

»Wow. Das muss eine sehr glückliche Ehe sein«, gab Mina trocken zurück und brachte Ellison damit zum Lachen. »Ich habe es mir zwar nicht einfach vorgestellt, Freddies Tod aufzuklären, aber ich dachte, dass es zumindest mehr Anhaltspunkte geben würde.«

»Wir stehen doch gerade erst am Anfang der Ermittlungen.« Ellison warf ihr ein aufmunterndes Lächeln zu und Mina kam sich sofort ein wenig schlecht vor. Immerhin sollte *sie* diejenige sein, die *Ellison* nach dem Fund der Leiche in ihrem Garten aufmunterte – und nicht andersherum.

Mina seufzte und erwiderte schließlich Ellisons Lächeln. »Du hast recht. Ich lasse mich zu schnell aus dem Konzept bringen. Das ist ein Marathon, kein Sprint.« Ellison sagte darauf irgendetwas, doch Minas Gedanken kreisten bereits weiter um ihr eigentliches Problem. »Die einzigen Menschen, mit denen Freddie kurz vor seinem Tod bekanntermaßen zumindest öffentlich Kontakt hatte, waren diejenigen, die bei der Testamentsverlesung waren«, überlegte sie laut. »Wir brauchen eine Liste von den Leuten, die dort waren. Zum Glück waren es nicht so viele.«

Ellison nickte bestätigend. »Wie du weißt, war ich aber leider nicht vor Ort. Sonst wäre das kein Problem. Aber so weiß ich nur von ein paar der Anwesenden.«

»Ich habe eine Idee.« Mina griff sofort nach ihrem Handy und wählte Glennas Nummer. Es tutete mehrere Male, bis sich endlich eine Stimme meldete.

»Glenna!«, stieß Mina erleichtert hervor. »Hier ist Mina. Ich hoffe, ich störe dich nicht. Aber ich bräuchte deine Hilfe.«

Wenige Minuten später, wedelte Mina mit dem Handy vor Ellisons Nase herum. »Tada! Eine vollständige Liste aller Anwesenden. Wir können uns direkt an die Arbeit machen.«

***

Wieder einmal lief es nicht so, wie Mina und Ellison es sich vorgestellt hatten. Sie gingen die Liste gemeinsam durch, die sich schneller dezimierte, als sie schauen konnten. Zum einen, weil insgesamt nicht viele Leute bei der Verlesung gewesen waren und zum anderen, weil Mina mit Glenna, Margot und Christie und Ellison mit Amanda bereits gesprochen hatte.

Mina kam beim letzten Namen auf der Liste an. »Jetzt ist nur noch eine Betty Willson übrig«, sagte sie an Ellison gewandt.

»Ah, ihr gehört ein Bauernhof am anderen Ende von Green Hill. Sie hat Poppy in den letzten Monaten mit Milch, Butter und Eiern versorgt. Eine sehr nette Frau, der das Wohl anderer wichtig ist.« Ellison erhob sich. »Lass uns persönlich mit Betty sprechen. Es ist ja nicht weit von hier.«

Mina stimmte zu, woraufhin sie sich gemeinsam mit Mr. Marvel noch einmal auf den Weg ins Dorf machten.

***

»Es ist gleich da vorne. Wie ich Betty kenne, werden wir sie am ehesten im Stall auffinden.«

Und Ellison behielt recht. Als sie den Bauernhof betraten, der Stall lag direkt zu ihrer Linken, drang aus dem kleinen Gebäude bereits ein Muhen und eine laute, fluchende Stimme. »Donnerwetter nochmal, Mary! Nun hör schon auf, den Schemel ständig umzukippen. Wenn du den Eimer triffst, können wir von vorne anfangen. Und das will keine von uns beiden, oder?«

Ein Grinsen umspielte Ellisons Lippen und auch Mina konnte sich ein Schmunzeln nicht verkneifen, als sie einen Blick in den Stall warfen. In einer großen, offenen Box war eine schwarz-weiß gescheckte Milchkuh angebunden. Neben ihr stand ein kleiner Holzschemel, auf dem eine ältere Frau mit langen grauen Haaren saß, die von einem dunkelblauen, zu einem Dreieck gefalteten Stofftuch zurückgehalten wurden. Sie trug eine ebenso blaue Schürze, auf der sich dunkle Flecken abzeichneten und Handschuhe. Neben ihr war ein Eimer, der zu etwa einem Drittel mit Milch gefüllt war.

Noch hatte die Frau ihren Besuch nicht wahrgenommen, weswegen sich Ellison leise räusperte und gegen das hölzerne Tor des Stalls klopfte. »Guten Tag Betty, dürfen wir dich einen Augenblick stören?«

Betty Willson erschrak so sehr, dass sie mit einem Ruck von ihrem Schemel aufsprang, der daraufhin umflog und beinahe den Eimer mit sich umriss. Auch die Milchkuh gab ein lautes Muhen von sich. Die Frau presste sich eine Hand auf die Brust und sah Ellison und Mina mit großen Augen an.

»Entschuldige, wir wollten euch nicht erschrecken«, sagte Ellison, konnte sich dabei aber ein Schmunzeln nicht verkneifen.

Betty winkte ab, stellte den Schemel wieder auf, brachte den Eimer in Sicherheit und tätschelte dann die Flanke der Milchkuh. »Schon in Ordnung. Was kann ich für euch tun?« Nun wanderte ihr Blick zum ersten Mal zu Mina und ihre Stirn legte sich in nachdenkliche Falten.

»Guten Tag Mrs. Willson. Ich bin Mina Abbott. Die Großnichte von Poppy«, stellte Mina sich gleich vor. Sie hatte keine Ahnung, wie oft sie diesen Satz seit ihrer Ankunft in abgewandelter Form bereits gesagt hatte.

»Poppys Großnichte?« Die Falten auf ihrer Stirn glätteten sich, als sie nun auch Mr. Marvel erkannte. »Wir haben uns auf der Testamentsverlesung gesehen. Du hast den Kater geerbt.«

»Ja, ganz genau«, bestätigte Mina und nickte bekräftigend, während sie beobachtete, wie Mr. Marvel sich der Kuh näherte.

»Du hast bestimmt mitbekommen, was mit Freddie geschehen ist«, übernahm Ellison das Gespräch wieder und krachte direkt mit der Tür ins Haus.

»Natürlich«, erwiderte die Landwirtin und ein Ausdruck des Bedauerns huschte über ihre Züge. »Erst Poppy und nun Freddie. Das ist sicherlich keine gute Zeit für die Linie der Kerrs.«

»Kannten Sie die beiden gut?«, fragte Mina. Als sich Betty Willsons Blick wieder auf sie richtete, setzte sie ein schnelles »Ich war zwar mit ihnen verwandt, kannte sie aber kaum«, als Erklärung nach. Daraufhin nickte die Frau und schürzte die Lippen.

»Obwohl ich Poppy die letzten Monate mit Lebensmitteln vom Hof versorgt habe, würde ich nicht sagen, dass ich sie besser als die anderen Dorfbewohner kannte. Ausgenommen Glenna. Die beiden verband schon eine besondere Freundschaft.« Sie gluckste leise und Mina war sich nicht sicher, wie sie das Wort »besonders« in diesem Moment einordnen sollte. Doch Bettys Stimme nahm rasch wieder einen ernsten Ton an. »Freddie habe ich schon lange nicht mehr gesehen. Hätte der Notar seinen Namen nicht genannt, hätte ich ihn zugegeben wohl nicht einmal erkannt.«

Verdammt. Wieso hatte außer Glenna und Margot niemand Kontakt zu den Kerrs? Es war wie verhext. Niemand, wirklich absolut niemand, mit dem sie bisher gesprochen hatten, konnte ihnen irgendwelche neuen Erkenntnisse liefern. Mina war kurz davor aus der Haut zu fahren, so sehr enttäuschte sie dieses Ergebnis. Wobei man diesen Ausgang der heutigen Ermittlungen kaum so nennen konnte. Ein treffenderes Wort war wohl ›Reinfall‹.

Mina schluckte. Ihr Gehirn arbeitete auf Hochtouren. Vielleicht hatte sie irgendetwas übersehen. Irgendein wichtiges Detail nicht aufgenommen, das sie am Ende doch zumindest einen kleinen Schritt weiterbringen würde. Jedenfalls war sie noch nicht gewillt, aufzugeben. Oh nein, so schnell würde sie nicht das Handtuch werfen.

»Wissen Sie vielleicht, ob er sonst mit jemandem im Dorf Kontakt hatte? Ich meine, abgesehen von dem Notar und den Anwesenden der Testamentsverlesung?«

Stille setzte ein und nach ein paar Augenblicken glaubte Mina bereits, dass Betty genug hatte und ihr keine weiteren Antworten geben würde. Doch dann räusperte sie sich und sagte mit leiser Stimme, als wäre sie sich nicht ganz sicher: »Erst kurz nach Poppys Tod habe ich ihn durch Zufall im Laden mit dem Doktor sprechen hören. Er hat ihn gefragt, ob immer derselbe Pfarrer in Green Hill im Dienst sei. Wir hatten lange Probleme, jemanden zu finden, der den Job in diesem winzigen Dorf übernehmen wollte. Doch ob er den Pastor dann auch aufgesucht hat, kann ich euch leider nicht sagen.«

»Verstehe«, antwortete Mina und die Enttäuschung schwang in ihrer Stimme nur zu deutlich mit.

Ellison legte eine Hand auf ihre Schulter und drückte diese kurz, als würde sie ihr damit sagen wollen, dass das genug Fragen waren. Doch Mina wäre ohnehin keine weitere eingefallen. »Danke dir für deine Zeit, Betty. Hab noch einen schönen Tag und viel Erfolg beim Melken.« Ehe Mina sich versah, hatte Ellison sie aus dem Stall geschoben. Mr. Marvel folgte ihnen mit trabenden Schritten vom Hof.

»Das war schon wieder ein Reinfall.« Minas Schultern sanken nach unten.

»Wir werden schon noch etwas herausfinden.« Im Gegenteil zu Mina wirkte Ellison nicht niedergeschlagen. Und das, obwohl sie nichts erfahren hatten, mit dem sie weiter ermitteln konnten. Zumindest ging Mina nicht davon aus, dass das vermeintlich entstandene Gespräch zwischen Freddie und dem hiesigen Pfarrer irgendetwas zu bedeuten hatte. Immerhin war es kurz nach Poppys Tod gewesen und Freddie hatte vermutlich etwas wegen des Grabes mit ihm zu besprechen.

Oder steckte vielleicht doch mehr dahinter, als es im ersten Moment den Anschein machte?

9

Mina war frustriert – und das stellte eine sehr freundliche Umschreibung für ihren Gefühlszustand dar. Sie kamen einfach nicht weiter und nachdem am gestrigen Tag alle Anrufe und Gespräche ins Leere geführt hatten, standen sie wieder am Anfang. Nur mit dem zusätzlichen Problem, dass weder sie noch Ellison wussten, wo sie als Nächstes ansetzen sollten. Es gab im Moment keine weiteren Verdächtigen auf ihrer Liste. Keine Anhaltspunkte, die zu irgendeiner neuen Erkenntnis führen könnten. Es war zum aus der Haut fahren.

Ellison warf Mina einen Blick von der Seite zu, während sie nebeneinander in Richtung des Friedhofes liefen. »Hör auf damit, dich zu grämen.«

Minas Griff um die Kiste mit den Blumen verstärkte sich und selbst Mr. Marvel schien die Anspannung deutlich zu spüren, die in der Luft lag. Sein Schwanz zuckte bereits den ganzen Weg über nervös hin und her.

»Wir haben irgendetwas übersehen«, erwiderte sie. »Es kann nicht anders sein. Es muss irgendeinen weiteren Anhaltspunkt geben.«

»Und den werden wir finden.« Ellisons Stimme klang erstaunlich ruhig. Doch als Mina ihr nun ihrerseits einen Seitenblick zuwarf, erkannte sie, dass die Ruhe nur vorgetäuscht war, um sie zu beruhigen. Der Griff um den Korb mit den Gartenutensilien, die Ellison zusammengesammelt hatte, damit sie ein paar frische Blumen in Poppys Grab einpflanzen konnten, war mindestens genauso fest wie Minas. »Wir brauchen nur etwas Geduld.«

»Geduld ist nicht unbedingt ein Begriff, der in meinem Wortschatz vorkommt – und schon gleich gar nicht meine Stärke.«

Ellison schmunzelte. »Ich glaube, du hast mich in den letzten Tagen gut genug kennengelernt, um festzustellen, dass das bei mir genauso ist.« Sie zwinkerte Mina vielsagend zu und wandte dann ihren Blick wieder nach vorne. »Sieh dir nur diesen Kater an!«

Auf Minas Gesicht breitete sich ein Grinsen aus. Sie waren nur wenige Meter von dem verrosteten Tor entfernt, durch das man auf den Friedhof des Dorfes gelangte. Beim ersten Anblick war Mr. Marvel wie erstarrt stehen geblieben. Mit gesträubtem Fell und aufgeplustertem Schwanz starrte er die kleine Lücke an, die durch das nicht vollkommen geschlossene Tor entstanden war. So verharrte er ein paar Sekunden. Nur, um dann wie von der Tarantel gestochen hindurch zu rennen – direkt auf Poppys Grab zu, wie die beiden Frauen nur wenig später feststellten.

»Der Kater hat definitiv einen sechsten Sinn«, brummte Ellison, während sie ihren Korb auf dem freien Platz neben Poppys Grab abstellte.

Ein einfach gehaltener, dunkelgrauer Grabstein mit heller Schrift betitelte den Namen der Verstorbenen, sowie das Geburts- und Sterbedatum. Es stand kein Spruch oder Psalm darunter und auch sonst wirkte das

Grab bisher eher trostlos. Doch das würden sie nun ändern. Poppy sollte eine gepflegte, aber vor allem bunte letzte Ruhestätte bekommen, so wie ihr Garten es war, den sie so geliebt hatte.

»Es war ein guter Einfall von dir, hierherzukommen«, sagte Mina an Ellison gewandt, die sich bereits an die Arbeit machte. »Bisher schien sich niemand dazu berufen zu fühlen, sich um das Grab zu kümmern.«

Ellison grub ein kleines Loch in die Erde, griff sich die erste Pflanze und entfernte den Plastikbecher, um sie dann einzusetzen. »Glenna würde es vermutlich gerne selbst machen, schafft es aber nicht. Ich bin ja der Meinung, dass bereits das Ausräumen des Hauses zu viel für die Frau ist. Wir dürfen nicht vergessen, dass sie inzwischen Mitte siebzig ist. Und Freddie kann ihr auch nicht mehr helfen, selbst wenn er gewillt gewesen wäre.«

Mina ließ sich auf der anderen Seite des Grabes nieder und grub ebenfalls ein kleines Loch, um eine der bunten Blumen einzupflanzen. So arbeiteten sie schweigsam vor sich hin, doch es war nicht unangenehm. Im Gegenteil hatte diese Arbeit etwas Beruhigendes an sich. Zum ersten Mal seit dem Leichenfund im Garten drehten sich Minas Gedanken nicht nur darum, Freddies Tod aufzuklären – und das ausgerechnet auf einem Friedhof, auf dem auch er in wenigen Tagen seine letzte Ruhestätte finden würde. Irgendwie absurd. Aber Mina nahm diese ruhigen Minuten, ohne sich durchgängig den Kopf zu zerbrechen und Fakten durchzugehen, gerne an.

Mr. Marvel saß die ganze Zeit über neben Mina und starrte auf den Grabstein. Als wüsste er genau, dass

Poppy hier begraben und nicht weit entfernt war. Als er plötzlich ein lautes Miauen in die ansonsten anhaltende Stille ausstieß, wäre Mina beinahe aus der Hocke hochgefahren. Ihr Herz pochte wie wild in ihrer Brust, so sehr hatte sie sich über diesen plötzlichen Laut erschrocken.

Doch der Kater blieb mit zuckendem Schwanz sitzen und starrte die ganze Zeit auf eine Stelle direkt neben Poppys Grabstein. Fast als würde er etwas sehen, dass vor Minas und Ellisons Augen verborgen blieb. Sie hatte inzwischen schon öfter gehört, dass manche Menschen glaubten, Katzen könnten andere Präsenzen im Raum wahrnehmen. Eine Frau, über die sie einen Bericht gelesen hatte, war sogar überzeugt davon, dass ihre verstorbene Tante sie heimsuchte. Als Beweis hatte sie das seltsame Verhalten ihrer Katze aufgeführt, die jede Nacht im Flur saß und nur auf die Luke zum Dachboden starrte.

Eine Gänsehaut breitete sich auf Minas Armen aus, als ein Luftzug über sie hinweg strich und Mr. Marvel mit einem Mal laut zu schnurren anfing. So wie immer, wenn er zwischen den Ohren gekrault wurde. Ein seltsames Gefühl überkam Mina und obwohl sie versuchte, es abzuschütteln, wollte es ihr nicht gelingen.

Mr. Marvel hörte genauso plötzlich wieder damit auf, zu schnurren, wie er angefangen hatte. Das mochte ein Gespinst ihrer blühenden Fantasie sein, doch Mina hatte das Gefühl, dass der Luftzug zurückkehrte und ihr nochmals über die Arme und das Gesicht strich. Beinahe erschrak sie sich, als Mr. Marvel neben sie trat und seinen Kopf an ihrem Knie rieb, als würde er sich bedanken. Doch bevor Mina sich weiter mit diesem zugegeben etwas seltsamen Zwischenfall beschäftigen konnte, erklangen Stimmen hinter ihr.

»Es war ein Segen, nein, Gott selbst, der Freddie Kerr nur einen Tag vor seinem Ableben zu mir in die Kirche geführt hat, um die Beichte abzulegen«, vernahm Mina eine männliche Stimme. Sie drehte sich um und erkannte anhand der schwarzen Kutte, dass es sich dabei um den Pfarrer handeln musste. Neben ihm ein deutlich jüngerer Mann. Die Hände verschränkt vor dem Bauch und mit langsamen, gemächlichen Schritten.

»Da haben Sie recht, Pastor«, erwiderte der junge Mann und nickte mit vorgerecktem Kinn und aufrechter Körperhaltung.

Mina wurde augenblicklich hellhörig. Sie setzte sich auf ihre Fersen zurück und versuchte, nicht den geringsten Lärm zu veranstalten. Nicht einmal zu laut zu atmen, um ja nichts von dem Gespräch zu verpassen. Doch der Pastor und sein Gehilfe waren in Richtung Kirche abgebogen und nun außer Hörweite.

Trotzdem fand sie äußerst interessant, was sie soeben durch Zufall mitangehört hatte – und eine Frage war in ihrem Kopf besonders laut: Was hatte Freddie so kurz nach seiner Ankunft – und knapp vor seinem Tod – dazu bewegt, die Beichte aufzusuchen?

»Hast du das gehört?«, zischte Mina in Ellisons Richtung, die damit aufgehört hatte, die Blumen einzupflanzen und sie stattdessen mit großen Augen ansah und langsam nickte. »Irgendwie seltsam oder?«

Wieder nickte Ellison und Mina befürchtete, dass es ihr die Sprache verschlagen hatte. Doch sie täuschte sich, scheinbar hatte sie nur ihre Gedanken ordnen müssen. »Ziemlich seltsam sogar. Aber nicht unüblich. Zumindest weiß ich, dass der Pastor einmal pro Woche nach dem Gottesdienst die Beichten abnimmt. Das mag zunächst nicht nach viel klingen. Für so einen kleinen Ort wie Green Hill ist das aber einiges. Einmal war der gute Pastor auf dem Dorffest ein wenig angeheitert und hat mir erzählt, dass die Beichten zwar zu einem großen Teil keine großen Geheimnisse oder gar Sünden sind. Aber die Dorfbewohner Green Hills sind scheinbar so rechtschaffen, dass sie selbst jede Kleinigkeit mit dem Pastor und Gott teilen wollen. Nur zur Sicherheit.«

Mina konnte förmlich vor ihrem inneren Auge sehen, wie sich alle Bewohner Green Hills jeden Sonntag vor der Kirche versammelten. Nur, um dem Pastor dann zu erzählen, dass sie ihren Kindern eine kleine Notlüge erzählt hatten, um sie davon abzuhalten, den gesamten Süßigkeitenschrank leer zu futtern. Dieser Gedanke brachte sie kurz zum Schmunzeln. Doch dann wurde sie sich der aktuellen Situation bewusst und wurde wieder ernst. »Besonders rechtschaffen. Bis auf die Person, die Freddie umgebracht hat.«

Ellison presste die Lippen zusammen. »Komm, lass uns weiterarbeiten, damit wir heute fertig werden. Später können wir uns immer noch den Kopf darüber zerbrechen.«

Sie pflanzten weiter die Blumen ein, doch die vorherige Ruhe, die Mina verspürt hatte, war wieder verschwunden und machte der bereits bekannten Gedankenspirale Platz. Diese Beichte bedeutete irgendetwas. Das spürte sie ganz genau – und sie würde auch herausfinden was.

Es dauerte deutlich länger als zunächst gedacht. Das Läuten der Glocken, die den Gottesdienst für beendet erklärten, ließen Mina auffahren. Sie hatte zu lange in der vorgebeugten Position verharrt, denn als sie aufstand, knackten ihre Gelenke protestierend. Morgen würde sie sicherlich Nackenschmerzen haben, doch als sie Ellisons und ihr Werk so betrachtete, hatte es sich definitiv gelohnt.

Die Farbkombination der Blumen war wundervoll sommerlich. Sie war sich sicher, dass es Poppy so gefallen hätte. Selbst Mr. Marvel war begeistert von den vielen Blumen und Mina musste ihn nicht nur einmal davon abhalten, an den Blüten zu knabbern.

Ellison kam mit zwei gefüllten Gießkannen den schmalen geschotterten Weg entlang, womit sie die Blumen noch wässerten. »So, das müsste reichen«, sagte sie, nachdem sie beide geleert hatten und die Erde schön feucht war.

Mina öffnete gerade den Mund, um etwas zu sagen, als ihr Blick auf den Pastor fiel, der in diesem Moment die Kirche verließ und in ihre Richtung kam. Sie schluckte die vorherigen Worte hinunter und fragte Ellison stattdessen: »Was denkst du, wie auskunftsfreudig der Pastor ist?«

Ellison kam nicht einmal dazu, auf Minas Frage zu antworten, als diese dem Mann auch schon entgegenging und dabei versuchte, sich auf dem kurzen Weg die richtigen Worte zurechtzulegen. Ein Knirschen und schnelle Schritte hinter ihr verrieten Mina, dass Ellison ihr folgte.

»Guten Tag, Herr Pastor«, rief sie extra überschwänglich und winkte dem Mann sogar zu.

»Guten Tag, Ms.«, erwiderte dieser und sein Blick wanderte dann weiter zu Ellison, die aufgrund des schnellen Gangs ein wenig schnaufte. »Und Ihnen auch einen guten Tag Mrs. Paterson.«

»Ein wundervoller Tag, nicht wahr? Ich wäre gerne zur Messe gekommen, nur haben wir uns gerade um das Grab meiner Großtante gekümmert.« Mina deutete mit dem Daumen über ihre Schulter in Richtung der frisch bepflanzten Ruhestätte. Der Pastor lächelte zwar, doch zog gleichzeitig fragend eine Augenbraue nach oben. »Entschuldigen Sie bitte, ich habe mich Ihnen gar nicht vorgestellt«, sagte Mina sofort. »Mina Abbott, die Großnichte von Poppy Kerr.«

»Freut mich, Sie kennenzulernen«, erwiderte der Pastor und ergriff ihre Hand. Sein Händedruck war erstaunlich fest und im Gegenteil zu Minas Händen waren seine nicht voller Erde, denn sie hatte die von Ellison angebotenen Handschuhe ausgeschlagen und ihr überlassen. Doch entweder schien es ihn nicht zu stören oder er war freundlich genug, um darüber hinwegzusehen.

Ellisons Blick lag auf ihr, doch Mina versuchte diesen, so gut es ging, zu ignorieren und sich stattdessen auf die Befragung des Pastors zu konzentrieren. Sie durfte sich nicht zu viel Zeit lassen, um die richtigen Fragen zu stellen. »Es ist schrecklich, dass nicht nur Poppy, sondern auch Freddie verstorben ist«, hauchte sie und schüttelte den Kopf. Sie benutzte genau dieselben Worte, wie all die anderen Menschen, mit denen sie bisher gesprochen hatte – und fühlte sich dabei seltsam.

Ihre Stimme zitterte ein wenig, was definitiv nicht gespielt war. Das Thema setzte ihr mehr zu, als sie zuerst dachte.

»Wahrhaftig schrecklich«, erwiderte der Pastor und seine Miene nahm einen weicheren Ausdruck an. »Mein herzliches Beileid. Haben Sie sich gut gekannt?«

Mina blinzelte ein paar Mal, hatte nicht erwartet, dass nun *sie* diejenige war, die Fragen beantwortete. »Nein, leider kannte ich beide, Poppy und Freddie, nicht besonders gut. Meine Familie hatte leider kein allzu gutes Verhältnis mit den Kerrs.«

»Ich verstehe. Gerade für die nachfolgenden Generationen ist es dann besonders schwer, ein seit Jahren zerrüttetes Verhältnis wieder aufzubauen.«

Sie nickte auf die Worte des Pastors hin und überlegte gleichzeitig fieberhaft, wie sie die Beichten-Geschichte ansprechen sollte. Da ihr kein besserer Weg einfiel, entschied sie sich wieder einmal für die Mit-der-Tür-ins-Haus-Methode. »Wir haben vorhin durch Zufall gehört, dass Freddie kurz vor seinem Tod bei Ihnen zur Beichte war, Herr Pastor.«

Mit einem Mal wurde der Gesichtsausdruck des Geistlichen streng. Er presste die Lippen zu einer dünnen Linie und die Augenbrauen zusammen, sodass sich seine Stirn in Falten legte. »Ja, er war am frühen Morgen in der Kirche.« Mina wollte detaillierter nachfragen, als der Pastor ihr zuvorkam. »Sie verstehen sicherlich, dass ich Ihnen dazu nicht mehr sagen darf. Falls Freddie Kerr die Beichte abgelegt hat«, er warf Mina einen strengen Blick zu, »gibt es ein Beichtgeheimnis und dieses verpflichtet mich zum absoluten Stillschweigen über das, was mir gebeichtet wird. Dementsprechend kann ich Ihnen nichts weiter dazu sagen.« Seine Stimme war ruhig, kontrolliert und ein wenig belehrend, aber zum Glück nicht wütend aufgrund Minas Nachfrage.

Mina griff sich mit der Hand in ihre dunkelblonden Locken, wie sie es oft tat, wenn sie nervös war. Als könnte sie das Aufdrehen einer Haarsträhne wieder beruhigen – was es in den wenigsten Fällen tat. »Natürlich verstehe ich das. Vielen Dank für Ihre Zeit.« Es kostete Mina einiges an Willenskraft, nicht vor dem Geistlichen zu knicksen. Die gesamte Szenerie, nein, die ganze Zeit, seit sie den Friedhof betreten hatten, lag schon etwas Seltsames in der Luft und schien sie wirr im Kopf zu machen.

Der Pastor nickte zuerst ihr, dann Ellison zu und verabschiedete sich mit einem kleinen Lächeln und ein paar netten Abschiedsworten. Als hätte Mina nicht versucht, ihn wie eine Zitrone auszuquetschen. Beide Frauen sahen dem Geistlichen hinterher, bis er durch das quietschende Tor den Friedhof verließ.

»An dir ist ja eine Schauspielerin verlorengegangen!«, rief Ellison laut aus, sobald der Pastor außer Sichtweite war, und grinste Mina breit an.

»Pssst«, erwiderte diese. »Sonst kann er uns hören. Aber danke, ich habe eine Zeitlang in der Theatergruppe meiner High School mitgespielt. Nur hat es, wie du siehst, leider nicht allzu viel gebracht.«

Ellison zuckte mit der Schulter. »Das würde ich so nicht sagen. Immerhin wissen wir, dass Freddie tatsächlich bei der Beichte war. Zumindest hat der Pastor es indirekt zugegeben. Das ist eine neue Erkenntnis!

Praktisch ein weiteres Puzzleteil, mit dem wir arbeiten können.«

»Also, fassen wir zusammen. Wir wissen, dass Freddie nie in Green Hill zu Besuch war, seit er studieren gegangen ist. Dementsprechend können wir davon ausgehen, dass er nicht gerne hier war. Dann kommt er zwar zur Beerdigung und Testamentsverlesung seiner Mutter, aber stirbt selbst kurz danach an einem allergischen Schock. Und wie durch Zufall legt er wenige Stunden vorher eine Beichte ab«, zählte Mina alle Fakten an ihren Fingern auf und runzelte die Stirn. »Das wirkt irgendwie ... überstürzt, oder?«

»Fast als hätte er gewusst, dass irgendetwas passieren könnte. Als hätte er die Beichte ablegen wollen ...«

Ellison schluckte laut hörbar, worauf Mina ihren Satz beendete. »Als hätte er sie ablegen wollen, bevor er nicht mehr die Chance dazu hat.«

10

»Wir kommen zu spät!«, rief Mina Ellison zu, die im selben Moment auf der Treppe auftauchte.

Mit schnellen Schritten nahm sie eine Stufe nach der anderen und Mina hatte ein wenig Angst, dass die B&B-Besitzerin stolpern und die restlichen herunterfallen würde, doch zum Glück geschah nichts dergleichen. »Ich weiß, wir müssen uns beeilen. Alastair verabscheut es, wenn man zu spät kommt. Jedes Mal verlangt er daraufhin, dass ich ihm Scones backe. Als Entschädigung quasi.«

Mina schmunzelte. »Und wie oft passiert das?«

»Jede Woche«, brummte Ellison und wich dabei Minas belustigtem Blick aus. »Sicherlich setzt er das Treffen immer so knapp an, dass ich zu spät kommen *muss* und dann dazu verdonnert werde, zu backen. Ich weiß, meine Scones sind fantastisch. Das wird der Grund dafür sein. Apropos, ich muss noch in die Küche.«

Bevor Mina etwas erwiderte, war Ellison bereits im hinteren Teil des Hauses verschwunden. Wenige Augenblicke später kehrte sie mit einem Brotkorb zurück, den sie mit einem Geschirrtuch abgedeckt hatte. Mina musste sich schwer zurückhalten, nicht in lautes Gelächter auszubrechen, als Ellison das Tuch ein kleines

Stück anhob und Scones darunter zum Vorschein kamen.

»Jaja, lach du nur. So haben wir eben alle unsere Schwächen und bei mir scheint sich die Uhr immer vor zu stellen. Von ganz allein. Und wenn ich damit den anderen Mitgliedern der Gartenfreunde eine Freude bereiten kann, ist die Arbeit wenigstens nicht umsonst.«

Sie verließen das B&B und Mr. Marvel lief ihnen mit hocherhobenem Kopf und zufrieden zuckendem Schwanz hinterher. Dabei schaute er mal nach rechts, mal nach links, als würde er irgendetwas suchen oder gar hoffen, etwas Spannendes zu entdecken.

»Ist es wirklich in Ordnung, wenn ich mitkomme? Ich will euch nicht stören.«

»Oh, mach dir da mal keine Sorgen. Ich bin mir sicher, die anderen werden ganz begeistert darüber sein, auch mal einen jungen Menschen bei dem Treffen dabei zu haben. Ich kann mich nicht daran erinnern, dass das in den letzten zwanzig Jahren einmal der Fall war.« Nachdenklich tippte sie sich an die Lippen und schüttelte dann den Kopf. »Glaub mir, sie werden sich freuen. Vor allem Alastair, das versichere ich dir.«

»Das ist gut, aufdrängen würde ich mich nicht wollen. Wie laufen diese Treffen eigentlich genau ab?«

Ellison zuckte mit den Schultern, wodurch ihr etwas zu groß geratenes gelbes T-Shirt über eine rutschte und der Träger ihres grünen Tops darunter zum Vorschein kam. Die Frau hatte wirklich einen ganz eigenen Modegeschmack. »Es gibt keinen genauen Ablauf, um ehrlich zu sein. Wir sitzen einmal in der Woche gemütlich zusammen, trinken Tee oder Kaffee ...«

»Essen Scones«, warf Mina ein und brachte Ellison damit zum Schmunzeln.

»Ja, das auch. Und ansonsten sprechen wir über das Gärtnern. Tauschen Tipps aus, erzählen uns Neuigkeiten über neue Pflanzen oder darüber, wie die bisherigen wachsen. Es ist wirklich nett, sich mit anderen begeisterten Gärtnern auszutauschen und ein paar neue Tricks mitzubekommen, wie man seine grünen Lieblinge noch besser sprießen lassen kann.«

Die beiden Frauen erreichten ein kleines Haus, das aus großen grauen Steinen erbaut und von einem schwarzen Dach bestückt wurde. Der Schornstein darauf wirkte ein wenig schräg und Efeu rankte sich mehrere Fuß hoch an der Hauswand entlang. Links und rechts von dem Haus schraubten sich Laubbäume in die Höhe, die im heißen Sommer für ein paar schöne Schattenplätze sorgten.

Es waren bereits lautes Gelächter und Stimmen, die durcheinander sprachen, zu hören. Ellison war also tatsächlich wieder einmal zu spät dran. Sie gingen auf das Haus zu, doch anstatt hineinzugehen, liefen sie rechts daran vorbei direkt in den Garten. Dort saß eine Gruppe Leute, die sich um einen großen Holztisch versammelt hatte und den beiden Neuankömmlingen strahlend entgegensah.

»Ellison, na endlich! Heute hast du dich beinahe selbst übertroffen«, rief ein bärtiger Mann mit Brille aus und zwinkerte Mina zu. Er warf einen vielsagenden Blick auf seine Armbanduhr und schüttelte dann tadelnd den Kopf. »Das heißt wohl, dass es nächste Woche wieder Scones geben wird.«

Ellison spazierte ohne Eile auf den Tisch zu, stellte den Korb darauf ab und nahm das Geschirrtuch herunter, wodurch das duftende Gebäck zum Vorschein kam. »Gibt es die nicht jede Woche?«

»Auf dich und dein Zuspätkommen ist eben Verlass.« Der Mann grinste, was Mina nur an der Reihe gelber Zähne hinter dem dichten Bart erkennen konnte. »Aber nun setzt euch. Kommt. Und du kleines Fräulein kannst dich dann direkt erst einmal vorstellen. Neue Gesichter sind hier eher selten.«

Mina brauchte ein paar Sekunden, um zu verstehen, dass er sie mit »kleines Fräulein« meinte und nicht etwa noch eine weitere Person hinter ihr aufgetaucht war. Sie wollte sich gerade entschieden gegen diese Ansprache wehren, doch als der Mann sich erhob und sie um mehrere Köpfe überragte, konnte sie zumindest den Punkt mit »klein« nachvollziehen.

»Alastair, sprich nicht mit dem Mädchen, als wäre sie fünf Jahre alt«, tadelte eine Mina bis dato unbekannte Frau, die am anderen Ende des Tisches saß. Dann wandte sie sich an Mina. »Hör nicht auf ihn. Er weiß sich manchmal nicht richtig auszudrücken.«

»Schon gut«, entgegnete Mina, die froh darüber war, als sie sich setzen und damit der Situation zumindest für einen kurzen Augenblick entfliehen konnte. Sie fand sich zwischen Ellison und einem älteren Herren mit großer, roter Knollennase und Brille wieder.

»Tee und Scone?«, fragte Ellison sie und Mina nickte dankbar. Sie hatte heute noch nicht viel gegessen und wollte nicht, dass ihr Magen ausgerechnet jetzt damit anfing, vor Hunger zu rebellieren.

Nachdem sich alle mit Gebäck versorgt hatten, klatschte Alastair laut in die Hände. Als hätte er nur auf diesen Moment gewartet. »Nun, wo alle etwas zu essen und trinken haben, würde ich sagen, beginnen wir. Zuerst die Vorstellungsrunde.« Er schaute vielsagend nach rechts zu seinem Sitzpartner, der laut aufstöhnte.

»Ist das dein Ernst? Wir treffen uns seit zwanzig Jahren und du willst mir sagen, dass du nicht weißt, wie wir heißen?«

»*Ich* weiß, wie du heißt. Aber wir haben dieses Mal, wie du bemerkt hast, ein neues Gesicht in der Runde. Damit wäre eine kurze Vorstellungsrunde jedenfalls gerechtfertigt.«

Ein weiteres lautes Aufstöhnen folgte daraufhin, doch der Mann lenkte ein. »Nun, also gut. Benedict Sinclair zu euren Diensten. Stolzer Besitzer eines Gartens, der in den letzten zwanzig Jahren wegen Poppy Kerr keinen einzigen Preis erlangt hat und pensionierter Zeitungsausträger. Nächster!«

Und so ging die Vorstellungsrunde immer weiter, bis schließlich Mina an der Reihe war. »Ich heiße Mina, studiere Psychologie in London und bin nur hierhergekommen, um an der Testamentsverlesung von Poppy teilzunehmen, aber habe meinen Aufenthalt hier wegen ...«, sie unterbrach sich selbst, um bloß nicht die Wahrheit auszuplaudern, »wegen Mr. Marvel verlängert. Um ihn hier noch ein wenig an mich zu gewöhnen, bevor es zurück nach London geht.«

Ellison nickte ihr knapp zu, wobei sich ihre Augen weiteten, als würde sie ihr sagen wollen, dass sie gerade noch rechtzeitig die Kurve gekriegt hatte. Offenbar war sie auch der Meinung, dass es sich hierbei nicht um das richtige Ensemble handelte, um von ihren ermittlerischen Tätigkeiten zu erzählen.

»Du hast den Kater also geerbt?«, fragte Alastair und beugte sich interessiert nach vorn.

Mina nickte. »Ja, ich bin Poppys Großnichte. Wir haben uns zwar leider nie persönlich kennengelernt, aber es schien ihr sehr wichtig gewesen zu sein, dass Mr. Marvel in gute, tierliebe Hände kommt.«

»Hmm«, brummte Alastair und hinter seinem Bart versteckte sich dieses Mal kein Lächeln. »Poppy Kerrs Großnichte also.« Sie wusste nicht, was sie darauf erwidern sollte, weswegen sie nur ein weiteres Mal nickte. »Die Sache mit Freddie ist schon allerhand. Ich meine, dass es so kurz nach ihrem Tod nun auch ihn erwischt hat.« Sein Blick unter den ebenso buschigen Augenbrauen war komplett auf Mina fixiert, als erwartete er von ihr irgendwelche neue Informationen über Freddies Tod – die sie zwar gerne hätte, aber bekanntermaßen nicht besaß.

Beinahe wäre ihr ein lauter Seufzer rausgerutscht. Freddies Tod war wirklich in aller Munde. Überall wurde darüber gesprochen und obwohl jeder innerhalb kürzester Zeit Bescheid wusste, schien niemand auch nur eine hilfreiche Information darüber zu haben, wer für seinen Tod verantwortlich sein könnte.

»Vor allem, weil niemand weiß, wie das passiert ist«, erwiderte Mina und trat damit eine Tischdebatte los, die so überhaupt gar nichts mit Gärten, Pflanzen oder dem perfekten Dünger zu tun hatte. Mina gehörte nicht gerade zu den geduldigen Personen. Das war eine ihrer großen Schwächen, weswegen sie oftmals mit der Tür ins Haus fiel und sich nicht darum kümmerte, sich in

Gesprächen vorsichtig zu dem wichtigen Thema vorzutasten.

Ellison schien mit ihrer Aussage recht zu haben: Da in Green Hill sonst nicht allzu viel passierte, waren die Bewohner des Dörfchens aufgrund des plötzlichen Todes von Freddie völlig aus dem Häuschen und es gab kaum noch ein anderes Gesprächsthema. Und obwohl sein Ableben schlimm war, gierten die Menschen hier geradezu nach einer Abwechslung und dem neuesten Klatsch und Tratsch.

»Die Polizei geht jedenfalls von einem natürlichen Tod aus. Ein Allergieschock«, warf eine ältere Dame ein, deren Namen Mina bereits vergessen hatte. Scheinbar hatte sich diese Information von Amanda bereits weiter im Dorf verbreitet. Doch Minas Fokus lag ohnehin weniger auf dem *wie*, sondern auf dem *von wem*. Sie erhoffte sich endlich neue Informationen, mit denen sie ihre Ermittlungen wieder aufnehmen konnte.

»Ich habe gehört, dass sie versucht haben, Freddies Frau zu erreichen. Ohne Erfolg bislang.«

Mina horchte auf. Das war tatsächlich eine interessante Neuigkeit. Freddie war vor drei Tagen tot aufgefunden worden und seine Frau wusste noch nichts davon? Oder ... wollte es nicht wissen? Vielleicht, weil sie etwas damit zu tun hatte?

»Sie arbeitet als Ärztin überall auf der Welt. Vor allem in Entwicklungsländern, wie ich mitbekommen habe«, schritt die erste ältere Dame, die über Freddies scheinbar natürlichen Tod gesprochen hatte, mit lauter Stimme ein und zog damit die gesamte Aufmerksamkeit auf sich. »Vermutlich ist es dadurch nicht ganz so einfach, sie zu erreichen.«

Sofort schämte sich Mina für ihren voreiligen Gedankengang. Zum Glück hatte sie ihn nicht laut ausgesprochen. Doch Ellisons Blick verriet ihr, dass sie ihr diese Gedanken an der Nasenspitze hatte ablesen können. Mina warf ihr einen entschuldigenden Blick zu. Sie musste wirklich vorsichtiger mit etwaigen Beschuldigungen sein, wenn sie nicht alle im Dorf gegen sich aufbringen wollte.

»Stimmt, das habe ich auch gehört«, bestätigte Alastair und damit war das Thema rund um Freddies Frau wieder vom Tisch. »Seltsam ist es dennoch, dass Poppy und Freddie so kurz nacheinander gestorben sind.«

»Vor allem, weil Freddie noch so jung war.«

Die ältere Frau schüttelte so wild den Kopf, dass ihre Haarspange sich löste und eine graue Haarsträhne ihr ins Gesicht fiel. »Wie gesagt, es war ein Allergieschock.«

»Allerdings frage ich mich trotzdem, wie es dazukam.« Wieder Alastair. Ihn schien Freddies Tod sehr zu beschäftigen – oder es handelte sich nur um eine Art Sensationsgier. Das Thema Garten jedenfalls, da war Mina sich sicher, würde heute nicht mehr aufkommen.

»Er hat sich in den letzten Jahren ja kein einziges Mal hier blicken lassen«, warf eine Frau mit kratziger, dunkler Stimme ein. Sie zündete sich eine Zigarette an und brach nach dem ersten Zug in einen lauten Hustenanfall aus. Es vergingen ein paar Augenblicke, bis der Anfall abebbte und sie weitersprechen konnte. »Ich habe zu Poppy schon immer gesagt, dass ihr Junge ein undankbarer Bengel ist. Sie hat alles für ihn getan und er hat all das mit Füßen getreten.« Die Wut der Frau war beinahe mit den Händen zu greifen und ihre Worte berührten etwas in Mina.

»Beschämend, ein solches Verhalten. Ich bin froh, dass meine Söhne nicht ein solches Verhalten an den Tag legen. Sie sind in Green Hill geblieben, um den Hof weiterzuführen, wenn wir es einmal nicht mehr können. Das war von Anfang an selbstverständlich.«

Der Mann mit der Knollennase neben Mina schüttelte heftig den Kopf. »Freddie hätte hier nicht einmal arbeiten müssen. Poppy besaß ein Vermögen und trotzdem hat er sich lieber von ihr losgesagt, studiert und sein eigenes Geld verdient, als sich auf ihrem Reichtum auszuruhen. Ich finde, das sollte ihm eher hoch angerechnet werden.«

»Und trotzdem hätte er ab und zu nach seiner Mutter sehen können!«, rief die erste Frau aus, die von dem allergischen Schock gesprochen hatte. »Poppy konnte einem wirklich leidtun. Durch Glenna, diesen Kater und unsere Treffen war sie zwar nicht allein, doch trotzdem hat man immer deutlich gespürt, dass ihr etwas fehlt.« Sie wedelte mit der Hand in Minas Richtung, was eher danach aussah, als würde sie ein lästiges Insekt verscheuchen. »Wobei die Freundschaft zwischen Glenna und Poppy schon ein wenig seltsam war. Poppy hat ja förmlich an ihr geklebt.«

Mina horchte auf, doch bevor sie die Worte richtig aufnehmen und darüber sinnieren konnte, wurde ihre Aufmerksamkeit bereits auf den nächsten Gesprächsteil gezogen.

»Vielleicht gab es einen Grund dafür, dass er Green Hill den Rücken gekehrt hat und nie wieder zurückkam«, warf ein Mann ein, der bislang kein Wort zu diesem Thema geäußert hatte. Er fiel Mina erst jetzt so wirklich auf. Fast unscheinbar, saß er auf einem Gartenstuhl am anderen Ende des Tisches. Seine dunkelbraunen Haare waren von ersten, grauen Strähnen durchwirkt und dennoch war er ein ganzes Stück jünger als die meisten anderen Teilnehmer des Gartenfreunde-Treffens. Seine Stimme war ruhig und trotzdem schaffte er es mit diesem Einwurf, die anderen zum Schweigen und dazu zu bringen, ihm zuzuhören.

Während sie eher erstaunt darüber wirkten, dass der deutlich jüngere Mann sich zu Wort meldete, ratterte es in Minas Kopf wieder. Dieser Einwurf, dass Freddie einen Grund gehabt haben könnte, aus Green Hill zu verschwinden, ließ ihr Gehirn auf Hochtouren arbeiten. Denn was war, wenn dieser Grund Freddie nicht nur dazu veranlasst hatte, sich über zwanzig Jahre lang von diesem Dorf fernzuhalten, sondern auch, bei seiner Rückkehr eine Beichte abzulegen?

Was, wenn er nach all der Zeit nicht nur wegen der Beerdigung und Testamentsverlesung seiner Mutter zurückgekommen war, sondern auch, weil er sich einer alten Schuld bewusst wurde – und diese begleichen wollte?

11

Auf dem Rückweg vom Gartenfreunde-Treffen erzählte Mina Ellison von ihrem Gedankengang. Dieser hatte sie die ganze Zeit über nicht mehr losgelassen, weswegen sie von dem Rest des Gesprächs kaum etwas mitbekommen hatte und froh war, als die Zusammenkunft endlich für beendet erklärt wurde. Auch wenn sie es immer noch ein wenig lustig fand, dass es praktisch nicht um Gärten ging, sondern eher einer Klatsch- und Tratschgruppe glich.

»Du meinst also, Freddies Weggang und seine Beichte in der Kirche hängen zusammen?«

»Das ist für mich komplett logisch«, erwiderte Mina sofort und nickte, um ihre Worte zu unterstreichen. »Warum hätte er sonst nicht mehr zurückkommen sollen? Als er dann für die Testamentsverlesung kam, hat ihn vielleicht das schlechte Gewissen überkommen und er ist zur Beichte in die Kirche.« Mina hatte sich in der vergangenen Stunde so in diesen Gedanken festgebissen, dass die Worte förmlich aus ihr hervor sprudelten und Ellison sichtlich Probleme hatte, ihr zu folgen. Doch Mina war komplett überzeugt von ihrer Theorie. Sie spürte tief in sich, dass sie da etwas auf der Spur war. Dass sie zurück auf den richtigen Weg gelangt war und sie diesen Hinweis auf keinen Fall aus den Augen verlieren durfte. »Denkst du, wir bekommen den Pastor doch noch dazu, uns zu erzählen, was Freddie ihm in der Beichte gesagt hat?«

Ellison schüttelte so energisch den Kopf, dass ihre grauen Locken wild hin und her flogen und ihr beinahe die Brille von der Nase rutschte. »Keine Chance. Er hat ja bei unserem ersten Aufeinandertreffen deutlich gemacht, dass es ein Beichtgeheimnis gibt und er dieses auf keinen Fall brechen wird. Und so, wie ich den Pastor kenne, wird dies auch definitiv so sein.«

»Das ist bescheuert. Das könnte der Schlüssel zur Lösung sein.« Frustration wollte sich in Mina ausbreiten, doch sie schob das aufkeimende Gefühl vehement zur Seite. Sie waren endlich wieder etwas auf der Spur – und das ließ sie sich keinesfalls von irgendwelchen negativen Empfindungen kaputtmachen. Sie fanden einen Weg, um dieses Geheimnis rund um Freddie zu lösen, da war sie sich sicher.

»Das Leben ist nun einmal nicht immer fair«, flötete Ellison und zwinkerte Mina zu. »Wir werden schon eine andere Möglichkeit finden.«

Sie bogen in die Einfahrt zum B&B ein. Ellison war gerade dabei ihren Schlüssel hervorzuziehen, als Mina mit einem Ruck stehen blieb und auf die geöffnete Tür starrte. »Ellison?«, sagte sie mit leiser, zittriger Stimme.

»Ja ja, ich habe es gleich. Der Schlüssel muss hier irgendwo drin sein.«

»Ich befürchte, den brauchen wir nicht mehr«, erwiderte Mina tonlos, ohne den Blick von der Eingangstür zu lösen.

Nun sah Ellison auf. »Was meinst ...« Sie unterbrach sich selbst und starrte auch auf die geöffnete Tür. »Was zum Teufel ist hier los?« Mit energischen Schritten ging sie darauf zu und bevor Mina sie zurückhalten konnte, stieß sie die Tür komplett auf und trat in das B&B.

Mina lief ihr, so schnell sie konnte nach, doch anstatt Ellison sofort in das Innere des Hauses zu folgen, besah sie sich die Tür genauer. Zwar kannte sie sich mit Einbruchsspuren nicht wirklich aus, aber sie stellte selbst innerhalb des Bruchteils einer Sekunde ohne fachmännischen Blick sofort fest, dass die Tür aufgebrochen worden war.

Nun lief auch sie hinein und schloss zu Ellison auf. »Die Tür wurde aufgebrochen.«

Ellison stieß ein paar Flüche hervor, die alles andere als ladylike waren und Mina die Röte ins Gesicht schießen ließen. »Wir sollten nacheinander alle Zimmer durchsuchen.«

»Wäre es nicht besser, die Polizei zu rufen?« Mina hatte ein ungutes Gefühl bei der Sache. »Was, wenn der Einbrecher noch hier ist?«

Ellison schüttelte sofort den Kopf und griff nach einem Regenschirm, der neben dem Empfangstresen stand. »Das glaube ich nicht. Und wenn doch, dann habe ich den hier, um uns zu verteidigen.«

Mina war zwar immer noch nicht überzeugt, willigte aber schließlich ein. Bis Brown und sein Polizeianwärter-Schoßhündchen hier waren, würde ohnehin eine halbe Ewigkeit vergehen und sie konnten jawohl kaum solange warten, bis sie das B&B betraten.

»Fangen wir unten an«, beschloss Ellison.

Gesagt, getan. Nacheinander gingen sie die unteren Räume, angefangen bei der Küche bis zum Kaminzimmer durch, doch dort sah alles genauso aus, wie sie es hinterlassen hatten. Nun standen noch die oberen Zimmer aus. Ellison und Mina betraten die obersten Stufen der Treppe, als Mr. Marvel an ihnen vorbeischoss und damit einen gehörigen Schrecken einjagte.

»Dieser Kater! Irgendwann bekomme ich wegen ihm einen Herzinfarkt«, fluchte Ellison. Doch Mr. Marvel schien von ihren lauten Worten unbeeindruckt und saß einfach so lang oben an der Treppe, bis auch die zwei Frauen es dorthin geschafft hatten. Dann lief er wieder los, blieb vor einer der Zimmertüren sitzen und miaute laut.

Als Ellison sich zuerst nach rechts wandte und den Kater ignorierte, wurde sein Katzengejammer noch lauter, worauf sie sich doch zu ihm umdrehte. »Willst du uns irgendetwas sagen?«

Mr. Marvel miaute, was zumindest Mina als Bestätigung auf Ellisons Frage hin verstand und auf den Raum zuging, auf den der Kater so vehement hinwies. Mit einem lauten Seufzer und den Worten »Warum lasse ich mir eigentlich von diesem Kater vorschreiben, in welches Zimmer ich zuerst schauen soll?«, gesellte Ellison sich schließlich zu den beiden.

Minas Hand war bereits nach dem Türgriff ausgestreckt und als Ellison ihr zustimmend zunickte, drückte sie die Klinke nach unten. Die Tür öffnete sich quietschend und die beiden Frauen schnappten bei dem Anblick des Zimmers gleichzeitig laut nach Luft.

Es war komplett auseinandergenommen worden. Anders konnte Mina es nicht beschreiben. Die Schubladen des Schrankes und des kleinen Schreibtischs standen offen und waren durchwühlt. Genauso wie der Karton, in den Ellison und Mina Freddies Habseligkeiten gelegt hatten. Überall im Raum verteilt lagen zerknitterte Papiere, Klamotten, Bücher und andere Dinge.

Doch Minas Blick blieb am Bett hängen. Das einzige Möbelstück im Raum, das normal aussah. Die gemachte und glattgestrichene Bettdecke schien sie beinahe zu verhöhnen und wollte so gar nicht zu der Zerstörung ringsherum passen. Wäre da nicht dieses Blatt Papier gewesen, das darauf lag und nicht in das Bild passte.

Sie ging näher darauf zu und konnte nun die am PC getippten Worte auf dem Papier lesen. »ES HAT DEN RICHTIGEN ERWISCHT« stand dort in roten Großbuchstaben. Daneben entdeckte Mina ein Foto, das den jungen Freddie darstellen könnte, wäre er nicht mit einem großen ebenso roten Kreuz durchgestrichen worden. Sie torkelte ein paar Schritte zurück.

»Ellison«, sagte sie nur mit zittriger, atemloser Stimme, ohne den Blick von dem Papier und dem Foto auf dem Bett abwenden zu können. »Du ... du musst dir das ansehen.« Ein Lufthauch neben ihr zeigte Mina, dass die ältere Frau herangetreten war und nun ihrerseits die eindeutige Botschaft auf der Bettdecke betrachtete.

»Oh Gott«, stieß Ellison hervor und als Mina es endlich schaffte den Blick ab- und Ellison zuzuwenden, erkannte sie, wie sehr die Hand der Frau zitterte. »Jetzt müssen wir doch Brown anrufen.«

Mina zog ihr Handy hervor und suchte die Nummer des Polizeireviers heraus. Ellison war immer noch in ihrer Schockstarre gefangen, während Mina sich inzwischen zumindest ein wenig von dem Schrecken erholt hatte. Es dauerte eine gefühlte Ewigkeit, bis das Gespräch endlich angenommen wurde und die gelangweilt klingende Stimme einer jungen Frau zu hören war. Wieder einmal stellte Mina fest, dass hier *wirklich* nicht oft schlimme Dinge geschahen. Wenn doch, bekam die Polizei es jedenfalls als eine der letzten Instanzen mit.

»Oh Gott!«, rief Ellison abermals aus und Mina erkannte mit einem kurzen Seitenblick, dass sie sich das Foto ansah. Sie wollte Ellison gerade sagen, dass sie es bloß nicht anfassen sollte, als sie jäh unterbrochen wurde.

»Wie kann ich Ihnen helfen?«, schnauzte die Polizistin ins Telefon und Mina zuckte zusammen.

»Ist Constable Brown zu sprechen?«

Papierrascheln war zu hören, dann: »Worum geht es denn?«

Mina unterdrückte ein Aufstöhnen. Es wäre so viel einfacher gewesen, es Brown direkt zu erzählen und nicht erst über drei Ecken. »Es wurde in das B&B von Ellison Paterson eingebrochen. Wir haben etwas in einem der Gästezimmer gefunden, in dem Freddie Kerr übernachtet hat.« Bloß nicht zu viel verraten, zumindest nicht sofort. Diese Informationen mussten der jungen Polizistin erst einmal reichen.

»Ich verstehe.«

Mina wartete einen Augenblick, doch die Frau am Telefon erwiderte nichts weiter. »Ist der Constable nun zu sprechen? Es ist wirklich wichtig!«, sagte sie ungehalten und musste sich dazu zwingen, ihre Stimme einigermaßen unter Kontrolle zu halten.

»Constable Brown befindet sich bereits in seiner wohlverdienten Pause. Aber ich ... Einen Moment.« Ein Rauschen erklang und Mina hörte entfernt ein paar Stimmen, konnte aber keine genaueren Worte verstehen. Als hätte jemand die Hand auf den Hörer gepresst. »Hören Sie?«

»Ja«, antwortete Mina, und es klang mehr nach einem Knurren, als einem tatsächlichen Wort.

»Zufällig habe ich gerade den Constable doch hier neben mir stehen. Er möchte mit Ihnen sprechen.«

Ach, auf einmal doch nicht in der Pause?, dachte Mina. Doch da rauschte es abermals und nun meldete sich eine männliche Stimme. »DC Brown hier. Die Kollegin meinte, es wäre im B&B eingebrochen worden?«

»Ja und wir haben etwas in Freddie Kerrs Gästezimmer gefunden.« Mina wiederholte in knappen Worten, was sie der jungen Polizistin erzählt hatte. »Sie sollten sich das wirklich anschauen.«

»Ja und das am besten, bevor Sie überall ihre Fingerabdrücke darauf hinterlassen hätten. Wenn Sie einen Einbruch erkennen, dann rufen Sie bitte gefälligst *sofort* die Polizei. Ist ja nicht zu glauben, dass das überhaupt gesagt werden muss. Ich bin gleich da. Fergus! Wir müssen nochmal los.«

Ehe Mina auch nur die Chance dazu bekam, etwas zu erwidern, hatte Brown bereits aufgelegt. »Unglaublich«, stieß Mina aus. »Wir haben doch gar nichts angefasst und es war klar, dass niemand mehr im Haus ist.« In ihrer Wut wollte sie jedoch nicht zugeben, dass durchaus noch jemand im B&B hätte sein können. Diesen Punkt wollte sie dem Polizisten nach diesem unfreundlichen Gespräch nicht geben.

Ellison hatte sich auf den Stuhl vor dem Schreibtisch sinken lassen und wirkte immer noch ein wenig blass um die Nase herum. »Das nimmt alles inzwischen seltsame Züge an«, sagte sie zu niemand Bestimmtem in leisem Ton, als würde sie eher mit sich selbst, als Mina sprechen.

»Brown und sein Lehrling sind gleich hier. Vielleicht kann er diesen Vorfall irgendwie einordnen. Jedenfalls ist für mich spätestens damit klar, dass es irgendjemand auf Freddie abgesehen hat. Vielleicht sieht Brown das jetzt auch.« Mina glaubte zwar selbst nicht daran, aber wollte Ellison zumindest ein wenig Mut machen. Auch ihr wurde bei dem Gedanken, dass sich jemand so einfach Zutritt in das B&B verschafft hatte, mulmig zumute.

Dennoch dachte sie geistesgegenwärtig daran, einige Bilder von der Verwüstung im Zimmer, aber vor allem von dem Papier und dem Foto auf dem Bett zu machen. Ein kurzer Kontrollblick bestätigte ihr, dass sie scharf genug waren, um alles genau darauf zu erkennen. Dann steckte sie das Handy wieder weg und trat auf das Bett zu.

Nachdem nun der erste Schock überwunden und die Polizei auf dem Weg war, fielen Mina viel mehr Details auf. Auf dem Bild prangte nicht nur ein großes rotes Kreuz über dem jungen Freddie. An der rechten Seite war ganz klar zu erkennen, dass ein Teil des Fotos abgeschnitten worden war. Die Schere war bei näherer Betrachtung jedenfalls nicht komplett gerade geführt worden. Mina beugte sich so weit wie möglich über das Bild, ohne es zu berühren. Dort auf Freddies Schulter ...

waren das lange braune Haare? Haare einer Frau, die ursprünglich auf dem Foto neben ihm gestanden hatte?

»Ellison, sieh dir das an!«, rief Mina aus und drehte sich schwungvoll zu der B&B-Besitzerin um. »Auf dem Bild ist eigentlich noch eine zweite Person. Es wurde abgeschnitten!«

Sofort stand Ellison von dem Holzstuhl auf und kam auf sie zu. Wie Mina zuvor beugte sie sich über das Bild. »Tatsächlich! Und die Haare ... das muss eine Frau gewesen sein.« Nun war Ellison diejenige, die sich zu Mina umdrehte. »Denkst du, diese Frau, die auf dem Bild war ... «

»Könnte die Einbrecherin sein?«, beendete Mina Ellisons Frage und Aufregung schwang in ihrer Stimme mit, da die B&B-Besitzerin genau die gleichen Rückschlüsse gezogen hatte. »Das wäre definitiv eine Möglichkeit.«

»Oder die Frau wurde einfach so abgeschnitten, weil der Fokus auf Freddie liegen sollte«, überlegte Ellison laut, worauf Mina nickte.

Die beiden philosophierten über das Bild und die Bedeutung des Einbruchs, bis ein Ruf aus dem Treppenhaus sie aufschrecken ließ. »Mrs. Paterson? Sind Sie hier?«

Mina erkannte Browns Stimme sofort, weswegen sie aus dem Zimmer zur Treppe eilte. »Wir sind hier oben.« Brown und Fergus stapften beinahe gemütlich die Treppen hinauf, während Mina noch immer komplett unter Strom stand. »Der Einbrecher hat Freddies Gästezimmer verwüstet. Ellison, ich meine Mrs. Paterson, wartet dort.«

Brown gab nur mit einem knappen Nicken zu verstehen, dass er ihre Worte gehört und verstanden hatte, während Fergus ihrem Blick auswich und beide folgten Mina dann in das besagte Zimmer. Dort saß Ellison wieder auf dem Stuhl und erst, als sie die Schritte vernahm, stand sie auf.

»Da hat aber jemand ordentlich gewütet«, sagte Brown, nachdem er seinen Blick fachmännisch über den Raum hatte schweifen lassen. Wie bei Mina zuvor, blieb auch seiner an dem Bett hängen und er ging darauf zu, während Fergus in der Tür stehen blieb und jeden Schritt seines Vorgesetzten mit dem Blick folgte. Als wartete er nur darauf, dass er gebraucht wurde. »Sagen Sie mir bitte, dass Sie dieses Mal die Sachen nicht angefasst haben.« Während er sprach, zog Brown eine Kamera aus der Jackentasche und schoss mehrere Fotos von den Hinterlassenschaften auf dem Bett.

Er erwartete zwar nicht wirklich eine Antwort darauf, doch Mina gab sie ihm trotzdem. »Selbstverständlich haben wir nichts berührt.«

»So selbstverständlich war das beim Auffinden des Toten nicht«, erwiderte der Constable und fuhr Mina damit ordentlich in die Parade.

Sie wollte etwas erwidern, doch verkniff es sich und schluckte die aufkeimenden Worte hinunter. Immerhin handelte es sich hierbei immer noch um einen Polizisten und sie war nicht gerade in der Position, sich mit ihm anzulegen.

Auch Brown sagte nichts weiter zu ihr, sondern wandte sich an Fergus, der bereits eine Plastiktüte aus seiner Jackentasche gezogen hatte und damit auf seinen Einsatz wartete. »Fergus, pack das ein.« Brown deutete auf das Bett, worauf sofort Bewegung in den jungen Polizeianwärter kam.

»Natürlich, Sir!« Fergus trat neben Brown, nahm sowohl das beschriebene Papier, sowie das besudelte Foto und steckte beides in die Tüte. »Hier, bitte Sir«, sagte er und reichte Brown dienstbeflissen die Folie mit den Beweisstücken, die dieser einer näheren Betrachtung unterzog.

Brown nickte darauf knapp und reichte die Folie wieder Fergus, der sie sofort sorgfältig einsteckte. »Das hätten wir. Wir werden es im Labor auf Fingerabdrücke untersuchen lassen und mit unserer Datenbank überprüfen. Mit etwas Glück landen wir einen Treffer. Das war es also von unserer Seite.«

Brown wollte sich abwenden und den Raum verlassen, als Mina ihn mit ihrer Stimme aufhielt. »Bekommen wir dann Bescheid, was die Untersuchungen ergeben haben? Ich meine ...«, sie ruderte ein wenig zurück, als sie der Blick unter hochgezogener Augenbraue des Constables traf, »immerhin wurde in Ellisons Garten nicht nur Freddies Leiche entdeckt, sondern nun auch in ihrem B&B eingebrochen. Und man muss kein Kriminalist sein, um zu sehen, dass diese beiden Dinge miteinander zusammenhängen.« Sie deutete vielsagend auf die Plastiktüte mit dem Papier und dem Foto, auf dem Freddies Gesicht vehement durchgekreuzt wurde.

»Der Mann ist eines natürlichen Todes gestorben, Ms. Wir werden den Einbruch jedoch untersuchen«, erwiderte Brown brummend.

»Aber es ist immer noch nicht geklärt, wo und wann Freddie etwas gegessen haben soll, was zu dem Schock geführt hat.«

Nun schien Brown am Ende seiner Geduld angelangt zu sein. »Ms. Abbott. Freddie Kerr ist *nachweislich* an einem allergischen Schock verstorben – und selbst in Green Hill gibt es mehr als genug Möglichkeiten, etwas Essbares aufzutreiben. Vielleicht hat er in seinem aufgewühlten Zustand die Zutaten nicht ausreichend genug angeschaut. Wer weiß das schon.«

Mina wollte gerade zu einem Widerspruch ansetzen, als der Constable bereits weitersprach: »Falls Ihnen jedenfalls auffallen sollte, dass Wertgegenstände abhandengekommen sind, melden Sie sich sofort auf dem Revier. Ansonsten sollten Sie jemanden kommen lassen, der sich schnellstmöglich um das Türschloss kümmert. Nicht, dass weitere ungewollte Besucher auftauchen. Wir finden allein raus, auf Wiedersehen.« Mit diesen Worten und einem knappen Nicken wandte sich Brown ab und verließ den Raum. Fergus folgte ihm, nachdem er Mina und Ellison knapp zugenickt hatte, mit schnellen Schritten.

»Das ist ja …«, erboste sich Mina, doch Ellisons Kopfschütteln erstickte ihre aufkeimenden Worte sofort. Stattdessen stieß sie die Luft aus und atmete mehrmals tief durch, damit ihre Wut nicht die Oberhand gewann.

Ellisons Gesicht hatte inzwischen wieder eine normale Farbe angenommen und sie wirkte deutlich gefestigter. »Sie glauben immer noch nicht an einen Mord.« Diese Feststellung war auch das, was Mina am stärksten traf. »Wie machen wir jetzt weiter?«, fragte Ellison Mina, die sich daraufhin aufrichtete.

»Eines ist klar. Freddies plötzliche Rückkehr nach Green Hill, die Beichte und dieser Einbruch hängen irgendwie zusammen. Wir müssen nur herausfinden wie.«

»Und wie wollen wir das anstellen?«

Minas Gedanken schossen wie eine Achterbahn durch ihren Kopf. »Die einzige Verbindung zwischen Green Hill und Freddie ist Poppy.«

»Die tot ist.«

Mina nickte langsam und sprach in beinahe belehrendem Tonfall. »Ja, sie schon. Aber ihre beste Freundin nicht und ihr Haus steht auch noch an Ort und Stelle.«

»Du willst also zu Glenna?«

Abermals nickte Mina. »Alles andere führt in eine Sackgasse. Ich wüsste nicht, an welcher Stelle wir sonst mehr herausfinden können. Glenna und das Haus sind unsere einzige Schnittstelle. Praktisch der letzte Anhaltspunkt.«

Ellison zuckte mit den Schultern. »Ein Versuch ist es wert«, bestätigte sie.

»Dann lass uns ...«

Ein lautes Poltern unterbrach Mina und ließ die beiden aufhorchen. Mina hielt augenblicklich die Luft an und ihre Augen weiteten sich, ebenso wie Ellisons. »Bitte sag mir, dass der Einbrecher nicht zurückgekommen ist«, flüsterte Mina so leise, dass es beinahe nur einem Hauchen gleichkam.

Ellison presste den Zeigefinger auf die Lippen und setzte sich langsam in Bewegung. Auf dem Weg zur Tür des Zimmers griff sie wieder nach dem Regenschirm, den sie gegen die Wand gelehnt hatte, um ihn notfalls als Waffe benutzen zu können. Mit bedachten Schritten gingen die beiden Frauen durch den Flur zur Treppe und warfen vorsichtig einen Blick über die Brüstung – doch nichts.

Ellison deutete stumm hinunter, worauf Mina nickte und der Älteren folgte. Vorsichtig stiegen sie Stufe für Stufe hinunter, Ellison den Regenschirm im Anschlag. Selbst Mr. Marvel, der sich während der Anwesenheit der Polizisten versteckt hatte, schien zu wissen, dass es nun darauf ankam, besonders leise zu sein, und hielt sich hinter den beiden Frauen.

Leichtfüßig übersprang Ellison eine der Stufen, von denen sie wusste, dass sie besonders laut knarzte und Mina tat es ihr gleich. Sie mussten das Überraschungsmoment auf ihrer Seite haben, um den Einbrecher zu stellen – und das klappte nur, wenn dieser sie nicht bereits aus einem Kilometer Entfernung hörte.

Endlich gelangten sie am Ende der Treppe an und die beiden blieben stehen, um zu lauschen. Ein Rascheln war deutlich zu hören und es kam aus … der Küche? Perplex blinzelte Mina ein paar Mal und Ellison schien ebenso verwirrt. Welcher Einbrecher ging zuerst in die Küche?

Stumm kamen sie überein, zum Ort des Geschehens zu gehen. Ellison hielt den Regenschirm festumklammert, als handelte es sich dabei um ihren Rettungsanker und hielt ihn gleichzeitig im Anschlag, um im Notfall schnell zu reagieren.

Es kam Mina vor, als würden sie eine halbe Ewigkeit dafür brauchen, den Weg vom Flur zur Küche zu schaffen. Wie zwei Meisterdetektive schoben sie sich an der Wand entlang, damit der Einbrecher sie nicht sah.

Als sie am Türrahmen angelangt waren, zählte Ellison stumm mit den Fingern bis drei und sprang dann mit vorgestrecktem Regenschirm und einem lauten »Ha!«, in den Raum.

Der junge Mann, der gerade dabei war sich einen Toast zu schmieren, schrie vor Schreck laut auf, sprang mit beiden Beinen in die Luft und ließ dabei das Buttermesser fallen, das mit einem lauten Klirren zu Boden fiel.

Eine Sekunde verstrich, bis der Mann sich wieder gefangen hatte und die Frauen kreidebleich und mit großen Augen ansah. »Grandma? Was soll das? Du hast mich beinahe zu Tode erschreckt!«

»Collin?«, erwiderte Ellison völlig verdattert. »Was machst du denn hier?«

12

Ellison öffnete mehrmals den Mund und schloss ihn wieder ohne etwas zu sagen, weswegen Mina sich Collin zuwandte. Der schien sich deutlich schneller von dem Schock zu erholen. Rasch hob er das Messer auf, legte es zurück auf die Arbeitsplatte und ging dann auf Mina zu. Mit einem charmanten Lächeln hielt er ihr die ausgestreckte Hand hin. »Hi, ich bin Collin. Der Enkelsohn dieser entzückenden, wenn auch etwas verrückten, Dame. Die mich immer noch anstarrt, als wäre ich eine Erscheinung aus dem Jenseits.«

Mina konnte sich bei dieser Beschreibung ein Grinsen nicht verkneifen. Sie ergriff seine Hand und schüttelte sie kurz. »Mina. Mina Abbott aus London.«

»Aus London?« Collin pfiff durch die Zähne. »Was hat dich denn aus der Großstadt ausgerechnet hierher verschlagen?«

Mina fiel es schwer, sich auf seine Worte zu konzentrieren. Dafür war sie zu sehr von seinem Anblick gefesselt. Denn nun, wo der Schreck vorbei und sie wusste, dass Collin nicht etwa ein Einbrecher war, kam sie nicht umhin zu bemerken, dass er verdammt gut aussah. Er trug sein Haar etwas länger, wodurch ihm die leichten Locken in die Augen fielen. Augen, die ein so intensives Grün hatten, dass Mina nicht aufhören konnte, in ihnen zu versinken. Sein Lächeln war …

»Meine Güte, Collin!«, unterbrach Ellisons schriller Zwischenruf Minas Betrachtungen und es kam ihr vor, als hätte die ältere Frau damit einen Eimer mit eiskaltem Wasser über ihr ausgekippt. »Was machst du hier?«, wiederholte sie ihre Frage an Collin, auf die sie bislang keine Antwort bekommen hatte.

»Hast du meinen Anruf nicht gesehen?«, fragte dieser zurück und strich sich durch das Haar. »Leider kann man auf diesem alten Apparat, den du da hast, keine Nachrichten hinterlassen. Du solltest dir wirklich dringend ein Handy anschaffen, Granny.«

Ellison rollte in großer Geste mit den Augen, was durch ihre vergrößernden Brillengläser etwas seltsam aussah. »Vielleicht ist dir nicht bewusst, dass genau das der Sinn hinter einem solch alten Apparat ist.«

Collin winkte leichthin ab. »Jedenfalls bin ich hier, weil Mum meinte, als sie das letzte Mal hier war, wären ihr ein paar Dinge aufgefallen, um die sich ihrer Meinung nach sofort gekümmert werden sollte. Außerdem ...« Er trat auf Ellison zu und legte einen Arm um ihre Schultern. »Brauch ich denn einen Grund, um meine Granny zu besuchen?« Collin grinste Ellison frech an und zwinkerte dann Mina vielsagend zu, als wüsste er genau, dass er seine »Granny« so in Rage brachte.

Mina konnte Ellison im Gesicht ablesen, dass sie sich schwer zusammenreißen musste, um nicht noch einmal die Augen zu verdrehen. »Deine Mutter sollte sich mehr um ihre eigenen Probleme kümmern. Ich komme hier ganz wunderbar allein zurecht.« Sanft aber bestimmt schob sie Collins Arm weg. »Ich freue mich trotzdem immer über deinen Besuch«, sagte sie mit zuckersüßer Stimme und tätschelte seine Wange.

»Allerdings ist das ein denkbar schlechter Zeitpunkt.« Nun wandten sich Mina sowohl Ellisons als auch Collins fragende Blicke zu. Sie sahen sich dabei für einen Moment so ähnlich, dass Mina losprustete, doch sie fasste sich schnell wieder. »Immerhin haben wir einen Todesfall aufzuklären.« Damit spielte sie auf ihr gemeinsames Vorhaben an, Glenna einen Besuch abzustatten, das von Collins Ankunft so jäh unterbrochen wurde.

»Das ist korrekt!«, bestätigte Ellison. »Ah Collin, mein Lieber. Da fällt mir doch eine Sache ein, die es zu reparieren gibt. Die Haustür wurde etwas ... demoliert, wie du beim Hereinkommen vielleicht gesehen hast. Wenn du das Schloss wieder in Ordnung bringen könntest, wäre das ganz wunderbar.«

»Ein Todesfall?«, echote Collin und schien dabei von Ellisons Bitte nichts mitbekommen zu haben. »Was ist denn passiert? Und was gibt es daran für euch aufzuklären?«

Nun war es an Mina, Collin zuzuzwinkern. »Ich würde sagen, dass wir das Alles später erklären. Wir müssen jetzt erst einmal zu Glenna und sie befragen.« Sie wandte sich in Richtung Tür und Ellison folgte ihr mit eiligen Schritten.

»So ist es. Jedenfalls würdest du wirklich dafür sorgen, dass ich heute Nacht ruhig schlafe, wenn das Schloss repariert ist. Wir sind in ein paar Stunden zurück!«, rief Ellison dem verdutzt dreinschauenden Collin über die Schulter hinweg zu. Offensichtlich hatte er sich seinen Besuch, aber vor allem sein Ankommen, anders vorgestellt.

Mina schmunzelte. Das Bild, wie Collin ihnen mit großen Augen und offen stehendem Mund nach sah, war zu lustig. »Das wirst du ihm später alles erklären müssen.«

»Und später ist dafür genau der richtige Zeitpunkt«, erwiderte Ellison und Mina war froh, dass sie beide den Schock wegen des Einbruchs überwunden hatten. »Collin würde mich vermutlich aus Sorge keinen Schritt mehr aus dem B&B setzen lassen, sobald er Wind von dem bekommt, was geschehen ist.«

Sie hatten gerade einmal die Hälfte des Flurs erreicht, als auch schon Mr. Marvel zu ihnen stieß. »Na du Flohparadies, willst du uns begleiten?«, begrüßte Ellison ihn und Mina musste aufgrund des neuen Spitznamens laut auflachen.

Mr. Marvel miaute und warf Ellison einen Seitenblick zu, bevor er zu Mina lief und damit so viel Abstand wie möglich zwischen sich und die ältere Dame brachte. »Der neue Kosename scheint ihm nicht sonderlich zu gefallen.«

Ellison winkte ab. »Wenn jetzt selbst Katzen schon so empfindlich sind.«

***

Den gesamten Weg über zu Poppys altem Herrenhaus sprachen sie über den Einbruch, den Brief und das Foto. Auch wenn sie nicht wussten, wer eingebrochen war, so waren sie sich in einer Sache einig: Es waren zu viele Zufälle, als dass es keinen Zusammenhang geben konnte. Doch vor allem das ›Warum‹ spielte eine Rolle. Warum brach jemand in das B&B ein, nur um Freddies altes Gästezimmer zu verwüsten und eine solche Botschaft zu hinterlassen? Warum war es dem Einbrecher oder der Einbrecherin so wichtig ihnen mitzuteilen, dass Freddie den Tod verdient hatte?

Es musste irgendeinen Grund dafür geben. Einen triftigen. Einen, der das Alles erklärte, all diese Puzzleteile zusammensetzte – und Minas Fingerspitzen kribbelten bei dem Gedanken daran, dass sie diejenige sein könnte, der das gelang. Ihre angeborene Neugier war manchmal Fluch und Segen zugleich.

»Hoffentlich ist Glenna überhaupt da«, sagte Mina, als sie auf das Tor des Herrenhauses zugingen.

»Bestimmt. Die Arme muss immerhin das gesamte Haus ausräumen und wird jeden Tag damit verbringen. Poppy hat die Räume so vollgestopft, dass Glenna vermutlich für einen einzigen mehrere Wochen braucht.«

Und tatsächlich: Glenna öffnete ihnen und als Mina in den Flur sah, erkannte sie nichts als Chaos. »Entschuldigt bitte das Durcheinander«, sagte Glenna sofort, die Minas Blick gefolgt war. »Das Ausräumen gestaltet sich schwieriger als erwartet. Ich bin für jede helfende Hand – oder Pfote«, fügte sie mit strahlenden Augen bei Mr. Marvels Anblick hinzu, »dankbar. Das könnt ihr mir glauben.«

»Wir helfen dir gerne ein wenig«, erwiderte Mina, worauf Ellison bestätigend nickte. Beide in der Hoffnung, während der Arbeit die eine oder andere Frage einflechten zu können. »Wo sollen wir anpacken?«

Auf Glennas Gesicht breitete sich ein dankbares Lächeln aus und Mina bereute es sofort ein wenig, dass sie nur zum Aushorchen gekommen waren. Denn Ellison hatte recht: Die Ausräumung eines solchen Hauses nahm nicht nur viel Zeit in Anspruch, sondern war auch körperlich ein Gewaltakt. Einer, der für eine Frau Mitte siebzig nicht unbedingt geschaffen war.

»Kommt mit«, entgegnete Glenna, woraufhin Ellison und Mina ihr durch den Gang in eines der Zimmer im Erdgeschoss folgten. »Das ist das Herzstück des Hauses, zumindest, wenn es nach Poppy ging.« Sie breitete beide Arme aus, als würde sie den gesamten Raum umarmen wollen.

Mina klappte beim Anblick der vollen Bücherregale, die sich fast bis zur Decke schraubten, die Kinnlade herunter. »Das ist der absolute Wahnsinn«, murmelte sie ehrfürchtig. So chaotisch wie der Rest des Hauses aktuell wirkte, so geordnet war Poppys Bibliothek. Zumindest zu diesem Zeitpunkt noch. Sie hatte an dem Holz der Regale sogar Buchstaben angebracht, die vermutlich auf die Anfangsbuchstaben der Autorinnen und Autoren der Werke schließen ließen. Dadurch konnte man das gesuchte Buch deutlich schneller finden.

»Wow«, sagte Ellison und in ihren Gesichtszügen konnte Mina die Überraschung deutlich ablesen. »Da ist einiges dazugekommen, seit ich das letzte Mal hier war.«

Glenna nickte lächelnd. »Selbst mir erging es so und ich war beinahe jeden Tag hier. Poppy hatte ein Talent dafür, all ihre neuen Schätzchen völlig ungesehen in der Bibliothek verschwinden zu lassen.«

»Was steht jetzt genau an?«, fragte Mina in die Runde und krempelte sich die Ärmel nach oben.

Glenna deutete auf die unteren Regalreihen. »Ich würde sagen, dass wir erst einmal hier mit ausräumen und abstauben anfangen und die Bücher dann direkt in die Kisten räumen. Die müssen aber in jedem Fall beschriftet werden.«

***

»Was machst du eigentlich mit dem ganzen Altpapier?«, fragte Ellison Glenna, nachdem sie bereits hunderte Bücher in Kartons verpackt hatten.

Glenna und Mina schnappten beide gleichzeitig laut nach Luft. »Altpapier?«, stieß Mina daraufhin ungläubig aus. »Hast du eine Ahnung, wie viele Erstausgaben da dabei sind?«

»Die Erstausgaben werde ich in das Antiquariat in der Stadt bringen und erst einmal schätzen lassen. Der Erlös soll dann an das hiesige Altenheim gehen. Ein Großteil wird an Bibliotheken gestiftet. Und das ein oder andere werde ich als Erinnerungsstück behalten. Aber nur eine kleine Auswahl. Dasselbe mit den Gemälden. Es ist leider viel zu viel.«

Glenna deutete in Richtung des Flurs, wo bereits einige der soeben genannten Bilder von der Wand genommen wurden und darauf warteten, vorsichtig verpackt zu werden. »Zwar habe ich nie so gerne und viel gelesen wie Poppy, aber es gibt ein paar ihrer Bücher, mit denen ich schöne Erinnerungen verbinde.«

Mina nickte verständnisvoll. »Es ist bestimmt nicht einfach, sich von so vielem zu trennen. Wäre es nicht besser, einen Ausräumdienst zu bestellen, der das hier übernimmt?«

»Einfacher wäre das sicherlich«, erwiderte Glenna und richtete sich auf. Dabei bog sie ihren Rücken einmal durch, worauf ein lautes Knacken ertönte. »Vor allem für meine alten Knochen, wie du hörst. Aber Poppy hat genaue Anweisungen dafür hinterlassen, was mit ihren Habseligkeiten und dem Anwesen geschehen soll. Und dem werde ich, so gut wie es mir möglich ist, nachkommen.« Das Lächeln auf Glennas Gesicht schwand und Mina konnte sich nur entfernt vorstellen, wie viel Schmerz die alte Dame bereits erfahren hatte.

»Ich habe gar nichts davon mitbekommen, dass Poppy Anweisungen hinterlassen hat. Das macht die Ausräumaktion vermutlich nicht unbedingt leichter.«

Glenna lachte auf und der Ton klang für einen kurzen Moment etwas bitter. »Das sicher nicht. Aber wenn das ihr Wunsch war …« Die ältere Frau zuckte in einer hilflos wirkenden Geste mit den Schultern.

»Ich kann wirklich nur hoffen, irgendwann eine so gute Freundin wie dich zu haben, wirklich«, sagte Mina und Glenna lächelte ihr daraufhin zu, sagte jedoch nichts mehr.

Sie arbeiteten mehrere Stunden am Stück. Verpackten Bücher, staubten Regale ab, beschrifteten Kartons und räumten diese hin und her, um Platz für die Nächsten zu schaffen – und obwohl der Raum wirklich groß war, hatte er in den vergangenen Stunden gefühlt die Hälfte seiner Größe verloren. Egal, wohin Mina mit der nächsten vollen Kiste ging, standen bereits andere.

»Zeit für eine Pause würde ich sagen«, erlöste Glenna sie endlich. »Stärken wir uns erst einmal und dann können wir mit neuem Elan an die Sache herangehen.«

Mina hätte sich am liebsten in die Ecke gesetzt und so lange mit dem Kopf geschüttelt, bis die letzte Person in Green Hill verstand, dass sie nicht gewillt war, heute auch nur einen weiteren Finger zu rühren.

Doch der Gedanke an Tee und Gebäck war zu verführerisch, weswegen die beiden Glenna in das geräumige Esszimmer folgten und sich auf den Stühlen niederließen. Ehe sie sich versahen, standen – wie erträumt – dampfende Teetassen und Teller mit Gebäck vor ihren Nasen. Mina griff als Erste nach der Tasse und nahm einen großen Schluck. Dabei überlegte sie, wie sie das Gespräch auf Freddie lenken konnte, ohne Glenna wieder einen derben Schreck zu verpassen. Denn während des Aufräumens kamen sie nicht einmal dazu, *überhaupt* über etwas anderes, als die Bücher zu sprechen. Sowohl Mina als auch Ellison hatten zu große Angst davor, irgendetwas falsch zu verpacken oder zu beschriften, und hatten Glenna deshalb immer wieder gefragt.

»Ich war gestern auf dem Markt«, sagte Glenna und ihre Augen funkelten, als sie über den Rand der Tasse hinweg Mina ansah. »Und wenn es einen Ort gibt, an dem die Menschen noch mehr tratschen, als ohnehin schon, dann dort.«

»Und, wer wurde den Hyänen dieses Mal zum Fraß vorgeworfen?«

Glenna schmunzelte über Ellisons Wortwahl, doch wurde schnell wieder ernst. »Um ehrlich zu sein ... ihr.«

»Wir?«, platzte es aus Mina heraus. Dabei hatte sie sich so ruckartig nach vorn gelehnt, dass sie beinahe ihre Tasse umgeworfen hätte. »Entschuldige.« Rasch schob sie ihren Tee ein Stück weiter Richtung Tischmitte, damit kein Unheil geschah.

»Erhelle uns. Worüber zerreißen sie sich nun schon wieder das Maul?«, sagte Ellison stattdessen und wirkte nicht im Mindesten beunruhigt darüber, welche Gerüchte über sie im Dorf in Umlauf waren.

Glenna beugte sich vor und senkte ihre Stimme, als hätte sie Sorge, jemand anderes als Ellison oder Mina könnte sie hören. »Sie sagen, dass ihr Detektiv spielt.« Nun schluckte sie doch fest und von der vorherigen Erheiterung war nichts mehr auf ihren Gesichtszügen zu erkennen. »Dass ihr versucht, Einzelheiten über Freddies Tod herauszufinden und diesen aufzuklären.«

»Irgendjemand muss es ja tun«, brummte Ellison, bevor Mina genug Zeit hatte, sich die richtigen Worte zurechtzulegen. »Brown glaubt immer noch an einen natürlichen Tod. Zumindest macht es nicht den Eindruck, als würde er sich des Falles nun annehmen oder jemanden aus einem anderen Revier kommen lassen.«

»Und ihr glaubt nicht an einen natürlichen Tod?« Glennas Augen glitzerten wieder und Mina erkannte, dass es Tränen waren.

»Nein«, sagte Mina vorsichtig und mit ruhiger Stimme. »Aber wir sind auf dem richtigen Weg, um die Wahrheit herauszufinden. Zum Beispiel wissen wir, dass Freddie am Tag der Testamentsverlesung in der Kirche war, um eine Beichte abzulegen. Und erst heute wurde ...« Mina stockte in ihrer Erzählung. Unsicher, ob sie von dem Einbruch berichten sollte. Doch sie entschied sich dann dafür, die Karten offen auf den Tisch zu legen, und fuhr fort. »Es wurde in Freddies Zimmer im B&B eingebrochen. Alles wurde durchwühlt und ein Brief und ein Bild lagen auf dem Bett.« Mina zog ihr Handy hervor und suchte das Foto heraus, um es Glenna zu zeigen.

Die ältere Dame wurde zusehends bleicher und Mina bereute es, ihr überhaupt von dem Allem erzählt zu haben. Sie hatte ohnehin schon genug durchgemacht mit den beiden Todesfällen und der Räumung des Hauses.

Als Glenna das Bild ansah, schlug sie die faltigen Hände vor ihren Mund. »Das ist ja nicht zu fassen!«, stieß sie aus. Zumindest vermutete Mina diese Worte dahinter, da sie durch Glennas Hände nur erstickt hindurch klangen. »Ihr glaubt also ... diese Person, die das geschrieben und das Zimmer auf den Kopf gestellt hat, ist ... ist Freddies Mörder?« Sie wurde noch eine Spur bleicher und wenn Glenna nicht bereits sitzen würde, hätte Mina sie spätestens jetzt auf einen Stuhl verfrachtet.

»Das glauben wir, ja«, antwortete sie trotzdem. Dann griff Mina über den Tisch hinweg nach Glennas Hand und drückte sie kurz. »Es tut mir wirklich leid, dich damit belasten zu müssen.«

Glenna bewegte langsam den Kopf von rechts nach links. »Nein. Ich ... ich wollte es ja wissen. Es ist nur so erschreckend zu hören.«

»Das verstehe ich.«

Und trotzdem stellte Mina sich immer wieder dieselbe Frage: Aus welchem Grund sollte jemand Freddie Kerr umbringen?

13

Stille war eingekehrt und alle drei Frauen schienen in ihre eigenen Gedanken verstrickt. Einzig das leise Klirren der Löffel gegen die Innenwand der Tasse beim Umrühren des Tees durchbrach das Schweigen – und Mr. Marvel.

Miauend umkreiste er Minas Stuhl, nachdem er die ganze vorherige Zeit damit zugebracht hatte, durch das Haus zu streifen. Beinahe, als würde er Poppy suchen oder einmal nach dem Rechten sehen wollen.

»Weißt du nicht doch noch etwas, Glenna?«, durchbrach Ellison die Stille und wandte sich mit einem Ruck an die alte Dame. »Irgendetwas, das uns in diesem Fall weiterbringen könnte?« Mina schüttelte leicht den Kopf und warf Ellison einen Blick zu, der so viel heißen sollte wie »überfordere die arme Frau nicht direkt«.

Doch während Ellison sie geflissentlich ignorierte, richtete Glenna sich auf und hinter ihrer Stirn arbeitete es sichtlich. »Wie alle anderen habe auch ich ihn nicht mehr gesehen, seit er Green Hill für das Studium verlassen hatte.« *Soweit nichts Neues*, dachte Mina. Dennoch hörte sie weiter gespannt zu. »Und dann habe ich ihn zum ersten Mal wieder auf Poppys Beerdigung zu Gesicht bekommen. Ich hätte ihn kaum wiedererkannt. Über zwanzig Jahre sind eine lange Zeit. Vor allem, wenn es sich dabei um einen jungen Menschen handelte, der nun zu einem erwachsenen Mann mit eigener Familie herangewachsen ist.«

»So geht es mir mit meinem Enkel Collin immer noch. Und ihn sehe ich regelmäßig«, warf Ellison ein und erntete dafür ein zustimmendes Nicken seitens Glenna.

»Freddie war nach der Testamentseröffnung so aufgewühlt. Es hat mir leidgetan, ihn so sehen zu müssen. Immerhin ist er trotz allem immer noch Poppys Sohn. Ich habe ihm dann einen Kuchen gebacken und vorbeigebracht ...«

Mina wurde augenblicklich hellhörig und setzte sich auf ihrem Stuhl kerzengerade auf. »Einen Kuchen?« Augenblicklich tauchte das Bild von Freddies Zimmer im B&B vor Minas innerem Auge auf. Das würde die Krümel auf dem Tisch erklären. »Du hast ihm einen Kuchen ins B&B gebracht?« Ihre Stimme rutschte eine Oktave in die Höhe und es kostete Mina einiges an Willenskraft, um zumindest einigermaßen die Ruhe zu bewahren.

»Ja, habe ich.« Glenna sah sie fragend an. »Nun, so macht man das eben, wenn jemand verstorben ist. Und da ich wusste, dass Freddie Schokoladenkuchen mag ...«

»Es war ein Schokoladenkuchen?«

Glenna nickte. »Ja. Poppy hat ihm immer Schokoladenkuchen gebacken. Als Kind hat er ihn geliebt und ich dachte, das sei sicherlich immer noch der Fall. Und mit allen anderen Kuchen musste man ja aufpassen, so viele Allergien wie der Junge hatte. Jedenfalls ... «

Mr. Marvel setzte sich neben Minas Stuhl und stupste sie mit der Pfote an, in dem Versuch, sie auf sich aufmerksam zu machen, wodurch sie Glennas restliche Worte nicht mehr hörte. »Was ist denn los, Kleiner?« Mina wollte sich gerade nach unten bücken, um den Kater hochzuheben und auf ihren Schoß zu setzen, als dieser wie von der Tarantel gestochen losrannte, auf den nächsten freien Stuhl sprang und von da aus über den Tisch fegte.

Mit einem Mal waren alle drei Frauen gleichzeitig auf den Beinen und versuchten, das Geschirr davor zu bewahren, zu Bruch zu gehen. Sie waren so damit beschäftigt, die Tassen zu retten, dass keine von ihnen auf das Gemälde achtete, das an einem der Stühle gelehnt hatte und nun mit einem lauten Knall umfiel. Mr. Marvel erschreckte sich so sehr, dass er mit einem letzten Satz vom Tisch sprang und aus dem Esszimmer rannte.

»Verdammt nochmal!«, fluchte Ellison. »Was ist nur schon wieder in diesen Kater gefahren? Sieht er Geister?«

Doch Mina war bereits aufgesprungen und zu dem kaputten Gemälde gelaufen. »Glück gehabt! Das Bild ist in Ordnung, nur der Rahmen hat etwas abbekommen.«

Glenna, die gerade dabei war, den verschütteten Tee aufzuwischen, legte das Tuch beiseite und sah sich zu Mina um. Sie drückte eine Hand auf ihre Brust, als müsste sie das darin pochende Herz beruhigen. »Das war eines von Poppys Lieblingsgemälden.«

Mina bückte sich, um das Bild und das abgebrochene Teil des Holzrahmes aufzuheben, als ihr ein kleines schmales Büchlein auffiel, das darunter gelegen hatte.

Langsam richtete sie sich auf. »Ich glaube, ich habe etwas gefunden.«

Sie hatte die Worte kaum ausgesprochen, als Ellison auch schon neben ihr stand. »War das Buch *im* Rahmen des Bildes versteckt?« In ihrem Ton schwangen Erstaunen und Neugier mit.

»Sieht ganz danach aus.« Sie sah zu Glenna, die sich ebenfalls langsam näherte. »Kennst du das?«

Die alte Dame schüttelte den Kopf, ihre Stirn lag in tiefen, nachdenklichen Falten. »Nein, das habe ich noch nie gesehen. Aber wenn Poppy das versteckt hat …«

»Dann hat es etwas zu bedeuten«, beendete Mina Glennas Satz, die daraufhin nickte.

Die drei Frauen stellten sich in einen Kreis, durch den gerade einmal noch Mr. Marvel passte, indem er sich durch eine Lücke zwischen den Beinen quetschte. Er hatte sich von dem kurzen Schrecken erholt und wollte nun offenbar wieder ganz vorne mit dabei sein. Wahrscheinlich, da er derjenige war, der erst dafür gesorgt hatte, dass Mina das Büchlein fand, das gerade einmal so groß wie ihre Hand war.

»Sollen wir …« Mina schluckte. Ein Kribbeln breitete sich von ihren Fingerspitzen über ihren ganzen Körper hin aus. »Denkst du, wir sollten einen Blick hineinwerfen?« Sie wusste nicht, woher sie diese Sicherheit nahm. Aber Mina war überzeugt, dass in diesem Buch etwas Wichtiges stand. Etwas, das mit Freddie zusammenhing und vielleicht dabei helfen konnte, den Fall aufzuklären.

Glenna sah nicht einmal zu ihr auf, sondern starrte das schwarze Büchlein in Minas Hand an. Ein Augenblick verging, dann ein weiterer, und Mina musste sich schwer zusammenreißen, um Glenna die Zeit zu geben, die sie offenbar brauchte. Doch dann kam endlich das ersehnte Nicken und Mina schlug sofort das Buch auf.

Die Frauen rückten ein Stück näher zusammen, damit alle drei gleichermaßen einen Blick auf das Innere erhaschen konnten. Die Seiten waren ein wenig verblichen, doch die verschnörkelte, schwarze Schrift immer noch gut zu lesen. Auf der ersten Seite stand lediglich der Name »Poppy Andrea Kerr«, weswegen Mina direkt weiterblätterte. Doch zumindest bestätigte dies Minas Vermutung, dass es tatsächlich Poppy gehört hatte. Wenn aber nicht einmal Glenna davon gewusst hatte, hieß das auch, dass etwas darin stehen musste, dass sie nicht einmal mit ihrer ältesten und besten Freundin geteilt hatte.

»Das ist ein Tagebuch«, flüsterte Mina und deutete auf das Datum in der rechten oberen Ecke. Als hätte sie Sorge, es zu laut auszusprechen. So seltsam fühlte es sich an, diese Worte zu lesen, die Poppy vor über zwanzig Jahren in dieses Notizbuch geschrieben hatte.

20. September 1996:
Neue Bücher bei Warnish ersteigert. Eine wundervolle Erstausgabe von Alice im Wunderland war dabei, die einen Ehrenplatz in der Bibliothek bekommen wird.

25. September 1996:

Neuen Dünger für den Garten ausprobiert und den Plan für einen Gartenteich ausgearbeitet. Muss nur noch überlegen, wer mit dem Bau beauftragt werden soll.

Mina war enttäuscht. Die ersten Einträge sorgten nicht gerade für Spannung – im Gegenteil. Dafür, dass das Tagebuch so gut versteckt war und niemand davon wusste, hatte sie sich deutlich mehr versprochen. Sie übersprang ein paar Seiten und entschied sich dazu, sich den letzten Eintrag anzuschauen. Sie las vor:

15. August 1998:
Freddie hat einen Unfall verursacht. Er hat meinen Wagen ohne meine Zustimmung genommen und ist, obwohl er noch keinen Führerschein hat, damit gefahren. Doch das ist nicht das Schlimmste, was geschehen ist. Er hat sie angefahren. Das Mädchen liegt nun im Krankenhaus und wurde in ein künstliches Koma versetzt! Niemand weiß, dass Freddie derjenige war, der das Auto gefahren hat. Und dabei soll es auch bleiben! Doch wie ich mit dieser Schuld leben soll? Was wenn sie nie wieder laufen kann? Oder gar nicht wieder aufwacht? Oh, diese Schuld. Wie hätte ich diesen Jungen je gebändigt bekommen sollen? Und nun ist es geschehen. Seine Wildheit ist ihm zum Verhängnis geworden. Niemand darf je erfahren, dass Freddie diesen Unfall verursacht und Fahrerflucht begangen hat. Er war völlig aufgelöst, als er nach Hause kam. In Panik. Wusste nicht, was er tun sollte und auch ich war überfordert. Und nun ist es geschehen.

20. August 1998:
Sie überlebt. Rest ihres Lebens im Rollstuhl.

Diese Schuld wird mich mein restliches Leben lang verfolgen.

Glenna keuchte laut auf, während Minas Hände so sehr zitterten, dass ihr beinahe das Buch aus der Hand fiel. Ellison rieb sich immer wieder über Augen und Stirn, als könnte sie nicht glauben, was sie eben gehört hatte.

Gleichzeitig arbeitete Minas Gehirn auf Hochtouren. »Die Beichte beim Pastor«, sagte sie schließlich mit bebender Stimme. »Was ist, wenn Freddie durch seine Rückkehr nach Green Hill an seine Schuld erinnert wurde und dann bei der Beichte war? Um irgendwie damit abschließen zu können?«

»Das würde definitiv Sinn ergeben«, bestätigte Ellison Minas Vermutung. »Die Frage ist nur, ob ihn jemand dabei beobachtet hat. Vielleicht sogar eine Person, die in Zusammenhang mit dem Unfall steht.«

Mina zuckte mit den Schultern. »Das lässt sich eher nicht so leicht herausfinden. Aber zumindest haben wir jetzt einen neuen Anhaltspunkt. Endlich!« Alles kribbelte in ihr vor Aufregung und ihre Neugier ließ sich kaum zügeln.

Glenna schien von Ellisons und Minas Worten gar nichts mitzubekommen, sondern ihren eigenen Gedanken nachzuhängen. »Das mit dem Unfall ist ... erschreckend. Ich hätte nie ein solches Geheimnis vermutet. Doch nun fügen sich zumindest ein paar der undurchsichtigen Teile zusammen. Poppy hat nie etwas darüber verlauten lassen. Nicht einmal mir hat sie je auch nur ein Sterbenswörtchen erzählt. Oder überhaupt über ihren Sohn gesprochen, nachdem er auf die Universität gegangen ist. Es war beinahe, als hätte es ihn nie gegeben.« Hilflos. Glenna wirkte unheimlich hilflos, als sie diese Worte aussprach. »Wer hätte das alles ahnen können? Ich meine, wir alle wissen, dass Freddie in seiner Jugend kaum zu bändigen war und öfter mal die Fußspitze auf die Grenze der Regeln gesetzt hat.«

»Wem sagst du das«, warf Ellison ein.

»Und trotzdem hätte ich meine Hand dafür ins Feuer gelegt, dass er so etwas nie tun würde. Oder dass er zumindest dann zu seiner Tat stehen und nicht einfach davonfahren und das Opfer sich selbst überlassen würde.«

Mina schüttelte den Kopf. »Ich will ihn nicht in Schutz nehmen oder etwas beschönigen, aber wir dürfen nicht vergessen, dass er noch sehr jung war und vermutlich unter Schock stand. Wahrscheinlich hatte er Angst, mit dem Auto seiner Mutter und vor allem, ohne Führerschein erwischt zu werden.«

»Und trotzdem hätte er den Unfallort nie verlassen dürfen und erste Hilfe leisten müssen.«

»Das stimmt natürlich«, räumte Mina ein. Wieder trat diese Stille ein. Dieses Mal unangenehm drückend. Als lägen weitere Worte in der Luft, die niemand laut aussprechen wollte. Doch sie standen so deutlich zwischen ihnen, dass es kaum eine von ihnen nicht verstand.

Rache. Freddie hatte den Tod aus Rache gefunden. Da war Mina sich sicher. Und der Täter – oder die Täterin – hatte über zwanzig Jahre lang darauf gewartet, Freddie das heimzuzahlen, was er seiner oder ihrer Meinung nach verdient hatte. Augenblicklich wurde ihr bei diesem Gedanken übel.

Sie presste fest die Lippen zusammen. All diese einzelnen Puzzleteile. Und obwohl sie inzwischen ein paar wenige zusammensetzen konnten und damit zumindest ein kleines Stück weitergekommen waren, als zu Beginn ihrer Ermittlungen, tappten sie immer noch im Dunkeln. Der Einbruch im B&B zeigte deutlich, dass die Sache für Freddies Mörder nicht abgeschlossen war. Dass etwas Schlimmes dahintersteckte und die Person *wirklich* davon überzeugt war, dass er dieses Schicksal verdient hatte. Was, wenn die Rache noch nicht genug war?

»Mir kommt gerade noch etwas anderes in den Sinn.« Ellisons Stirn lag in nachdenklichen Falten. »Das war vor 26 Jahren«, begann sie zögernd. »Und jeder im Dorf hat damals von dem schrecklichen Unfall mitbekommen, bei dem eine Jugendliche angefahren wurde, ins Krankenhaus kam und seitdem im Rollstuhl sitzt.«

Abermals schlug sich Glenna die Hände vor den Mund und Mina befürchtete bereits, die ältere Frau würde gleich hyperventilieren. »Tracy. Tracy Chandler.«

14

»Weißt du was? Irgendetwas stinkt an der ganzen Sache immer noch zum Himmel. Und damit meine ich nicht den Geruch der Mottenkugeln in Poppys Kleiderschrank.« Ellison hatte den gesamten Weg vom Herrenhaus zurück zum B&B nicht aufgehört, zu reden. Der Unfall und alles andere was damit zusammenhing, schien sie mehr zu beschäftigen als Mina – und die zerbrach sich bereits den Kopf darüber. Denn Ellison hatte recht: Irgendetwas passte nicht zusammen.

»Wir wissen nur noch nicht alles. Unser nächster Schritt ist, herauszufinden, ob das Unfallopfer wirklich Tracy war. Vielleicht gibt es eine Art Archiv mit Zeitungsartikeln? Dazu gab es doch bestimmt einen Bericht. Die Frage ist nur, ob der aufgehoben wurde.«

Mr. Marvel saß vor der Tür und wartete scheinbar sehnsüchtig darauf, es sich auf einem der Sessel oder wahlweise Minas Bett gemütlich zu machen. Er warf Ellison immer wieder Blicke zu, die wohl so viel heißen sollten, wie »beeil dich doch mal!«.

Endlich zog sie den Schlüssel hervor, um die Haustür aufzuschließen. Gleichzeitig schüttelte sie vehement den Kopf und wollte zu einer Erwiderung ansetzen, als sie erstaunt innehielt. »Der Schlüssel passt nicht mehr.«

Im selben Augenblick wurde besagte Tür aufgerissen und Collin stand darin. »Das könnte daran liegen, dass ich damit beauftragt wurde, das Schloss zu reparieren und dabei einfach hier zurückgelassen wurde. Danke, dass du zumindest dein Auto hiergelassen hast, damit ich in den nächsten Ort fahren und alles besorgen konnte. Ist jedenfalls schön, dass sich die Damen heute doch noch blicken lassen.« Seine Augen funkelten. Obwohl er definitiv verärgert war, drohte das intensive Grün Mina abermals gefangen zu nehmen.

»Oh Collin«, rief Ellison aus und die Verwunderung über den Anblick ihres Enkels stand ihr mehr als deutlich ins Gesicht geschrieben. »Dich habe ich ganz vergessen in all diesem Unheil.«

Minas Wangen wurden immer heißer und Collin stand mit vor der Brust verschränkten Armen da und versperrte den Eingang in das B&B. Doch während die beiden Frauen dadurch draußen warten mussten, schob Mr. Marvel sich geschickt durch Collins Beine hindurch und schlüpfte hinein.

»Das dachte ich mir dann auch irgendwann. Wo wart ihr überhaupt die ganze Zeit?«

Ellison seufzte laut und ihre Schultern sackten nach unten, als würde sich ein tonnenschweres Gewicht darauf legen. »Bei Glenna. Du weißt schon, Poppy Kerrs beste Freundin. Seit Poppys Tod kümmert sie sich um das Herrenhaus und ist gerade damit beschäftigt, es auszuräumen. So viele Sachen habe ich selten auf einem Haufen gesehen.«

»Verstehe. Das klingt nach einer Mammutaufgabe, wenn ich an Poppys Sammelwut denke. Vor allem all diese Bücher. Sicherlich nicht einfach da zu entscheiden, was behalten und weggegeben werden soll.«

»Deshalb haben wir ihr ein wenig geholfen«, warf Mina schnell ein. Als Collins Blick auf ihren traf und sie zum ersten Mal wirklich wahrzunehmen schien, musste sie sich zusammenreißen, um unter seiner Musterung nicht immer kleiner zu werden. Im Gegenteil! Sie richtete sich sofort zu ihrer vollen Größe von ein Meter sechzig auf und erwiderte seinen Blick mit vorgerecktem Kinn. Bloß keine Unsicherheit anmerken lassen.

Collin sah ihr ein letztes Mal tief in die Augen und wandte sich dann mit einem Ruck wieder ab. »Könnt ihr mir jetzt vielleicht mal erklären, was hier los ist? Untersucht ihr jetzt Poppys Tod, oder wie? Aber warum? Ich dachte, sie wäre an einem Herzinfarkt gestorben?«

Ellison blinzelte mehrmals, als müsste sie sich erst einmal daran erinnern. »Ähm«, sagte sie und eine weitere kurze Pause entstand, bevor sie weitersprach. »Es geht nicht um Poppy. Aber es hängt auf jeden Fall mit ihr zusammen. Und auch irgendwie mit der Aufräumaktion. Das ist ganz sicher.« Selbst jemand der Ellison nicht gut kannte, würde in diesem Moment bemerken, dass sie versuchte, sich aus der Affäre zu ziehen – und damit erst recht ihr Enkelsohn.

Eine von Collins Augenbrauen schoss in die Höhe und in diesem Moment wurde Mina klar, dass er erst mit der Fragerei aufhören würde, wenn er über alles Bescheid wusste. Diese Hartnäckigkeit hatte er definitiv von seiner Granny geerbt. Collin sah mit ernstem Blick zwischen den Frauen hin und her und die beiden wanden sich sichtlich darunter. »Nun sagt schon, was los ist. Ich will nicht den ganzen Tag in der Tür stehen. Und außerdem weist das Schloss deutliche Einbruchsspuren auf. Um das zu sehen, muss ich weder Sherlock Holmes noch von der Polizei sein. Es ist klar, dass hier irgendetwas nicht stimmt. Also rückt schon raus mit der Sprache.«

Die Kombinationsgabe von Ellison wurde scheinbar in die nächsten Generationen weitergegeben. Collin hatte sich verdammt schnell einen Teil des Geschehens zusammengereimt. Vielleicht wäre es gar nicht schlecht, ihn einzuweihen? Er könnte ihnen bei den Untersuchungen helfen. Doch Ellisons Gesichtsausdruck verriet Mina, dass sie von dieser Möglichkeit so gar nicht angetan war.

Die beiden Frauen wechselten einen Blick, worauf Ellison zusätzlich den Kopf schüttelte. Doch auch das entging Collin nicht. »Grandma. Du willst doch sicher nicht, dass Mum von einem Einbruch im B&B erfährt? Sie würde sofort hierher fahren, absolut alles auf den Kopf stellen und dich in ihr Auto auf den Weg nach Edinburgh verfrachten, bevor du dreimal nacheinander Dünger sagen kannst. Also?«

»Es ging um Freddie Kerrs Tod«, gab Mina schließlich nach, worauf Ellison laut und frustriert aufstöhnte.

»Du bist mir vielleicht eine tolle Ermittlerin. Das erste verhörähnliche Gespräch und du knickst direkt ein. Und er hat noch nicht einmal die harten Geschütze aufgefahren. Ich bin zugegeben ein wenig enttäuscht von dir, Mina. Das muss ich schon sagen.«

Mina hatte nicht einmal die Chance dazu, sich zu verteidigen, da Collin ihr zuvorkam. »Freddie Kerr ist also der Todesfall, in dem ihr ermittelt? Das sollten wir vielleicht besser drinnen besprechen.« Endlich trat er einen Schritt zur Seite und ließ Mina und Ellison in das B&B.

Zielstrebig ging Ellison auf das Kaminzimmer zu, wo Mr. Marvel bereits auf sie wartete. Dort holte sie eine Flasche Scotch aus der Vitrine und füllte ohne zu Fragen drei Gläser großzügig damit auf. »Das ist genau das, was wir jetzt brauchen. Anders hält man diese haarsträubende Geschichte meiner Meinung nach nicht aus.« Sie verteilte zwei der Gläser an Mina und Collin und tat es den beiden anschließend gleich und ließ sich in den Sessel sinken. Mr. Marvel hatte es sich in der Zwischenzeit auf Minas Schoß gemütlich gemacht und schnurrte laut, als sie ihn an seiner Lieblingsstelle zwischen den Ohren kraulte.

»Mach es nicht so spannend, Granny. Ich bin mir sicher, dass es am Ende nur wieder Dorfklatsch ist. Du weißt doch, wie die Menschen aus Green Hill sind. Völlig normale Dinge verwandeln sich hier schnell in haarsträubende Geschichten, weil jeder etwas Neues dazu dichtet, bis sie beinahe zur Unkenntlichkeit verfälscht sind.«

Ellison nahm einen tiefen Schluck Scotch, ohne dabei den Blick von ihrem Enkel zu lösen. Sie starrte ihn über den Rand des Glases hinweg an, als versuchte sie so, die Ernsthaftigkeit *dieser* Geschichte zu verdeutlichen. Dann stellte sie das Glas zurück und schüttelte langsam den Kopf. »Dieses Mal nicht, Collin. Dieses Mal ist es etwas völlig anderes.« Und so erzählte sie ihm absolut alles. Angefangen von dem Leichenfund im Garten, bis hin zu Poppys Tagebuch, das sie heute gefunden und mit dessen Hilfe sie von Freddies Fahrerflucht erfahren hatten.

»Ihr glaubt also, dass der Einbrecher gleichzeitig auch Freddies Mörder war, weil dieser nach all der Zeit endlich die Chance auf Rache hatte?«, fasste Collin zusammen, worauf die beiden Frauen nickten. »Und ihr haltet es ernsthaft für eine gute Idee, herausfinden zu wollen, wer das war und ihm hinterherzuschnüffeln?« Während ihrer Erzählungen war Collin immer bleicher geworden und nun sah er mit weit aufgerissenen Augen zwischen Ellison und Mina hin und her. »Sagt mir bitte, dass ihr nicht dermaßen lebensmüde seid, einem potenziellen Mörder nachzujagen.«

Ellison hatte auf seine vorangegangene Frage noch stolz die Brust vorgereckt und genickt, doch Mina wurde wie so oft in der kurzen Zeit seiner Gegenwart puterrot und schämte sich ein wenig für ihr unbesonnenes Verhalten. »Nun ja, die ... die Polizei geht von ... von einem natürlichen Tod aus und ... und ermitteln deshalb nicht. Daher dachte ich ... ich ...« Da Collins Blick sich nun auf Mina heftete, tat sie sich immer schwerer die richtigen Worte hervorzubringen und verhaspelte sich zusehends. »Ich dachte, es wäre eine gute Idee, den Schuldigen selbst ausfindig zu machen und damit der Polizei zu beweisen, dass es sich eben *doch* um Mord handelt.«

Collin stand so ruckartig auf, dass das kleine Holztischchen vor ihm beträchtlich ins Wanken geriet. »Oh ja, eine ganz wunderbare Idee! Warum jagen wir keinem potenziellen Mörder hinterher? Das bringt endlich mal ein wenig Dampf in das öde Dorfleben und wir bringen damit überhaupt nicht unser Leben in Gefahr. Was soll schon passieren?« Bei der letzten Frage warf er in einer hilflos wirkenden Geste die Arme in die Luft. »Seid ihr eigentlich von allen guten Geistern verlassen? Was, wenn der Einbrecher gekommen wäre, so lange ihr im B&B gewesen wärt? Dann wärt ihr vielleicht die nächsten Opfer geworden.« Es fehlte nur, dass er sich an die Stirn tippte und ihnen den Vogel zeigte. Wobei er das im übertragenen Sinne schon durch seine Worte getan hatte.

»Papperlapapp Collin, jetzt ist aber gut!«, meldete sich Ellison zu Wort, während Mina auf ihrem Sessel immer kleiner geworden war. Hatten sie die ganze Sache wirklich zu leicht gesehen? Waren sie zu blauäugig drangegangen und hatten sich sinnlos einer großen Gefahr ausgesetzt? Diese Fragen schossen ihr innerhalb des Bruchteils einer Sekunde durch den Kopf, doch bevor Mina genug Zeit hatte, sich diesen Gedanken hinzugeben, unterbrach Ellison sie.

»Warum sollte ein Einbrecher einbrechen, wenn jemand im Haus ist? Er hat offensichtlich darauf gewartet, dass wir nicht mehr hier sind. Sonst hätte die Zeit doch gar nicht gereicht, um das Zimmer zu durchsuchen und die Nachricht auf dem Bett zu drapieren. Die Person wollte nicht gesehen werden.«

»Und trotzdem ist die ganze Sache nicht ungefährlich. Vor allem jetzt, wo ihr ... oder besser gesagt wir«, er lachte trocken auf und fuhr sich in einer fahrigen Geste durch die braunen Locken, »von dem Unfall wissen.«

»Aber das ist eigentlich gut, oder?«, warf Mina mit leiser Stimme ein. Doch je länger sie sprach, desto stärker und sicherer klang sie. »Wenn der Unfall aufgeklärt wird und jeder weiß, dass Freddie derjenige war, der das getan hat, dann findet das Unfallopfer vielleicht endlich seinen Frieden.«

»Du meinst, es hat noch nicht gereicht, Freddie umzubringen, um Frieden zu finden?«

Ellison schüttelte auf Collins forsche Frage hin so vehement den Kopf, dass ihr die Brille beinahe von der Nase rutschte. »Das wird das Opfer wohl kaum selbst gemacht haben. Die Person sitzt seit diesem Vorfall im Rollstuhl. Ich glaube tatsächlich immer noch, dass es sich dabei um Tracy Chandler handelt.«

Der Nachname brachte wie bereits im Herrenhaus etwas in Mina zum Klingeln. Sie kannte ihn irgendwoher, kam aber nicht darauf. Erst Collins Ausruf ließ ein Bild vor ihrem inneren Auge aufsteigen. »Die Tochter des Notars?«

Und da erinnerte Mina sich an das Logo und dessen Unterschrift in geschwungenen Buchstaben auf dem Brief. *Chandler.* Der Notar. Mina saß mit offenem Mund da. Mehrmals setzte sie zum Sprechen an, doch der einzige Ton, der es schaffte, ihren Mund zu verlassen, zeugte von Überraschung.

Auch Ellison wirkte nervös, obwohl sie diejenige war, die Tracy Chandler erst ins Gespräch gebracht hatte. Immer wieder griff sie an den Bügel ihrer Brille und setzte sie zurecht, obwohl sie jedes Mal genau auf demselben Fleck ihrer Nase zum Sitzen kam. »Freddie Kerr war mit sehr hoher Wahrscheinlichkeit derjenige, der Tracy Chandler angefahren und in den Rollstuhl gebracht hat«, flüsterte sie in die Stille zu niemandem bestimmten.

»Aber heißt das direkt, dass der Notar ... Dass er derjenige war, der ...« Mina schluckte und musste sich erst einmal sammeln, bevor sie die nächsten Worte aussprechen konnte. »Könnte er es gewesen sein, der ... Freddie umgebracht hat? Immerhin hätte er dann von seiner Allergie Bescheid wissen müssen.«

Abermals senkte sich Schweigen über die Drei. Einzig Mr. Marvels Schnurren war zu hören, der von dem ganzen Schlamassel nichts mitzubekommen schien – oder damit deutlich entspannter umging als der menschliche Teil des Ermittlerteams.

Vor Minas Augen spielten sich augenblicklich die seltsamsten Szenen und Varianten der Geschehnisse ab. In Gedanken versuchte sie sich zurück in die Testamentsverlesung zu versetzen. Gab es irgendeinen Zwischenfall zwischen Freddie und dem Notar, den sie nicht wahrgenommen hatte? Einen komischen Blickwechsel? Irgendetwas anderes, dass sie zumindest einen weiteren Schritt in die Richtung zur Lösung des Falles bringen würde? Doch sie konnte sich an nichts erinnern. Sofort würde sie sich am liebsten selbst dafür schelten, nicht noch aufmerksamer gewesen zu sein. Aber wer hätte ahnen können, dass jede dieser Kleinigkeiten später wichtig zur Aufklärung eines Mordfalls sein könnten?

»Das lässt sich nicht mit Sicherheit sagen«, erwiderte Ellison und holte Mina damit raus aus der Erinnerung an die Testamentsverlesung und zurück in die Realität. »Aber wir können es auch nicht ausschließen.«

15

»Mir ist nicht wohl dabei, einfach einen Termin mit dem potenziellen Mörder von Freddie auszumachen und – noch schlimmer – auch hinzugehen«, grummelte Collin vor sich hin. Doch sowohl Ellison als auch Mina ignorierten ihn. Immerhin hatten sie diesen Einwurf seit letzter Nacht so oft gehört, dass ihnen langsam aber sicher die Gegenargumente ausgingen. Daher hatten sie schweigend und einvernehmlich beschlossen, gar nicht mehr darauf einzugehen.

Auch wenn Collins Worte zunächst Unsicherheit in Mina hervorgerufen hatten, war es das Gespräch mit Brown gewesen, das sie eines Besseren belehrt hatte. Ellison und sie hatten ihn noch an diesem Morgen aufgesucht, um ihre Theorie vorzutragen. Doch er war zu sehr damit beschäftigt, sie auszulachen, um sonst auch nur den kleinen Finger zu rühren. Er hatte nicht einmal in Erwägung gezogen, weitere Ermittlungen einzuleiten. Dafür war die Sache mit dem allergischen Schock zu eindeutig. Nie hätte Mina nur im Traum daran gedacht, dass der Polizist so reagieren würde. Es wollte ihr einfach nicht in den Kopf gehen, wie ein Mann des Gesetzes eine Theorie zu einem so brenzligen Fall ignorieren konnte.

Mina und Ellison hatten das Polizeirevier jedenfalls wutentbrannt verlassen, woraufhin sie beschlossen hatten, einfach selbst zu Notar Chandler zu fahren und ihm ein wenig auf den Zahn zu fühlen. Selbst Mr. Marvel schien gespürt zu haben, dass dies eine wichtige Autofahrt sein würde, und war auf den Rücksitz gesprungen. Trotz guter Zurede war er nicht dazu bereit gewesen, seinen Platz wieder zu verlassen. Der Kater war definitiv das hartnäckigste Mitglied des Ermittlerteams. Das stand vollkommen außer Frage. Aber, was noch wichtiger war: Ohne seine tierische Unterstützung wären Mina und Ellison nie an diesen Punkt in ihren Nachforschungen gekommen.

Collin seufzte laut, als würde er sich seinem Schicksal ergeben und unterbrach damit Minas Erinnerung an das Gespräch mit dem Polizisten, die ihre Wut nur vervielfachte. »Habt ihr wenigstens eine Strategie? Irgendeine Idee, wie ihr vorgehen wollt? Oder soll das eine Nummer à la ›wir nehmen's, wie's kommt‹ werden?«

»Ich würde sagen: Planlos geht der Plan los«, erwiderte Mina mit einem breiten Grinsen in den Rückspiegel, damit Collin es von der Rückbank aus perfekt sehen konnte.

Daraufhin klatschte er sich mit der Hand gegen die Stirn und schüttelte den Kopf. »Ich kann nicht fassen, wo ich da hineingeraten bin.«

»Glaub mir, das denke ich mir, seit ich in Green Hill angekommen bin. Aber es ist auch spannend. Als wäre ich direkt in einen meiner Krimis hineingeplumpst. Oder Kriminologie im echten Leben und nicht nur im Hörsaal.«

»Hervorragend, ganz hervorragend.« Collin sah zum Fenster hinaus, als könnte er Minas Blick andernfalls nicht standhalten.

Tatsächlich hatte Mina seit dem Vorfall mit Freddie keine einzige Seite mehr lesen können. Zumindest nicht in dem Buch, das inzwischen seit Tagen unberührt auf ihrem Nachtkästchen lag. Ihr Leben glich aktuell definitiv viel zu sehr einem Krimi, als dass sie sich so etwas vor dem Einschlafen zusätzlich in literarischer Form zu Gemüte führen könnte. Auch ihren True-Crime-Podcasts hatte sie für den Moment abgeschworen – zumindest zum Einschlafen.

»Nun mach dir mal nicht gleich ins Hemd. Wir gehen nur rein unter dem Vorwand, doch noch eine Rückfrage zu Poppys Testament zu haben und hören dabei ein klein wenig nach, was der Notar so von Freddie hält. Mehr nicht. Was soll da am helllichten Tag zu dritt schon schiefgehen?«

Collin murmelte etwas vor sich hin, was für Mina verdächtig nach »Das ist genau die Frage, die sich Menschen in Horrorfilmen stellen, bevor alles den Bach runtergeht« anhörte. Zwar hatte er damit nicht ganz unrecht, aber sie würde ihm definitiv nicht die Genugtuung geben, ihm zuzustimmen.

»Keine Sorge, Collin. Deine Grandma, Mr. Marvel und ich sind ja da, um dich notfalls zu beschützen.« Mina erkannte, dass Ellison sich bei ihren Worten ein Schmunzeln nicht verkneifen konnte, während Collin erbost nach Luft schnappte.

»Ich habe keine Angst!«, rief er sofort aus und lehnte sich dabei zwischen den beiden Vordersitzen nach vorne, als müsste er dadurch seine Worte unterstreichen. »Es geht nur darum, dass ich es für keine sonderlich gute Idee halte. Und trotzdem gehe ich mit, um *euch* im schlimmsten Fall zu beschützen. So einfach ist das.«

Sichtlich zufrieden lehnte er sich in seinem Sitz wieder zurück. Mina suchte gedanklich bereits nach einer Kontermöglichkeit, als Ellison schon auf den Parkplatz vor dem Gebäude, in dem auch das kleine Notariat sein Büro gefunden hatte, rollte.

Sie parkte den Wagen und Mina sprang als Erste heraus. Dicht gefolgt von Mr. Marvel, der sofort die Chance nutzte, sobald Collin die Tür öffnete.

»Irgendwelche letzten Worte?«, fragte Mina und versuchte dabei, ihre Stimme so dunkel und tief wie möglich klingen zu lassen.

Collin rollte vielsagend mit den Augen und ging los, während Ellison »Augen und Ohren auf« sagte und dann ihrem Enkel folgte.

Trotz der ernsten Situation konnte Mina sich ein kurzes Grinsen wegen Collins Reaktion nicht verkneifen. Zwar war sie aufgrund des Gesprächs mit Brown immer noch etwas angefressen, aber der Schlagabtausch mit Collin hatte sie zumindest ein wenig davon abgelenkt. Mit ein paar schnellen Schritten holte sie zu den beiden auf und sie gingen in einer geschlossenen Linie auf das Gebäude zu.

In einem Filmabspann hätte das in Zeitlupe sicher einen superdramatischen Effekt. Aber das hier war die Realität – und das schien nun auch Minas Körper wieder bewusst zu werden. Denn je näher sie dem Gebäude kamen, desto schneller schlug ihr Puls und ihre Hände wurden so feucht, dass sie sich diese an der Hose abwischte. Der Notar sollte nicht sofort merken, wie nervös sie war. Wobei er wohl kaum erahnen konnte, woher diese Nervosität tatsächlich herrührte.

»Bereit?«, fragte Mina Ellison zu ihrer Rechten und Collin zu ihrer Linken. Erst als beide mit ernsten Mienen nickten, drückte sie die Klinke nach unten und sie betraten das Gebäude.

Die Stille war beinahe erdrückend. Einzig ihre Schuhe, die auf den steinernen Boden in der Eingangshalle trafen, erzeugten hallende Geräusche und kündigten ihre Ankunft vermutlich schon von Weitem an. Und tatsächlich öffnete sich am Ende des Gangs die Tür zum Büro des Notars.

Eine Frau mittleren Alters mit schwarzen schulterlangen Haaren, einem ebenso dunklen Bleistiftrock und knallpinker Fransenbluse stand im Durchgang. »Miss Abbott?« Sie wartete ein kurzes Nicken seitens Mina ab und trat dann einen Schritt zur Seite, um mit einladender Geste in den Raum zu deuten. »Er erwartet Sie bereits.«

Anhand der Schritte hörte Mina, dass Ellison, Collin und Mr. Marvel ihr auch ohne direkte Aufforderung folgten. Im Augenwinkel sah sie, dass die Sekretärin vor allem beim Anblick des roten Katers vielsagend mit der Nase rümpfte, sich aber zurückhielt und nichts zu dem ungebetenen, flauschigen Gast sagte.

Notar Chandler saß hinter einem Schreibtisch, der einen Großteil des zugegeben sehr kleinen Büros einnahm. Es handelte sich dabei nicht um den Raum, in dem die Verlesung stattgefunden hatte. Zugegeben, hätten in dieses Büro auch niemals alle Teilnehmer hineingepasst. Selbst der große Mann wirkte mit einem Mal winzig im Vergleich zu diesem monströsen Möbelstück. Ansonsten waren die Wände mit dunklen Regalen und darin ordentlich eingereihten Büchern ausgestattet, die den Raum zusätzlich drückten.

»Mr. Chandler? Ms. Abbott und ...« Die Sekretärin warf Ellison, Collin und Mr. Marvel einen abschätzigen Blick zu und schien dann zu entscheiden, dass sie nicht weiter wichtig waren. »Ms. Abbott ist hier. Soll ich einen Schwarztee aufsetzen?«

Erst jetzt sah der Notar von seiner Zettelwirtschaft auf und bei dem ganzen Chaos auf seinem Schreibtisch würde es Mina nicht wundern, wenn mehr als einmal Briefe an falsche Adressen versandt wurden.

»Bitte?« Mit wirr abstehenden Haaren, die er sich bei ihrem Anblick hastig glatt strich, sah er sich im Raum um. Sein Blick blieb für eine Sekunde länger an Mina hängen, worauf Erkennen in seinen Augen aufblitzte und er eilig nickte. »Oh ja, Tee. Tee wäre ganz wunderbar, Esther. Bitte kümmern Sie sich darum.« Notar Chandler stand ruckartig auf, strich seinen Anzug glatt und richtete sich auf. Mit dieser einfachen Veränderung schien er auch seine innere Ruhe wiederzufinden. Denn aus dem soeben noch etwas verwirrt wirkenden Mann wurde nun der ruhige, professionelle Notar, den Mina bei der Verlesung von Poppys Testament kennengelernt hatte. »Ms. Abbott, schön Sie wiederzusehen. Auch wenn die Umstände ... nun ja ... besser hätten sein können.«

Mina ergriff seine Hand und erwiderte den Druck kurz. Hoffentlich bemerkte der Notar nicht, wie knapp ihr Lächeln ausfiel und wie nervös sie war. »Danke, dass es mit dem Termin so kurzfristig geklappt hat.«

»Sehr gerne. Setzen Sie sich doch.« Er wies auf den übrigen Stuhl vor seinem Schreibtisch. Den Zweiten besetzte Ellison, während Collin dahinter stehen blieb und Mr. Marvel es sich auf der Fensterbank bequem gemacht hatte und nun neugierig in ihre Richtung sah. »Und wie ich sehe, haben Sie Unterstützung mitgebracht.«

»Nun ja, in manchen Angelegenheiten ist es doch besser, jemanden vom älteren Kaliber dabei zu haben. Nur zur Sicherheit«, sagte Ellison und deutete dann auf Collin. »Und das ist mein Enkel. Er ist nur zu Besuch.«

»Verstehe«, antwortete Notar Chandler kurz angebunden. Wobei ihm der Kommentar, dass Mina gerne noch jemanden bei diesem Gespräch dabei haben wollte, sichtlich missfiel – auch wenn er zu diesem Zeitpunkt wahrscheinlich eher vermutete, dass sie Sorge hatte, über den Tisch gezogen zu werden, nicht ermordet. Dann wendete er sich wieder Mina zu. »Also Ms. Abbott, wie kann ich Ihnen behilflich sein?«

Mina räusperte sich, um ein wenig Zeit zu schinden, und beugte sich auf ihrem Stuhl ein Stück nach vorne. »Ich habe eine Rückfrage zu Poppys Testament. Ich meine ... na... natürlich vor allem den Part, in dem es darum geht, dass ich Mr. Marvel geerbt habe.« Verdammt, vielleicht hätte sie nicht so unvorbereitet hierherkommen sollen. Nun hatte Mina absolut keine Ahnung, wie sie das Gespräch in Freddies Richtung oder gar auf den Unfall lenken sollte. Doch in diesem Fall musste sie wohl auf ihre Intuition vertrauen, es auf sich zukommen lassen und das Beste daraus machen.

Als würde der Notar den dicken roten Kater auf seiner Fensterbank erst jetzt wahrnehmen, wanderte sein

Blick dorthin und seine Augenbrauen schossen in die Höhe. »Ich verstehe«, wiederholte er und machte sich dann an dem Papierstapel zu schaffen. Für mehrere Augenblicke war nur das Rascheln zu hören und da der Notar kurzzeitig beschäftigt war, wechselten Ellison und Mina einen Blick. Während Ellison recht entspannt wirkte, war Collin ein Nervenbündel und Mina hoffte inständig, dass er sich zusammenreißen würde. Zumindest bis sie ein Geständnis aus dem Notar herausgequetscht hätten.

Mina wandte den Blick wieder nach vorne. Der Notar war immer noch damit beschäftigt, in seinem Papierstapel zu wühlen und deponierte auf der Suche nach der richtigen ein paar Schriften um. Da fiel Minas Blick direkt auf den Schreibtischkalender des Notars, der zuvor von einem Blatt Papier verdeckt worden war.

Sie stockte und beinahe wäre ihr die Kinnlade heruntergeklappt. Obwohl Name und Uhrzeit durchgestrichen waren, erkannte Mina noch genau, was dort gestanden hatte. Für den vergangenen Montag um zehn Uhr war ein Termin eingetragen – und als Name daneben stand »Kerr«. Sie schluckte fest und vor ihrem inneren Auge tauchte sofort das Bild von dem abgerissenen Zettel auf, den Mr. Marvel in Freddies Hand gefunden hatte. Datum und Uhrzeit stimmten überein.

Freddie Kerr hätte am Tag seines Todes einen Termin mit dem Notar gehabt – hatte aber nie die Chance dahinzugehen. Weil ... er vorher umgebracht wurde?

Minas Kehle schnürte sich zu und es kostete sie einiges an Kraft das Zittern zu unterdrücken, das von ihrem Körper Besitz zu ergreifen drohte.

Ruhig bleiben, Mina, beschwor sie sich selbst, straffte ihre Schultern und setzte sich aufrechter auf ihren Stuhl.

»Ah hier ist es.« Mr. Chandler zog einen einzelnen Zettel aus dem Papierturm hervor, der darauf ziemlich ins Wanken geriet. Doch das – und der Fakt, dass das Papier bereits unter seinem wüsten Umgang gelitten hatte – schien ihn nicht weiter zu kümmern. Er beugte sich über den Ausdruck und sein Blick wanderte ungeheuer schnell über die gedruckten Zeilen. »Hier steht, dass Sie den Kater erben, da Ihre Großtante fest davon überzeugt war, dass Sie ein großes Herz für Tiere besitzen und sich aus diesem Grund gut um ...« Er stockte kurz und hielt sich das Papier noch näher vor die Augen. »... Mr. Marvel kümmern würden.«

Das waren fast genau dieselben Worte, die er bei der Verlesung benutzt hatte. Minas Gedanken schossen hin und her, doch sie hatte nicht viel Zeit, um sich etwas Besseres einfallen zu lassen. Also griff sie einfach auf ihre altbewährte Strategie zurück: Mit der Tür ins Haus. »Es ist nur ... Es wurde nicht angemerkt, wie ich mich genau um Mr. Marvel kümmern muss. Gibt es ein bestimmtes Futter, das er weiterhin bekommen soll? Welche Impfungen benötigt er? Sollte es so etwas wie ... Besuchszeiten für andere Familienmitglieder der Kerrs geben?« Beim letzten Punkt musste Mina sich selbst zusammenreißen, um sich nicht mit der flachen Hand gegen die Stirn zu schlagen. Was für eine bescheuerte Idee war das denn?

Ellison neben ihr jedenfalls prustete leise und versuchte es, durch ein Hüsteln zu kaschieren, während Collin die Lippen fest zusammenpresste und knallrot anlief. Die Augenbrauen des Notars jedoch wanderten noch höher in die Luft, dabei war Mina sich bis zu diesem Moment sicher, dass das absolut unmöglich war. »Besuchszeiten? Wir sprechen über eine Katze, Ms. Abbott.«

»Ja ja, ich weiß. Aber Mr. Marvel war für Poppy etwas Besonderes und so hat sie ihn auch behandelt. Ich will nur alles richtig machen, verstehen Sie?«

»Natürlich.« Notar Chandler versank wieder in seine Lektüre, doch schüttelte dann den Kopf. »Hier steht nichts weiter. Ihre Großtante schien davon ausgegangen zu sein, dass Sie bestens darüber Bescheid wissen, wie sich um den Kater gekümmert werden sollte.«

»Ist das der Grund dafür, dass ich Mr. Marvel geerbt habe und nicht etwa Glenna oder ... Freddie Kerr?« Minas Puls schoss in die Höhe, doch sie versuchte, so ruhig wie möglich zu bleiben. »Ich meine, er ist ... war«, verbesserte sie sich selbst, »... ihr Sohn.«

Der Notar sah von dem Papierstück auf und Mina über die dünnen Ränder seiner Brille hinweg an, bevor er diese abnahm und an seinem Hemd abputzte. Mina beobachtete jede seiner Bewegungen genau, in der Hoffnung, er würde sich mit irgendetwas verraten. Mr. Chandler atmete tief durch und wirkte mit einem Mal sehr müde, als wäre er Gespräche dieser Art überdrüssig. »Freddie Kerr und seine Mutter hatten viele Jahre keinen Kontakt und sie hat in ihrem Testament lediglich vermerkt, dass er nicht mehr als den Pflichtteil bekommt. Und ein gewisses Gemälde, doch dieses hatte Freddie abgelehnt.« Er öffnete abermals den Mund, als würde er noch etwas hinzufügen wollen, stockte kurz und schloss ihn dann wieder. Offenbar hatte er es sich anders überlegt. Doch Mina entging der kurze Seitenblick zur Ablage nicht.

Sofort sah sie zu Ellison, die ihren Blick ebenso überrascht erwiderte. Konnte es sein, dass es sich hierbei um das Bild handelte, in dem das Tagebuch versteckt gewesen war? Wollte Poppy Freddie die Chance geben, selbst zu entscheiden, was damit geschah, bevor es jemand anderes fand?

»Er wollte das Gemälde nicht?«

Notar Chandler schüttelte den Kopf. »Nein. Ich habe mit ihm einen Termin für den Tag nach der Testamentsverlesung vereinbart, unter anderem um zu fragen, ob er sich bezüglich der Ablehnung sicher ist. Manchmal reagieren Menschen bei einer solchen Veranstaltung über und überlegen es sich innerhalb kurzer Zeit anders. Doch dazu kam es leider nicht mehr, daher ist es ebenfalls in Glennas Besitz übergegangen.«

»Das heißt, Sie hatten an Freddies Todestag mit ihm Kontakt?«, preschte Mina vor, doch bereute dies sofort, als der Notar sie wieder einmal mit diesem Blick unter hochgezogenen Augenbrauen bedachte.

»Kurz telefonisch zumindest, um den Termin zu vereinbaren«, bestätigte er dann jedoch. »Freddie Kerr schien in ziemlicher Eile gewesen zu sein. Er sprach von irgendeinem anderen wichtigen Termin. Dabei war es noch recht früh am Morgen.«

Die Beichte. Freddie war bestimmt auf dem Weg zur Kirche oder wollte sich zumindest gerade dorthin begeben, als der Notar angerufen hatte.

»Kannten Sie Freddie gut? Ich meine, er ist mein Großcousin und genauso wie bei Poppy weiß ich kaum etwas über ihn. Und selbst fragen, kann ich ihn nun nicht mehr.«

Abermals schüttelte der Notar den Kopf und schluckte fest, wobei sein Kehlkopf auf und ab hüpfte. »Kaum. Als Jugendlicher war er ein rechter Wildfang und soweit ich weiß, ist er ein, zwei Jahre älter als meine Tochter Tracy.« Ein kleines Lächeln zupfte an seinen Mundwinkeln, beim Aussprechen ihres Namens, das jedoch schnell wieder verblasste. »Leider kann ich ihnen nichts weiter erzählen. Ich hatte früher bereits wenig Kontakt zu den Kerrs und bis zur Verlesung nichts von Freddie gehört.«

Mina glaubte ihm. Und dennoch fragte sie sich, ob der Notar wirklich nicht darüber Bescheid wusste, dass Freddie der Unfallverursacher war. Derjenige, der Schuld daran war, dass seine Tochter im Rollstuhl saß. Er hatte offen darüber gesprochen, dass er einen Termin mit Freddie gehabt hätte und vor seinem Tod sogar mit ihm telefoniert hatte. Doch hieß das, dass er die Wahrheit über den Unfall nicht wusste oder, dass er ein guter Schauspieler war? Der Notar wirkte erschöpft, aber auf keinen Fall nervös, voller Rachelust oder wütend. Einfach nur müde.

16

»Entschuldigen Sie, Ms. Abbott, dass ich Ihnen in diesem Fall nicht weiterhelfen kann.«

»Kein Problem, ich ...«

Die Tür zum Büro des Notars wurde geöffnet und die Sekretärin trat mit einem Tablett ein, auf dem eine Teekanne, vier Tassen, sowie Gläser und eine Wasserkaraffe stehen. Sie stellte es auf dem Schreibtisch ab und wandte sich an ihren Chef. »Benötigen Sie noch etwas?«

»Nein, danke Esther«, antwortete Notar Chandler zunächst, doch revidierte seine Worte im selben Moment wieder. »Ah doch, einen Augenblick. Die junge Ms. Abbott hier ist die Großnichte von Poppy Kerr und damit die Großcousine von Freddie. Sie hatte nie die Chance, die beiden wirklich kennenzulernen. Nur leider kann ich da kaum behilflich sein. Wie Sie wissen, war ich vor Tracys Unfall häufig beruflich unterwegs.«

Die Sekretärin verhakte ihre Finger so fest ineinander, dass die Fingerknöchel weiß hervortraten. »Freddie Kerr?« Ihre Stimme zitterte ein wenig, was sofort Minas Aufmerksamkeit auf sich zog. »Keiner von uns hat ihn in den letzten Jahren zu Gesicht bekommen. Er ist für sein Studium fort und nie wieder gekommen.«

Irgendwie hatte Mina das Gefühl, dass in diesen Worten ein »zum Glück« mitschwang. Die Sekretärin versuchte zwar, es zu überspielen. Aber ihre Nervosität war beinahe mit den Händen greifbar. Etwas lag auf jeden Fall in der Luft. Etwas, das Mina vermuten ließ, dass diese Frau eine nicht allzu hohe Meinung von Freddie hatte, dies aber mit allen Mitteln verschleiern wollte.

»Das wissen wir schon«, sagte Mina und lehnte sich in ihrem Stuhl etwas vor. Ihr Blick blieb auf die Frau gerichtet, während sie ihre nächste Frage stellte. »Aber wie war Freddie so? Was hat er gemacht? Hat er Familie?«

»Woher soll ich das wissen?«, fauchte die Sekretärin und die Anwesenden zuckten heftig zusammen.

»Aber Esther!«, rief der Notar aus und schüttelte mit weit aufgerissenen Augen den Kopf. »Was ist denn in Sie gefahren?«

Die Sekretärin fasste sich an den Kopf, als würde ihr dieser höllische Schmerzen bereiten und schloss für einen Moment die Augen. »Entschuldigung. Diese Reaktion war überzogen, ich ... ich fühle mich nicht so wohl«, ruderte sie zurück mit deutlich ruhigerer Stimme. »Ich werde mich zurückziehen und einen Tee trinken.« Esther drehte sich um und blieb dabei an der Ecke des Schreibtischs hängen. Dadurch geriet der Papierstapel vor Notar Chandler gefährlich ins Wanken und dieses Mal segelten ein paar Blätter auf den Boden.

»Oh nein! Wie ungeschickt. Entschuldigen Sie, Mr. Chandler.« Sie bückte sich sofort nach unten, um die Papiere wieder aufzuheben. Doch Mina achtete gar nicht mehr darauf, was die Frau tat. Ihr Blick wurde von der silbernen Kette um den Hals der Sekretärin festgehalten, die durch das Bücken unter ihrer Bluse hervorgerutscht war und nun gut sichtbar davor baumelte. An dem dünnen silbernen Band hing ein funkelndes Kreuz.

Mina stupste Ellison mit dem Ellenbogen in die Seite, sodass diese auf sie aufmerksam wurde. Tonlos formte Mina das Wort »Kreuz« und nickte dann mit dem Kopf in Richtung der Kette um den Hals der Sekretärin. Es dauerte ein paar Augenblicke, doch dann leuchtete Erkennen in Ellisons Augen auf und sie schnappte laut nach Luft. Sofort traf Minas Ellenbogen abermals in Ellisons Seite – dieses Mal jedoch, um sie zum Schweigen zu bringen. Das ging allerdings eher nach hinten los.

»Autsch!«, rief Ellison aus und rieb sich die Seite. »War das notwendig?« Den letzten Satz zischte sie in Minas Ohr, doch die war schon wieder abgelenkt.

Die Sekretärin war fertig mit dem Aufheben der Blätter und legte diese zurück auf den Schreibtisch. Mit einem knappen »Entschuldigen Sie mich« rauschte sie aus dem Büro des Notars.

Mina sah ihre Chance, der Frau auf den Zahn zu fühlen, an sich vorbeiziehen, wenn sie nicht schnell etwas unternahm. Daher sprang sie wie vom Blitz getroffen auf und sagte: »Ich muss rasch auf die Toilette. Bin gleich wieder da.« Bevor irgendjemand einen Einwand erheben konnte, lief sie aus dem Zimmer und folgte der Sekretärin auf den Gang. Diese war trotz der hohen Pfennigabsätze erstaunlich schnell. Mina musste eine kurze Jogging-Session einlegen, um sie einzuholen.

»Warten Sie!«, rief Mina aus, als sie neben der Frau zum Stehen kam.

Tatsächlich hielt die Sekretärin beim Klang von Minas Stimme an und drehte sich um. Auf ihrem Gesicht lag Erstaunen und noch etwas anderes, das Mina nicht sofort bestimmen konnte. Unsicherheit? Sorge? Nervosität? Oder vielleicht eine Mischung aus allem? Jedenfalls wirkte sie alles andere als erfreut, dass Mina die Verfolgung aufgenommen hatte.

»Ich habe Ihnen gesagt, dass ich nichts weiter über Freddie Kerr weiß.« Der bissige Unterton verriet Mina ganz eindeutig, dass die Frau alles andere als gut auf Poppys Sohn zu sprechen war. Die Frage war nur: Warum? Was hatte die Sekretärin des Notars mit Freddie zu schaffen?

»Es geht nicht um Freddie.« Glatte Lüge. Doch Mina hatte aufgrund des Tons deutlich zu spüren bekommen, dass Esther in keinem Fall über ihn sprechen wollte. Zumindest nicht direkt. »Ich habe nur Ihre Kette gesehen, als Sie die Papiere aufgehoben haben.« Mina deutete auf das Kreuz, das nun gut sichtbar über der Bluse hing.

»Diese?« Esther schien über den plötzlichen Themenwechsel zunächst erstaunt, doch entspannte sich dann sichtlich. Sie griff nach dem silbernen Kreuz und legte es sich auf die flache Hand, um es besser zu betrachten. »Sie ist ein Erbstück meiner Mutter. Ich habe sie bereits zu meiner Kommunion geschenkt bekommen und trage sie seitdem jeden Tag.«

»Sie ist wirklich wunderschön«, sagte Mina mit betont freundlicher Stimme. »Heißt das, dass Sie auch häufig zum Gottesdienst und in die Kirche gehen? Ich habe den Pastor kennengelernt, er ist ein sehr netter Mann.«

Mit dieser Frage hatte Mina ins Schwarze getroffen, denn nun fiel das letzte bisschen Abwehr von der Sekretärin ab. Ein Lächeln breitete sich auf ihrem Gesicht aus, das sogar ihre Augen erreichte und zum Leuchten brachte. »Das ist er! Ich gehe jeden Sonntag zum Gottesdienst und wöchentlich zur Beichte.«

Minas Augen weiteten sich. Damit könnte sie einen weiteren Hinweis gefunden haben. Doch bevor sie die entscheidende Frage stellen konnte, plapperte Esther bereits fröhlich weiter.

»Sie sind sicher überrascht, was eine Frau wie ich«, sie lachte laut auf und Mina würde sich bei dem schrillen Klang am liebsten die Ohren zuhalten, »jede Woche zu beichten hat. Aber es sind oft schon Kleinigkeiten, die nicht den zehn Geboten entsprechen und dann sollte man sofort handeln, um seine Seele zu retten.«

Mina trat einen Schritt näher auf die Frau zu, ohne sie dabei auch nur eine Sekunde aus den Augen zu lassen. Ihre Miene war ernst, was die Sekretärin zu verunsichern schien. »Sie meinen so eine Kleinigkeit wie ... Einbruch?«

Als hätte Mina mit ihren Worten einen Schlag ausgeführt, taumelte Esther einen Schritt zurück. Ihre Augen waren weit aufgerissen und ihre knallrot geschminkten Lippen, deren Farbe sich ganz besonders mit der pinken Fransenbluse biss, zu einem ›O‹ geformt. Doch nur den Bruchteil einer Sekunde später schien ihr klar zu werden, dass Angriff die bessere Verteidigung war. »Ich? Einbrechen? Ich glaube, dass Sie zu viel Zeit mit Ellison Paterson verbracht haben und nun wie sie nicht mehr alle Tassen im Schrank haben.« Sie presste sich die Hand auf die Brust und schüttelte entgeistert den

Kopf. »Nicht zu fassen, was einem heutzutage aus heiterem Himmel vorgeworfen wird.«

Mina gab sich unbeeindruckt von diesem schnippischen Auftritt und versuchte, sich stattdessen jede Kleinigkeit von dem Einbruch wieder ins Gedächtnis zu rufen. »Aus heiterem Himmel? Wohl kaum. Interessant fand ich vor allem diese alte Fotografie, die Sie auf das Bett des Gästezimmers gelegt haben, in dem Freddie vor seinem Tod noch geschlafen hatte.«

»Eine Fotografie? Ich habe keine Ahnung, wovon Sie sprechen.«

»Darauf waren er und eine zweite Person zu sehen. Freddies Gesicht wurde durch ein rotes Kreuz beinahe unkenntlich gemacht. Können Sie mir vielleicht sagen, wer die zweite Person darauf ist? Das könnte Aufschluss darüber geben, wer der Meinung war, dass er aus dem Weg geschafft werden sollte.« Das war ein kompletter Schuss ins Blaue. Das Foto war, wenn auch unsauber, abgeschnitten worden. Dadurch sah man zwar anhand der Haare, dass ursprünglich noch eine zweite, vermutlich weibliche Person mit darauf gewesen war, aber sicherlich nicht, um wen es sich dabei handelte. Und wenn Esther tatsächlich diejenige gewesen war, die die Sachen auf das Bett gelegt hatte …

»Ich habe keine Ahnung, wovon Sie sprechen. Weder weiß ich, wer diese Fotografie gemacht oder sie dort platziert hat, noch wer das auf dem Bild ist.«

Ihre Augen verengten sich vor Wut und sie ballte die Hände an ihrer Seite zu Fäusten. »Aber wer auch immer es war, ich danke der Person dafür. Dieser Mann hat es nicht anders verdient«, kreischte sie und Mina zuckte unter der plötzlichen Lautstärke zusammen.

Wenn sie sich nicht täuschte, flogen sogar einige Spuckefetzen von den Lippen der Sekretärin und ihre Augen sprühten förmlich Funken. »Er ist es, der Tracy in den Rollstuhl gebracht hat.«

»Es war ein Unfall. Freddie war noch jung und ...«

»Das war sie auch!«, schrie Esther laut und unterbrach Mina. »Ich habe alles genau gehört. Als er nach der Testamentsverlesung beim Pastor war, um seine Beichte abzulegen, habe ich jedes einzelne Wort mitbekommen.« Sie atmete tief durch, in dem Versuch sich zu beruhigen, doch ihre Brust hob und senkte sich zu schnell. Die heftige Reaktion der Sekretärin erschreckte Mina. »Sie war auch jung. Wenn Freddie nicht gewesen wäre. Wenn er nicht ohne Führerschein gefahren oder zumindest sofort einen Krankenwagen gerufen hätte ...«

Mina schüttelte den Kopf und gab sich Mühe, die Ruhe zu bewahren. Doch der Schweiß auf ihren Händen und der kalte Schauder, der ihr den Rücken herablief, zeigten deutlich, wie angespannt sie war. »Natürlich ist es schrecklich, was passiert ist. Doch ich würde behaupten, dass jeder in seiner Jugend schon Fehler begangen hat.« Esther öffnete bereits den Mund, um abermals dazwischen zu grätschen, doch Mina kam ihr zuvor und hob beruhigend die Hände. »Damit will ich ihn nicht von seiner Schuld freisprechen. Es war unverantwortlich, das Auto zu klauen. Aber dass er diesen Vorfall nach so vielen Jahren gebeichtet hat, zeigt nur, dass er darunter gelitten und wie sehr er es bereut hat. Auch über zwanzig Jahre später noch.«

»Das holt Tracy dennoch nicht aus dem Rollstuhl und lässt sie wie durch Zauberhand wieder laufen.« Die

Worte klangen aus dem Mund der Sekretärin wie ein Knurren. Sie umgriff das silberne Kreuz um ihren Hals und legte die Finger zu einer Faust darum. »Er hat es nicht anders verdient. Nach so vielen Jahren hat Gott endlich die gerechte Strafe walten lassen. Die Chandlers hätten Schadensersatz und Schmerzensgeld einklagen können, wenn die ganze Sache früher ans Licht gekommen wäre.«

»Was ich nicht verstehe … Ich meine ja, Gerechtigkeit sollte immer an erster Stelle stehen. Aber warum ist Ihnen persönlich das so wichtig?« Vielleicht sogar wichtig genug, um Freddie umzubringen, auch wenn sie nicht die Einbrecherin war. Doch diese Worte sprach Mina nicht laut aus. Noch nicht.

Das Gesicht der Sekretärin färbte sich mit einem Schlag knallrot und Mina wusste, dass das definitiv nicht mit der Raumtemperatur oder ihrer Wut zusammenhing. Da war irgendetwas anderes in ihrem Blick. Fühlte sich Esther etwa … ertappt? Mina blinzelte mehrere Male, während sie versuchte, all die Puzzleteile zu einem gesamten Bild zusammenzusetzen – und dann fiel es ihr wie Schuppen von den Augen. »Sie und der Notar.«

Esther riss die Augen so weit auf, dass Mina befürchtete, ihr würden diese gleich aus den Höhlen fallen. Dann sah die Sekretärin sich hektisch um, als hätte sie Sorge, irgendjemand hätte Minas Worte hören können. »Es gibt nicht mich und Mr. Chandler. Er hat Familie und ist mit seiner Frau sehr glücklich.«

»Aber Sie wünschten, es wäre anders.« Mina hielt den Blick auf die Frau gerichtet, doch diese senkte schuldbewusst den Kopf, was einer Bestätigung gleichkam.

Mina schluckte einmal fest, bevor sie die alles entscheidende Frage stellte. »Haben Sie Freddie umgebracht?
Aus Rache für das, was Notar Chandlers Tochter wider-
fahren ist? Weil Sie ihn lieben?«

Diese Worte schienen irgendeinen Schalter in der
Sekretärin umzulegen. Ihre Wut verflog genauso
schnell, wie sie gekommen war. Stattdessen sah sie
Mina mit großen Augen an. »Umgebracht? Nein. Natürlich nicht. Ich ... verstehe nicht. Ich bin weder in das
B&B eingebrochen, noch habe ich Freddie etwas angetan. Auch wenn er es verdient hat, für seine Taten zu
büßen.«

»Wo waren Sie denn nach der Beichte?« Mina ließ
nicht locker. Sie musste einfach die Wahrheit wissen
und herausfinden, ob die Sekretärin wirklich nicht als
Täterin in Frage kam.

»In der Kirche. Beim Gottesdienst und im Anschluss
bei der Mitgliederversammlung. Und ja, es gibt mehr
als genug Menschen, die das bestätigen können. Vorn-
weg der Pastor, bei dem ich die ganze Zeit war.«

Damit war auch die Sekretärin des Notars aus dem
Schneider. Verdammt!

»Was ist denn hier los?« Notar Chandler kam mit langen Schritten aus seinem Büro auf Mina und die Sekretärin zu. Ellison, Collin und Mr. Marvel folgten ihm auf
dem Fuß, als hätten sie Sorge, etwas zu verpassen.
»Wieso schreien Sie sich hier auf dem Flur beinahe
an?«, legte er nach, sobald er neben den beiden zum Stehen kam. Dabei sah er mit gerunzelter Stirn zwischen
Mina und Esther hin und her.

Bevor Mina auch nur die Chance hatte, zu einer Erklärung anzusetzen, kam ihr die Sekretärin bereits zuvor. »Die junge Ms. Abbott hier hat mich beschuldigt, Freddie Kerr umgebracht zu haben.«

Mr. Chandler schnappte hörbar nach Luft, während Ellison und Collin hinter ihm Mina mit großen Augen anstarrten. So war ihr Plan definitiv nicht gewesen. Aber John Lennon sagte nicht umsonst »Leben ist das was passiert, während Du dabei bist andere Pläne zu machen«. Und diesem ursprünglichen Plan war das Leben so was von in Form von Esther in die Quere gekommen. Immerhin war ihr Hauptverdächtiger der Notar gewesen und die Sekretärin hatte sie zuvor gar nicht auf dem Schirm.

»Sie haben was?«, stieß der Notar fassungslos hervor.

Minas Wangen wurden heiß und sie wünschte sich in diesem Augenblick nichts mehr, als dass sich der Boden unter ihr auftat. Diese nun nicht mehr ganz so geheime Befragung lief in eine völlig falsche Richtung. »Ich ... also ... Es gab Gründe, die mich zu dieser Annahme gebracht haben«, sagte sie schließlich in betont förmlichem Tonfall.

Nun schaltete sich auch Ellison ein. »Das ist richtig.« Sie trat einen Schritt vor. »Nur denke ich nicht, dass das ein Gespräch für den Flur ist.«

Oder überhaupt eins, dass geführt werden sollte. Aber Ellison hatte nicht unrecht.

Der Notar zwickte sich mit Daumen und Zeigefinger in die Nasenwurzel und atmete mit geschlossenen Augen tief durch, bevor er seine Schultern straffte und seinen professionellen Tonfall zurückgewann. »Lassen Sie uns alle zurück ins Büro gehen.«

Im Entenmarsch folgten Esther, Ellison, Collin, Mina und Mr. Marvel als Schlusslicht Notar Chandler zurück ins Büro. Die Tür war noch nicht einmal ins Schloss gefallen, als die Sekretärin auch schon loslegte. »Diese Anschuldigung ist einfach nicht zu fassen! Da ist man ein so gläubiger, rechtschaffener Mensch, der jede Woche zur Beichte geht und ehrenamtlich in der Kirche hilft und dann wird einem aus dem Nichts Mord vorgeworfen!« Sie wedelte wild mit ihren Händen in der Luft herum, wodurch die Fransen ihrer neonpinken Bluse hin und her wackelten. »Und das nur, weil ich zufällig von Freddies Beichte mitbekommen habe.« Nun hielt sie zum ersten Mal inne und sah ihrem Chef direkt in die Augen. Mina sah Esther an, wie unwohl sie sich mit einem Mal fühlte. Scheinbar war ihr etwas herausgerutscht, das der Notar nicht wusste. Oder nie hatte erfahren sollen? Mina hielt die Luft an, so angespannt war sie.

»Seine Beichte? Ich verstehe nicht.«

Esther atmete einmal tief durch, als müsste sie sich für die nächsten Worte wappnen. Sie verschränkte die Hände wie zum Gebet so fest ineinander, dass es sicher schmerzte. »Ich habe gehört, wie Freddie gebeichtet hat ... er sagte ... Er ist Schuld an Tracys Unfall.«

Für ein paar Augenblicke sagte niemand etwas und es war so still im Raum, dass man jedes noch so leise Geräusch hätte hören können. Notar Chandler atmete ein weiteres Mal tief durch, bevor er genau die zwei Worte aussprach, die sie alle wohl am wenigsten erwartet hatten. »Ich weiß.«

Mina, die bis eben die Luft angehalten und den Notar nicht aus den Augen gelassen hatte, stieß diese nun in einem Schwall aus. Gleichzeitig keuchte sie vor Schock laut auf und konnte den Notar nur mit offenem Mund anstarren. Hatte er das gerade wirklich gesagt? Der Notar hatte die ganze Zeit über von Freddies Tat gewusst? Bedeutete das gleichzeitig ein Geständnis?

Er ging nicht weiter auf seine Worte ein, was Mina beinahe verrückt machte. Stattdessen wandte er sich einmal mehr seiner Ablage zu, um nach etwas zu suchen. Sekunden verstrichen, die ihr wie Jahre vorkamen und als der Notar sich ihnen endlich wieder mit einem Briefumschlag zuwandte, hielt Mina einmal mehr die Luft an. Wenn das so weiterging, würde sie nach diesem Besuch eine Nacht im Sauerstoffzelt benötigen.

»Dies ist ein Brief, der Poppy Kerrs Testament beilag und an mich adressiert war.« Er schwenkte mit dem Umschlag in der Luft herum, bevor er ihn herunternahm und das darin befindliche Papier hervorzog. »Der Brief durfte erst nach ihrem Tod geöffnet werden und darin ist alles über den Unfallhergang festgehalten. Ich weiß, dass Freddie Kerr für den ... Zustand meiner Tochter verantwortlich war. Aber bevor Sie mich das gleich fragen werden. Nein, auch ich habe ihn nicht umgebracht. An diesem Tag haben meine Frau und ich Tracy im Krankenhaus besucht und anschließend war ich im Büro.«

Mina wandte sich mit einem Ruck Ellison und Collin zu, die ebenso sprachlos wirkten wie sie. Dennoch war sie die Erste, die nach dieser Eröffnung ihre Sprache wiederfand. »Ich verstehe nicht ... Wie können Sie ... « Sie suchte nach den richtigen Worten, doch der Notar kam ihr zuvor.

»So ruhig bleiben?« Notar Chandler stützte sich mit beiden Händen auf dem Schreibtisch ab. Dabei lächelte er schwach und wirkte mit einem Mal um mehrere Jahre gealtert. »Weil es nichts an der Situation ändert. Der Unfall ist vor über zwanzig Jahren geschehen und nun zu wissen, wie es geschehen ist und wer es war, mag vielleicht die Fragen beantworten, die mich in all den Jahren beschäftigt haben. Aber das Wissen macht meine Tochter nicht wieder gesund. Genauso wenig wie Rache zu nehmen, das geschafft hätte. Und nun würde ich Sie gerne bitten zu gehen.«

17

Mina konnte es nicht fassen. Wieder einmal hatte sie eine so heiße Spur verfolgt, dass sie sich sicher gewesen war, endlich Freddies Mörder entlarven zu können – und dann waren ihr direkt zwei Verdächtige durch die Lappen gegangen. Freddies plötzliche Wiederkehr nach Green Hill, die Beichte, die Entdeckung des Tagebuchs im Bildrahmen, das über den Unfall berichtete und der Einbruch im B&B mit diesem entsetzlichen Brief. All dies hatte sich für Mina wie eine Spur aus Brotkrumen angefühlt, der sie nur folgen musste, um die Wahrheit aufzudecken.

Doch nun stand sie wieder in einer Sackgasse. Hatte wieder keinen Verdächtigen mehr auf der Liste und wusste nicht weiter. Sie hatte noch nicht einmal eine Ahnung, wer den Einbruch im B&B begangen hatte. Dabei war sie sich dieses Mal so sicher gewesen, endlich auf dem richtigen Weg zu sein. Doch da hatte sie sich getäuscht. Wieder einmal.

»Ich glaube, wir müssen uns langsam einfach eingestehen, dass es das war. Wir haben keine Hinweise mehr. Keine Verdächtigen. Nichts. Absolut gar nichts. Das war's. Ich bin fertig mit dem Ermitteln. Schluss, aus, vorbei.« Mina warf die Hände in einer hilflosen Geste in die Luft, nur, um sich dann das lockige Haar zu raufen. »Es war ohnehin eine hirnrissige Idee, sich selbst auf Spurensuche zu machen. Kein Wunder, dass Brown uns ausgelacht hat. Die Idee, der Notar könnte es gewesen sein, war lächerlich. Ich kann wahrscheinlich froh sein, dass Brown mich nicht mit der Hab-mich-lieb-Jacke in die nächste Klinik mit Gummizelle hat einliefern lassen.«

»Jetzt mach aber mal halblang, Kindchen«, sagte Ellison mit großmütterlicher Stimme und schüttelte den Kopf. Dabei gab sie einen guten Schubs Zucker in die Schüssel und rührte den entstehenden Teig um. »Ich kann verstehen, dass du frustriert und enttäuscht bist. Das bin ich auch. Mir wäre es ebenfalls lieber gewesen, den Täter endlich dingfest zu machen. Aber nun alles, inklusive dir selbst, schlechtreden? Das ist nicht richtig.« Sie schwenkte beim Sprechen so sehr mit dem Schneebesen in der Luft herum, dass sich mehrere Kleckse Teig auf der Arbeitsplatte, ihrer Schürze und Minas Kleidung verteilten. Doch das schien sie überhaupt nicht zu kümmern.

»Das würde ich nicht sagen.« Collin wollte seinen Einwurf näher ausführen, als Mina ihm einen Blick zuwarf, der ihn sogleich zurückrudern ließ. Er hielt die Hände in einer abwehrenden Geste nach oben. »Aber schon gut. Ich sage nichts dazu.«

»Ist auch besser so«, knurrte Mina und wandte sich wieder Ellison zu. Sie wusste, dass es nicht fair war, Collin so abwertend zu behandeln. Aber die Enttäuschung hielt sie mit ihren Krallen festgefangen und sie konnte dieses ekelhafte Gefühl nicht abschütteln. Sie war sich *so* sicher gewesen. Wie konnte es sein, dass sie sich bei dieser Spur wieder verlaufen hatte? Irgendwo musste sie falsch abgebogen sein. Doch wo? Was hatte sie übersehen? Sie seufzte laut. »Sorry, Collin. Ich wollte dich nicht so anfahren. Heute ist einfach nicht mein Tag.«

»Und gestern auch nicht«, witzelte er, doch verschluckte sich bei Minas feurigem Blick sofort selbst an seinem Lachen. »Nur ein Scherz. Ich nehme die Entschuldigung an. Ich kann verstehen, dass du frustriert bist.« Er kratzte sich verlegen im Nacken und sah dabei zu Boden.

Ellison stützte die freie Hand in die Hüfte und hielt den, immer noch tropfenden, Schneebesen in der anderen. »Das darf nicht wahr sein. Ich habe nicht mehr genug Mehl da. Und auch mein Beeren-Vorrat neigt sich dem Ende zu.«

Mina hob eine Augenbraue. »Du hast noch eine volle Schale auf der Anrichte stehen.« Sie deutete in besagte Richtung und meinte zu erkennen, dass sich Ellisons Wangen ein wenig rot färbten.

»Die reichen nicht aus. Wie wär's, wenn ihr beiden in den Dorfladen geht und die Sachen besorgt? Oh, und wenn ihr ohnehin unterwegs seid, wäre es ganz gut, Poppys Grab einen Besuch abzustatten. Ihr wisst schon, die letzten Tage war es so heiß. Ich will nicht, dass die frisch gesetzten Blumen eingehen.«

Nun war Mina diejenige, die die Hände in die Hüfte stützte. »Kann es sein, dass du versuchst, uns loszuwerden?«

»Das würde mir nicht im Traum einfallen«, erwiderte Ellison sofort, doch das Zucken ihrer Mundwinkel verriet sie. »Und nehmt den Kater mit. Es wird ihm guttun, ein wenig an die frische Luft zu kommen und vor allem, sich zu bewegen. Wer weiß, wie lange er das noch kann.« Sie warf einen vielsagenden Blick auf den gut gefüllten Katzenbauch und wandte sich anschließend wieder ihrer Schüssel zu.

Mina und Collin wechselten einen resignierten Blick, gaben sich dann aber geschlagen. »In Ordnung«, lenkte sie ein. »Wir besorgen dir deine Beeren und schauen beim Friedhof vorbei.«

»Und das Mehl«, setzte Collin hinzu und warf Mina ein triumphierendes Lächeln zu, das sie mit einem Augenrollen quittierte.

»Nun geht schon, ihr zwei. Ich brauche ein wenig Ruhe in meiner Küche.« Ellison schwenkte spielerisch den Schneebesen hin und her, als wäre er ein Baseballschläger oder eine Keule, worauf die beiden schmunzelnd den Raum verließen.

Doch das Lachen verging ihnen rasch, als sie allein auf dem Flur standen. Zwar hatte Mina nicht vergessen, dass sie Collin auf den ersten Blick – und zugegeben auch auf alle weiteren hin – für gut aussehend gehalten hatte. Das war aber, *bevor* er den Mund aufgemacht hatte. Damit hatte er so ziemlich jede positive Regung in seine Richtung kaputtgemacht. Noch dazu war er einfach … langweilig. Anstatt dieses Kribbeln und diese Aufregung zu verspüren, wie es bei Ellison und ihr der Fall war, machte er sich fast in die Hose vor Angst. Beinahe hätte er es damit geschafft, Mina in diesem Strudel mit hinunter zu ziehen, doch sie konnte sich bei dem Treffen mit dem Notar gerade noch so daraus befreien. Auch wenn ihr das im Nachhinein betrachtet kaum geholfen hatte.

»Komm, ich weiß, wo lang es zum Dorfladen geht.« Collin wartete gar nicht erst auf eine Erwiderung ihrerseits, sondern ging einfach voraus. Mr. Marvel folgte ihm auf dem Fuß und dann setzte auch Mina sich in Bewegung. Dabei äffte sie ihn hinter seinem Rücken nach. Wie konnte es sein, dass er davon ausging, dass sie den Weg nicht kannte?

»Ich weiß übrigens, wo der Laden ist. Ich war einmal mit Mr. Marvel dort und habe ein sehr interessantes, wenn auch eher weniger hilfreiches Gespräch mit der Ladenbesitzerin Christie Forbes geführt.«

Collin drehte sich nicht einmal zu ihr um, als er mit ihr sprach. »Ah, natürlich. Es ging um den Fall.«

»Jap, stimmt«, erwiderte Mina und in ihrem Ton schwang deutlich die Angriffslust mit. »Ist das ein Problem für dich?«

»Nur, wenn sie uns direkt mit dem Besen in der Hand verscheuchen möchte, sobald sie dich sieht. Ich gehe mal davon aus, das Gespräch lief ähnlich gut wie das gestern.«

Mina schnaubte laut und biss die Zähne so fest zusammen, dass ihr Kiefer knackte. »Ich habe sie nur ein paar Sachen zu Freddie gefragt. Das wird jawohl noch erlaubt sein.«

Nun blieb Collin doch stehen, damit sie zu ihm aufschließen konnte. »Das Problem ist nicht, *dass* du fragst. Sondern *wie* du es tust. Wie eine Dampfwalze ohne Bremse und ohne Rücksicht auf Verluste. Dir ist vollkommen egal, wem du bei deinen ›Ermittlungen‹«, er malte bei diesem Wort Anführungszeichen in die Luft, »vor den Kopf stößt, solange du dein Ziel erreichst.«

»Und was ist daran schlimm? Ich meine, ich stelle nur ein paar Fragen und wenn dann herauskommt, dass die Person unschuldig ist, lasse ich sie in Ruhe. Die Polizei macht es doch nicht anders.«

Collin blieb abermals stehen und sah ihr tief in die Augen. Seine gesamte Körperhaltung strahlte Anspannung aus. Von den verwuschelten Locken bis hin zu den zu Fäusten geballten Händen. »Du bist aber nicht die Polizei, Mina.« Er stieß die Worte zwischen zusammengebissenen Zähnen hervor, als müsste er sich zusammenreißen, um sie nicht anzuschreien.

»Wenn die Polizei ihren Job richtig erledigen und sich über Hinweise nicht lustig machen würde, müsste ich gar nicht ermitteln. Aber sie sind ja scheinbar unfähig, die Wahrheit herauszufinden. Also habe ich praktisch keine andere Wahl.«

Collin atmete tief ein und schloss für einen Moment die Augen, wie um sich an das letzte Fünkchen Ruhe in seinem Inneren zu klammern und setzte sich dann wieder in Bewegung. »Ich will nicht, dass du meine Grandma mit hineinziehst. Das ist nichts für ältere Frauen. Es ist gefährlich, irgendwelchen Verbrechern hinterher zu jagen und es ist unverantwortlich von dir, dass du sie dem aussetzt.«

Mina wollte bereits laut auflachen, da sie glaubte, dass Collin das unmöglich ernst meinen konnte. Doch das Lachen blieb ihr im Hals stecken, als sie seinen wütenden Blick auffing. »Da kennst du deine Grandma aber bei Weitem nicht so gut, wie du denkst. Ellison ist Feuer und Flamme für den Fall und mindestens genauso neugierig wie ich. Sie *will* ermitteln und ich glaube, dass sie beinahe dankbar für ein wenig Spannung in ihrem Leben ist.« Auch wenn sie sich darunter zugegeben vermutlich eher etwas anderes vorgestellt hatte, als eine Leiche in ihrem Garten, aber das sprach Mina nicht laut aus.

»Genau das ist das Problem. Für euch beide ist das ein Abenteuer. Ich glaube, euch ist der Ernst der Lage gar nicht bewusst. Es ist gefährlich, irgendwelchen Verbrechern und potenziellen Mördern hinterherzuschnüffeln. Was, wenn ihr euch durch eure Nachforschungen selbst auf die Abschussliste setzt?«

Mina rieb sich über die pochende Stirn. In den vergangenen Minuten war es immer penetranter geworden und sie wusste, dass es sich innerhalb kürzester Zeit in einen ausgewachsenen Kopfschmerz verwandeln würde, wenn sie nichts unternahm. »Hör mal, Collin. Es ist ja nett, dass du dir Sorgen machst. Aber sowohl deine Grandma, als auch ich sind erwachsene Frauen und durchaus dazu in der Lage, auf uns selbst ...« Sie erschrak, als er plötzlich ihren Arm packte und sie daran zur Seite riss. Gerade rechtzeitig, da sie sonst gegen einen Laternenpfahl gelaufen wäre.

»Was wolltest du sagen?«

Mina wollte ihm am liebsten das verschmitzte Grinsen aus dem Gesicht wischen. »Das bedeutet gar nichts.« Sie sah auf seine Hand hinunter, die immer noch um ihren Unterarm lag. »Und du kannst mich jetzt loslassen.«

Erst als sie es sagte, schien Collin es zu bemerken, und ließ ihren Arm so schnell los, als hätte er sich an ihrer Haut verbrannt. »Wie wäre es mit: Danke, Collin, dass du mein hübsches Gesicht davor bewahrt hast, von einem Laternenmast demoliert zu werden?«

»Danke, Collin«, sagte Mina mit besonders süßlicher Stimme und gepresstem Lächeln. »Das war wirklich zu freundlich von dir.« Sie legte einen Zahn zu und setzte sich somit ein paar Schritte vor ihm ab, was er mit einem Lachen kommentierte. Mina konnte förmlich vor sich sehen, wie er dabei den Kopf über sie schüttelte und vor sich hin grinste. Seltsamerweise legte sich ein kleines Lächeln bei dieser Vorstellung auf ihre Lippen, das sie sich nicht erklären konnte.

Der Zwischenfall mit dem Pfosten hatte zumindest ihren Streit beendet, weswegen sie nun stumm nebeneinander den restlichen Weg zum Dorfladen zurücklegten. Einzig das Rascheln des Grases war zu hören, wenn Mr. Marvel darin herumsprang. Vermutlich auf der Suche nach einer Maus.

»Na, wenn das nicht unsere kleine Schnüfflerin ist«, rief eine Stimme aus und Mina wollte sich am liebsten verdünnisieren.

Collins Kopf ruckte von Ms. Margot, die einen teuer aussehenden Blazer und schwindelerregend hohe High Heels trug, zu Mina, die immer röter wurde. Warum tauchte diese Frau ausgerechnet jetzt auf? Hatte sie nicht gesagt, sie würde Green Hill verlassen, als Mina mit ihr das letzte Mal gesprochen hatte?

»Wer ist Ihr hübscher Begleiter?« Damit meinte Margot definitiv nicht Mr. Marvel, der sich um Minas Bein schlängelte und den die Frau bereits bei ihrem letzten Aufeinandertreffen angesehen hatte, als wäre er das schlimmste Getier, das ihrer Meinung nach auf Gottes Erdboden wandelte.

Mina unterdrückte ein lautes Seufzen und versuchte, sich nichts davon anmerken zu lassen, dass Margot die letzte Person war, auf die sie ausgerechnet mit Collin treffen wollte. »Das ist Collin. Er ist Ellisons Enkel.«

Margot tippte sich mit den falschen langen – und noch dazu giftgrünen – Nägeln an die ebenso falschvolle Unterlippe und nickte schließlich. »Ist zwar schon eine Weile her, aber jetzt weiß ich zumindest, zu wem du gehörst.« Sie zwinkerte Collin zu und verursachte Mina damit eine Gänsehaut der unguten Art. »Immerhin hat sich in Green Hill in den letzten Jahren nicht sehr viel geändert. Wenn es nach mir ginge, wäre ich jedenfalls auch längst wieder abgereist.«

Entgegen Minas Wunsch, so schnell und so viel Abstand wie möglich zwischen sich und Ms. Margot zu bringen, erweckte die Aussage der Frau ihre Neugier. »Was hält Sie denn in Green Hill, wenn ich fragen darf?«

Sofort warf Collin ihr einen Seitenblick zu und allein an dessen Intensität konnte Mina spüren, dass er nicht gerade erfreut über ihre Frage war. Doch Margot schien glücklicherweise nicht weiter darüber nachzudenken, warum Mina das wissen wollte – und das, obwohl sie sie mit »kleine Schnüfflerin« begrüßt hatte. »Ich habe noch ein Geschäft hier zu erledigen«, antwortete sie ungerührt, während sie ihre Fingernägel betrachtete. »Es geht um ein Schmuckstück, das Poppy dieser Glenna vermacht hat. Es ist eine Kette mit Smaragden und Rubinen, die ich schon seit Jahren bewundere. Außerdem habe ich ein *wundervolles* Kostüm erstanden, das perfekt dazu passen würde. Also muss ich sie einfach haben.«

»Ich verstehe.« Die Antwort war leider bei Weitem nicht so interessant, wie Mina es sich erhofft hatte. Oder zum Glück, je nachdem, aus welchem Blickwinkel man es betrachten wollte. »Und wie läuft das Verhandeln bisher?« Sie hatte Glenna stets nur als freundliche, zuvorkommende und eher ruhige Dame kennengelernt und konnte sich kaum vorstellen, dass sie mit einem Wirbelsturm, wie Ms. Margot es war, zurechtkam. Vor allem dann nicht, wenn diese sich etwas in den Kopf gesetzt hatte und unter keinen Umständen davon abrückte. Zumindest war das der Eindruck, den sie soeben vermittelte.

»Bislang kam ich noch nicht einmal dazu, mich mit der Frau zu treffen. Ich war schon mehrmals am Herrenhaus und habe geklingelt, aber niemand öffnet mir oder lässt mich zumindest vorbringen, wieso ich hier bin.« Margot kniff die Lippen zusammen und wie durch ein Wunder blieb der rote Lippenstift darauf dennoch perfekt in Form. »Ich habe das Gefühl, dass sie schwieriger zu erreichen ist, als der Papst Höchstselbst.«

Das könnte daran liegen, dass Glenna schlichtweg nicht mit Margot sprechen wollte. Aber diesen Satz verkniff Mina sich. Einen kurzen Blick in Collins Richtung werfend, erkannte sie, dass zumindest er ihre stummen Worte verstanden hatte.

»Also zu Poppys Lebzeiten war ich ein immer gern gesehener Gast. Doch das hat sich offensichtlich geändert.«

Mina horchte auf. *Das* allerdings war interessant. Sie musste sich schwer zusammenreißen, um ihre Stimme unbeteiligt und damit nicht zu neugierig klingen zu lassen. »Waren Sie denn oft bei Poppy zu Besuch?«

Margot hob das Kinn und sah von ihren High Heels von oben auf Mina herab. »So oft ich es mir einrichten konnte, wenn ich in Green Hill war. Sie hat sich immer über meinen Besuch gefreut, das kann ich dir versichern. Vor allem, weil Freddie es nach seinem Abgang kein einziges Mal für nötig gehalten hatte.« Margots Tonfall als »giftig« zu beschreiben, wäre noch eine freundliche Umschreibung gewesen. Es lag glasklar auf der Hand, dass Freddies Verhalten Margot fuchsteufelswild machte. Doch die Frage war: Warum? Im selben Augenblick erinnerte Mina sich an den Streit zwischen Margot und Freddie nach der Testamentsverlesung. Zwar hatte Mina nicht hören können, worum es genau ging. Doch es war klar, dass es irgendeinen Zusammenhang mit Margots abwehrendem Verhalten gab. »Das ist wirklich sehr freundlich von Ihnen. Gerade, dass Sie trotz der langen Funkstille von Freddie Kontakt zu Poppy gehalten haben. Immerhin konnte sie nichts für das Verhalten ihres Sohnes.«

Margot lachte trocken auf und ihre Augen sprühten Funken. »Oh nein. Er war ganz allein dafür verantwortlich, dass er ein Arschloch war.«

Mina klappte bei diesem Kraftausdruck und der offenen Feindseligkeit beinahe die Kinnlade herunter. Irgendetwas sagte ihr, dass sie einem wichtigen Detail auf der Spur war und das durfte sie auf keinen Fall durch eine unbedachte Geste oder Äußerung verbocken. »Das klingt, als würden Sie Freddie besser kennen, als einen einfachen Schulkameraden.«

»Glaub mir, man kann Männer auch *zu* gut kennenlernen. Freddie war verdammt gut darin, einem das Blaue vom Himmel zu versprechen und womit blieb ich am Ende zurück? Mit nichts. Außer einer riesen Wut auf diesen Typen, nachdem er mich einfach stehengelassen hat wie einen alten Müllsack am Straßenrand.« Margot war in diesem Augenblick so sehr in ihrer Wut gefangen, dass die Worte förmlich aus ihr hervorsprudelten. Ohne Filter. Ohne Rücksicht darauf, mit wem sie über all diese persönlichen Dinge sprach. Und ohne zu verstehen, dass sie Mina damit direkt in die Karten spielte.

»Das heißt, Sie und Freddie waren während Ihrer Schulzeit ein Paar?«

»Mehr als das. Wir waren verliebt. Hatten bereits Pläne für die Zukunft geschmiedet. Wir wollten ein Haus, eine Familie. Alles, was dazu gehört.« Während sie das aussprach, hatte ihre Stimme einen weichen, beinahe träumerischen Klang angenommen. Als würde sie auch nach so vielen Jahren immer noch in diesen Erinnerungen schwelgen. Doch der weiche Ton wich schnell wieder ihrer unbändigen Wut. »Aber dann hat er einfach von heute auf morgen seine Sachen gepackt und ist verschwunden. Er ist nicht einmal persönlich vorbeigekommen.« Sie blähte die Nasenflügel und ihr Atem kam immer schwerer. »Stattdessen hat er mir nur einen verdammten Brief dagelassen, in dem steht, dass es ihm leid tut, er aber Green Hill verlassen muss. Ich hoffe, du verstehst das, Margot«, äffte sie die Worte in einer verstellten Stimme nach und warf den Kopf in den Nacken. »Pah!«, rief sie laut aus und sowohl

Mina, als auch Collin zuckten bei der plötzlichen Lautstärke zusammen. Nun hatte Margot vollkommen die Contenance verloren.

Mina presste die Lippen fest zusammen, um das aufkeimende, triumphierende Grinsen zu verstecken. »Das muss schrecklich für Sie gewesen sein. Sicher wollten Sie es ihm heimzahlen, dass er Sie so behandelt hat. Ihn etwas von seiner eigenen Medizin schlucken lassen.«

Ein Grinsen auf Margots Lippen breitete sich aus, das kalte Schauder über Minas Rücken schickte. »Jedenfalls hat er es verdient zu sterben, nach allem, was er mir angetan hat. Es hat den Richtigen erwischt«, sagte sie und benutzte dabei genau dieselben Worte, die auf dem Blattpapier standen, das Mina und Ellison auf Freddies Gästebett nach dem Einbruch im B&B gefunden hatten.

Dieses Mal hielt Mina das Grinsen nicht länger zurück. »Sie sind diejenige, die in Freddies Zimmer im B&B eingebrochen ist.«

Wie ein Fisch auf dem Trockenen, klappte Margots Mund mehrmals auf und zu vor Schock. Erst in diesem Moment schien ihr bewusst zu werden, welche Informationen sie preisgegeben hatte – und welche Rückschlüsse Mina daraus gezogen hatte.

»Ich ... also ... ich ...«, stotterte Margot und Mina war sich sicher, die sonst so unerschütterliche und von sich selbst überzeugte Frau, zum ersten Mal sprachlos zu sehen. Doch sie fand schnell wieder zu ihrem alten Selbst zurück. »Ich wollte nur verdeutlichen, dass er es nicht anders verdient hat, als ins Gras zu beißen. Als würde es nicht ausreichen, dass er mich einfach zurückgelassen hat, hat er dann auch noch diese Claire geheiratet.« Sie schnaubte abfällig. »Nun ja, jetzt hat keine von uns ihn mehr.«

Mina hatte das Gefühl, dass die Temperatur um sie herum bei diesen schrecklichen Worten um mehrere Grad abnahm bei diesen schrecklichen Worten. Sie schluckte fest. Eigentlich würde alles zusammenpassen. Margot hatte definitiv ein Motiv, Freddie aus dem Weg zu räumen. Doch für die vermutliche Tatzeit hatte sie ein Alibi. Eines, das sich im Altersheim ganz einfach nachprüfen ließ und damit stichfest war. »Aber warum jetzt? Warum wollten Sie es nach so vielen Jahren alle wissen lassen?«

»Das wollte ich *nicht*«, fauchte sie und Mina setzte automatisch einen Schritt zurück, als Margot mit einem Mal so nah vor ihr auftauchte. »Zumindest nicht, dass ich diejenige war, die diese Botschaft hinterlassen hat. Christie hat mich noch davor gewarnt und meinte, ich solle Freddie vergessen und mich auf Glenna und den Schmuck konzentrieren. Aber das wollte sie doch nur, um ihren Anteil zu bekommen.« Ihre Augen sprühten Funken und Mina glaubte zum ersten Mal das wahre Gesicht der Frau hinter der perfekt geschminkten Fassade zu erkennen. Sie war absolut verrückt. Warum sollte sonst jemand nach über zwanzig Jahren einer Jugendliebe so viele Gefühle entgegenbringen und nach Rache sinnen?

Die Gedanken in Minas Kopf fuhren Karussell, doch sie kam immer wieder zu demselben Schluss: Ihre erste Vermutung, der Einbrecher und Freddies Mörder wären ein und dieselbe Person, war soeben begraben worden. Doch nun wusste sie zumindest, wer sich Zugang zum B&B verschafft hatte und auch mit dem Gefühl zwischen Christie und Margot gäbe es eine Verbindung hatte sie den richtigen Riecher bewiesen.

Margots bebende Schultern gepaart mit den aufgeblähten Nasenflügeln und dem schwergehenden Atem erinnerte Mina an einen Bullen. Einen verdammt wütenden Bullen. Sie warf Collin einen hilfesuchenden Blick zu und auch er schien dasselbe zu denken: Sie sollten schleunigst verschwinden, bevor das hier ausartete. Mehr Informationen würden sie aus Margot ohnehin nicht mehr herausbekommen.

Demonstrativ warf Collin einen Blick auf seine Armbanduhr und dann in einer besonders theatralisch wirkenden Geste die Arme in die Luft. »Oh verdammt, es ist schon ziemlich spät und Grandma wartet doch ganz dringend auf ... diese Dinge, die wir ihr besorgen sollten. Entschuldigen Sie bitte, Ms. Aber wir müssen los. Es war mir eine Freude, Sie kennenzulernen. Trotz Ihres doch sehr verstörenden Geständnisses. Viel Erfolg mit der Diamantkette und ich hoffe, wir sehen uns so schnell nicht wieder. Außer vielleicht bei der Polizei, wenn Grandma Sie wegen Einbruchs anzeigt.«

Ehe Mina sich versah, hakte Collin sich bei ihr unter und zog sie weiter die Straße entlang, ohne Margots Reaktion abzuwarten. In schnellen Schritten entfernten sie sich von ihr und Mr. Marvel folgte ihnen trabend.

»Alter, wortgewandter Angeber«, zischte Mina Collin zu, als Margot nicht mehr in Sicht- oder Hörweite war. »Außerdem war es eine Smaragdkette.« Sie konnte sich den letzten Kommentar nicht verkneifen und musste es ihm auf die Nase binden.

»Wäre es dir lieber gewesen, eine weitere Stunde mit der Giftspritze zu verbringen und Gefahr zu laufen, dass unsere verstümmelten Bilder als Nächstes auf unseren Betten liegen?«

Wohl kaum. Aber Mina wollte ihm auf keinen Fall auf die Nase binden, wie dankbar sie ihm für die ›Rettung‹ war. Wer weiß. Nachher hätte Margot sie noch entführt, damit sie nicht zur Polizei gehen konnte. Und wenn Margot sie schon einmal hatte, hätte sie Mina genauso gut noch als Druckmittel benutzen können, um an Glenna heranzukommen. Das würde Mina ihr jedenfalls zutrauen, so sehr wie sie nach der Smaragdkette gierte.

»Ich kann es immer noch nicht glauben, dass das gerade wirklich passiert ist«, nahm Collin selbst das Gespräch wieder auf. »Ich hätte wirklich nie gedacht, dass Margot irgendetwas mit dem Vorfall zu tun hat.«

»Warum? Weil sie wegen ihrer Schicki-Micki-Fassade keine Kriminelle sein kann?«, gab Mina ein wenig schnippisch zurück.

Collin zuckte mit den Schultern. »Ja, kann schon sein.«

»Ihr Männer lasst euch vom äußeren Schein wirklich zu leicht um den Finger wickeln.«

»Eifersüchtig?«

Erbost schnappte Mina nach Luft, aber kommentierte es nicht weiter. Dennoch erkannte sie das zufriedene Grinsen auf Collins Lippen nur zu deutlich. Manchmal sagten Gesten eben doch mehr als tausend Worte.

»Grins nicht so. Versuch dich lieber dran zu erinnern, was wir für Ellison alles besorgen müssen. Oder sind dir diese ... Dinge ... ebenfalls entfallen?« Nun war Mina diejenige, die zufrieden vor sich hin lächelte. Zumindest, bis sie den Dorfladen erreichten und blaues Licht und das Heulen von Sirenen es ihr aus dem Gesicht wischten.

18

»Was zum Teufel ist hier los?« Mina riss die Augen weit auf. Die Sirenen tauchten die Häuserfassaden in blaues Licht und etwas Unheilverkündendes lag in der Luft. Sie wusste, noch bevor sie um die Ecke bog, dass sich etwas Schlimmes ereignet hatte – und sie behielt recht.

Vor dem Dorfladen standen ein Polizeiwagen sowie ein Krankenwagen. Ein Polizist hielt die Tür auf, wodurch die Notfallsanitäter eine Trage hinausschieben konnten. Beinahe wäre Mina ein erstickter Schrei entwichen, als sie sah, dass darauf keine verletzte Person, sondern ein Leichensack lag.

Ein Arm schlang sich um ihre Taille und gab ihr Sicherheit. Sie lehnte sich dagegen, dankbar für den Halt. Es dauerte ein paar Augenblicke, bis sie kapierte, dass derjenige, der sie hielt und versuchte, von der Szene wegzuführen, Collin war. Ihr Blick war auf die Trage gerichtet, die in den Krankenwagen geschoben wurde.

Es fiel ihr schwer, auch nur einen einzigen vernünftigen Gedanken zu fassen. Doch einer war übermächtig und wiederholte sich in ihrem Kopf wie ein übles Mantra: Eine weitere tote Person in Green Hill.

Ein weiterer Mord?

Mina wollte es nicht glauben, nicht einmal daran denken. Doch die Anwesenheit der Polizei konnte nichts Gutes bedeuten. Sie war zu langsam gewesen, hatte den Täter nicht rasch genug entlarvt. Trug sie dadurch eine Mitschuld am Tod dieses Menschen?

Ihr Atem ging immer schneller, bis sie kurz davor stand, zu hyperventilieren. Ihre Sicht verschwamm und trotz Collins starken Händen um ihre Taille befürchtete sie, gleich wie ein gefällter Baum umzukippen. Allein der Gedanke daran, dass sie zumindest vom Gefühl her eine Teilschuld hieran tragen könnte, drehte ihr den Magen um.

Collin schaffte sie einige Meter weg, sodass ein anderes Haus den Blick auf den Laden versperrte. Er drehte sie so, dass sie sich mit dem Rücken gegen die Hauswand lehnen konnte, legte ihr beide Hände auf die Schultern und griff fest zu. Dabei sah er ihr tief in die Augen.

»Mina, du musst dich beruhigen. Wir atmen jetzt langsam zusammen ein und aus, okay?«

Seine Worte kamen erst mit deutlicher Verzögerung und unter dem lauten Rauschen in ihren Ohren bei ihr an. Dennoch schaffte sie es, zu nicken, während ihr Körper damit beschäftigt war, entgegen ihres Willens heftig zu beben. Selbst Mr. Marvel versuchte, sie durch seine Anwesenheit zu beruhigen, indem er sich ganz nah neben ihr Bein setzte und mit dem Kopf gegen ihre Wade stieß.

»Okay. Dann tief durch die Nase einatmen und durch den Mund langsam wieder aus.« Collin machte es ihr vor, ohne dabei den Blick von ihr zu lösen. Sie machte ihm die Atemübungen nach und spürte, wie die Ruhe in ihren Körper einkehrte. Das Beben ließ nach, bis nur noch ein leichtes Zittern übrig war. Ihr Herzschlag und ihr Puls beruhigten sich, wodurch auch das Rauschen in ihren Ohren bald Geschichte war. »Besser?«

»Besser«, erwiderte Mina mit leiser Stimme. »Sorry, ich hab keine Ahnung, warum ...« Die richtigen Worte wollten ihr nicht in den Sinn kommen, weswegen sie schließlich nur hilflos mit den Schultern zuckte.

»Warum du durchgedreht bist beim Anblick des Leichensacks? Also mir würden da mindestens tausend Gründe einfallen und ich bin eher erstaunt, dass ich nicht neben dir an dieser Wand gelehnt habe.« Collin warf Mina ein verschmitztes Grinsen zu.

Minas Mundwinkel hoben sich automatisch und erwiderten sein Lächeln. »Vielleicht, weil du ausnahmsweise mal den starken Mann markieren musstest?«

»Das kann sein«, räumte er ein. Collin legte seine Hand in den Nacken und strich sich durch die Locken. Mit einem Mal wirkte er nervös. »Sollen wir ... ich weiß nicht ... etwas Trinken gehen? Ich ... ich meine so auf den Schreck. Grandmas Einkauf wird sich wohl erst mal auf unbekannte Zeit verschieben.« Collins Wangen färbten sich ein wenig rot.

Irgendwie fand Mina es niedlich, ihn so nervös zu sehen. Und das nicht, weil sie einem potenziellen Mörder auf der Spur waren. Sondern einfach nur, da er sie fragte, ob sie gemeinsam etwas Trinken gehen wollten. »Das ist eine gute Idee. Ich könnte nach dem Vorfall einen Whisky gebrauchen.« Seit sie bei Ellison lebte, war Mina auf den Geschmack der Bernsteinfarbenen Flüssigkeit gekommen.

»Ich hatte eher an Tee oder eine heiße Schokolade mit einem Stück Kuchen oder Scones gedacht. Vor allem jetzt, wo uns Grandmas bis auf Weiteres verwehrt bleiben. Zumindest, wenn sich keiner von uns bereit erklärt, in die nächste Stadt zum Einkaufen zu fahren.«

Mina konnte ein leises Auflachen nicht zurückhalten. »Heiße Schokolade klingt gut.«

»Dann komm.« Collin setzte sich mit langen, geschmeidigen Schritten in Bewegung und Mina und Mr. Marvel beeilten sich, ihm hinterherzukommen. Für einen Moment überlegte sie, ob sie Ellison anrufen und Bescheid geben sollte, was geschehen war. Aber sie wusste nicht, wie die Rentnerin darauf reagieren würde, und wollte ihr keine unnötige Angst machen. Zumindest nicht, bis klar war, was tatsächlich passiert war.

Sie gingen durch eine kleine Gasse und erreichten nur wenige Minuten später ein Café. Draußen auf der Veranda standen gerade einmal zwei viereckige Tische mit je zwei Stühlen und selbst im Inneren des Cafés hatten sie kaum genug Platz, um nebeneinanderzustehen. Die Verkaufstheke nahm viel Raum ein, da dahinter direkt das Lager war. Unmengen verschiedener Teesorten und beschriftete Behälter mit den Aufschriften Kakao und zahlreicher Kekssorten waren auf den schmalen Holzregalen an der Wand eng aufgereiht.

»Hallo ihr zwei«, begrüßte sie eine ältere Frau, deren graues Haar zu einem strengen Dutt nach hinten frisiert war. Doch dieser strafte ihrer freundlichen Miene mit den vielen Lachfältchen um Augen und Mund Lügen. »Was kann ich euch Gutes tun?«

»Hallo Lottie, wie geht es dir?«

Erst als er sie bei ihrem Vornamen ansprach, schien die Frau Collin genauer anzusehen – und dann zu erkennen. »Collin, bist du es?«, rief sie laut aus und beeilte sich, hinter der Theke vorzukommen. »Ich hätte dich beinahe nicht erkannt. Es ist aber auch schon eine Weile her, seit du mich das letzte Mal mit einem Besuch beehrt hast«, sagte sie in gespielt tadelndem Tonfall und hob mahnend den Zeigefinger, bevor sie ihn in die Arme schloss,

»Es ist schön, dich zu sehen, Lottie«, erwiderte Collin und tätschelte der älteren Frau den Rücken. »Das ist Mina. Sie ist eine Studentin aus London, wohnt gerade aber bei Grandma im B&B.«

Nun wandte sich Lottie ihr zu und ehe Mina sich versah, fand auch sie sich in einer erstaunlich starken Umarmung wieder. »Schön dich persönlich kennenzulernen, Mina. Du mischst unser kleines Dörfchen ja ganz schön auf, wie ich höre.« Lottie zwinkerte Mina zu und ihr Lächeln war warm und freundlich, wodurch Mina sich in ihrer Gegenwart direkt wohlfühlte.

»Du bist also Poppys Großnichte, wenn ich das richtig gehört habe.« Mina kam gar nicht dazu, mehr zu tun, als zu nicken, da sprach Lottie auch schon weiter. »Ich habe mich mit Poppy immer gut verstanden. Und wenn ich das richtig sehe, ist das ihr Kater.« Die ältere Dame beugte sich nach vorne und streichelte Mr. Marvel sanft über den Rücken, der sich sofort schnurrend gegen ihre Hand drückte. »Wie ich hörte, seid ihr immer noch auf der Suche nach dem Grund für Freddies Tod.«

Genau genommen nach der Person, die Freddie den Tod beschert hatte. Aber Mina schluckte den Kommentar herunter und nickte abermals nur knapp.

»Kaum zu glauben, dass kurz nach Poppy ihr Sohn das Zeitliche gesegnet hat. Vor allem ausgerechnet, nachdem er nach so langer Zeit wieder einmal in Green Hill war.«

Mina schluckte fest. Normalerweise würde sie die Chance sofort nutzen und Lottie ausquetschen. Ältere Damen, die in einem der wenigen Läden im Dorf arbeiteten, erfuhren häufig mehr, als ihnen lieb war. Daher konnte es immer sein, dass sie Informationen hatten, die Mina bislang verborgen geblieben waren. Doch heute wollte sie von all dem Tod und Verderben, die dieses Dorf momentan beherbergte, wirklich nichts mehr hören.

Collin schien die Situation sofort zu begreifen. »Lottie, könntest du uns bitte zwei heiße Schokoladen machen und Kekse dazustellen? Wir haben ein paar harte Tage hinter uns.«

Sofort richtete Lottie sich auf und sah Collin mit großen Augen an. »Aber natürlich, entschuldigt bitte. Setzt euch nach draußen, ich bringe euch gleich alles.«

Sie kamen Lotties Aufforderung nach und ließen sich an einem der Tische nieder. Das Schweigen drohte sich auszubreiten, nachdem das Spektakel vor dem Dorfladen außer Sicht und Mina wieder bei vollem Bewusstsein war.

»Ich wusste gar nicht, dass du auch ein paar harte Tage hattest«, sagte sie schließlich.

»Wir haben bisher nie wirklich gesprochen. Eher diskutiert.«

»Touché.« Mina verhakte ihre Finger ineinander und bettete sie auf ihren Schoß. »Also?«

Als würde die Last der letzten Tage auf einen Schlag von ihm abfallen, stieß Collin ein lautes Stöhnen aus und ließ sich nach hinten und tiefer in seinen Stuhl sinken. »Wo soll ich da nur anfangen?« Er strich sich eine widerspenstige Locke, mit denen Mina selbst auch öfter Probleme hatte, aus der Stirn und verschränkte die Hände hinter seinem Kopf. »Alle paar Monate bekommt meine Mum eine Art Anfall. Da fällt ihr dann plötzlich auf, dass Grandma hier in Green Hill, seit wir vor ein paar Jahren weggezogen sind, völlig allein lebt und dieses B&B führt und als ›eigentliche‹ Rentnerin für so eine große Verantwortung mit ihren dreiundsechzig Jahren viel zu alt ist. Zumindest wenn es nach meiner Mutter geht. Ich sehe das völlig anders.«

»Also schickt sie dich dann hierher, um nach dem Rechten zu sehen?«

Collin nickte und zuckte gleichzeitig mit den Schultern, was durch die immer noch gekreuzten Hände hinter seinem Kopf zugegeben etwas seltsam aussah. »So in die Richtung jedenfalls. Dieses Mal war die Testamentseröffnung der ausschlaggebende Grund. Mum weiß, dass Poppy und Grandma sich nicht immer so grün waren.«

Bei diesem doch so passenden Wortwitz, nachdem Ellison und Poppy jahrelang einen Wettstreit um den schönsten Garten geführt hatten, musste Mina schmunzeln. »Ich glaube eher, dass ein solcher Wettbewerb die ältere Generation nochmal in Schwung bringt. Ellison jedenfalls hatte großen Respekt vor Poppy, auch wenn sie das vielleicht etwas anders zum Ausdruck bringt.«

»Und du hast Poppy nicht gekannt, obwohl sie deine Großtante war?«

Mina nickte und bückte sich nach unten, um Mr. Marvel zu streicheln, der um Aufmerksamkeit heischend an ihren Beinen entlangstrich. »Ja, dahinter steckt scheinbar eine größere Familienfehde, von der ich nichts weiß. Meine Grandma jedenfalls ist bei der Erwähnung von Poppys Namen beinahe wie ein Knallfrosch in die Luft gegangen. Ich wusste vorher nichts von Poppy, daher war ich ehrlich gesagt ziemlich überrascht, als ich den Brief des Notars bekommen habe.« In knappen Sätzen erzählte sie ihm von der Testamentsverlesung mit einer kurzen Unterbrechung, als Lottie ihnen die zwei heißen Schokoladen und einen großen Teller mit verschiedenen Keksen mit den Worten »Lasst sie euch schmecken« hinstellte.

»Ich habe noch nie davon gehört, dass Tiere vererbt wurden.«

»Auf dem Land nicht unbedingt, aber in der Großstadt ist das fast gang und gäbe. Auch wenn ich nicht gedacht habe, dass es mir irgendwann einmal passieren würde.« Mr. Marvels Schnurren wurde noch ein wenig lauter, als wüsste er genau, dass sie gerade über ihn sprachen. »Er ist wirklich ein schlaues Kerlchen.«

Als würde Mr. Marvel auf diese Worte hin nun die Bestätigung bei Collin suchen, löste er sich von Mina und tapste zu ihm rüber. Dieser lachte laut auf, als der Kater ihn fordernd mit dem Kopf anstieß, als würde er sagen wollen »Nun sag es schon!«.

»Das scheint er wirklich zu sein.«

»Ohne seine Hilfe hätte ich nie diesen Zettel in Freddies Hand gefunden. Auch wenn er mich letztendlich in eine Sackgasse geführt hat.«

Nun sah Collin mit gerunzelter Stirn wieder auf, ließ es sich aber nicht nehmen, Mr. Marvel weiter zwischen den Ohren zu kraulen. »Was für einen Zettel?«

»Er hatte ein Stück Papier in der Hand, auf dem ein Datum und eine Uhrzeit standen. Das war der Termin mit dem Notar, um noch einmal über das Gemälde zu sprechen.«

Collin machte eine wegwerfende Handbewegung. »Lass uns das Thema wechseln. Wir wollten uns nach dem Schrecken entspannen und nicht gedanklich zurückkehren.«

»Du hast recht, sorry.« Mina schnappte sich Mr. Marvel, der inzwischen zu ihr zurückgekommen war, und setzte ihn sich auf den Schoß. »Also erzähl mir etwas über dich.«

»Was möchtest du denn wissen?«

Am liebsten hätte Mina mit »Alles!« geantwortet. Aber das kam vermutlich eher komisch und einmal mehr als *zu* neugierig herüber. »Was du mir über dich erzählen möchtest«, sagte sie daher stattdessen und zauberte damit ein Lächeln auf Collins Lippen, das ihr Herz ein klein wenig höherschlagen ließ.

»Auch hier wieder: Wo fange ich nur an?« Er tippte sich gespielt nachdenklich an die Lippen und als seine Augen einen Moment später aufleuchteten, wusste Mina, dass Collin etwas gefunden hatte. »Okay, das ist tatsächlich etwas, das nicht viele über mich wissen.«

Mina kicherte übermütig, was sie von sich selbst so gar nicht kannte. »Ich würde lügen, wenn ich sagen würde, dass ich nicht gespannt darauf bin, was jetzt kommt. Und vielleicht auch ein wenig Angst davor habe.«

»Ich sammle gerne.«

Sie wartete einen Augenblick, da sie dachte, er würde das noch weiter ausführen. Doch als nichts mehr kam, hakte sie nach. »Du sammelst gerne ... was?«

»Alles. Briefmarken, Sticker, Münzen, Postkarten«, zählte er auf und vor Minas geistigem Auge stieg sofort ein Bild auf, in dem Collin inmitten hunderter Sammelbücher saß.

Mina versuchte das aufkeimende Lachen zu unterdrücken und platzte bei dem Versuch beinahe, wodurch die folgenden Worte etwas gepresst klangen. »Das ist interessant«, brachte sie schließlich hervor. »Wie kommt man darauf?«

»Ich stehe auf Geocaching und fand es irgendwie cool, diese ganzen Schätze aufzusammeln und für andere wiederum welche zurückzulassen.«

»Das hätte ich tatsächlich nicht erwartet. Wie bist du dazu gekommen? Und vor allem: Wo verstaust du das Alles, wenn nicht so viele von deiner Sammelwut wissen?«

Collin zuckte grinsend mit den Schultern. »Keine Ahnung, ich bin einfach gern draußen in der Natur unterwegs und irgendwie bin ich dann mal mit ein paar Kumpels auf Geocaching gestoßen und dabei geblieben. Und ich weiß zwar nicht, welches Bild du dir gerade in deinem Kopf ausmalst, aber für die Sammelbücher und Geocaching-Schätze reicht aktuell tatsächlich noch eine kleine Kommode aus.«

Mina lachte auf und einen Moment später fiel Collin mit ein und zum ersten Mal fühlte sie sich in seiner Gegenwart richtig wohl. Sie nahm nicht mehr nur sein gutes Aussehen wahr, sondern zum ersten Mal diese besondere Ausstrahlung. Seine Witze, sein Lächeln, das sie fesselte, aber vor allem, wie leicht es mit einem Mal war, mit ihm zu sprechen.

Doch egal wie sehr Mina sich auch bemühte und sie das entspannte Gespräch mit Collin genoss. Ihre Gedanken wanderten immer wieder zurück zum Dorfladen und dem Leichensack, der auf einer Trage herausgeschoben wurde.

19

»Wo wart ihr denn solange?«, wurden Mina und Collin unwirsch von Ellison begrüßt. Sie hatten kaum einen Schritt in den Hof gesetzt, als die B&B-Besitzerin auch schon die Tür aufgerissen hatte. Sicher hatte sie am Fenster auf die beiden gewartet. »Kommt schon rein, na los. Habt ihr mitbekommen, was geschehen ist?« Hektisch winkte sie den beiden zu und schob Mina schließlich mit der Hand am Rücken durch die Eingangstür, wodurch sie gar nicht erst dazu kam, auf Ellisons Frage einzugehen.

Sie folgten Ellison ins Kaminzimmer.

»Ihr habt es bestimmt mitbekommen. Immerhin wart ihr auf dem Weg dorthin«, sagte Ellison und ließ sich ächzend in den Sessel sinken.

Mina atmete auf und war für einen kurzen Augenblick erleichtert, dass sie scheinbar nur von dem Vorfall im Dorfladen sprach. Sie hatte bereits Sorgen, dass *noch* etwas geschehen war. Doch im nächsten Moment erschrak sie über sich selbst. Wie konnte sie im Angesicht einer weiteren toten Person froh darüber sein? Und dennoch war sie es. Immerhin bedeutete das, dass nicht noch etwas passiert war und die Liste weiter anwuchs.

Collin, der sich halb auf der Lehne von Minas Sessel gesetzt hatte, räusperte sich. »Falls du von dem Großeinsatz beim Dorfladen mit Polizei, Krankenwagen und Leichensack auf einer Trage sprichst, dann ja. Das haben wir mitbekommen. Daher leider auch keinen Einkauf für dich, entschuldige Grandma. Aber auf dem Friedhof waren wir kurz, da ist alles in Ordnung.«

Ellison winkte ab und wirkte, obwohl Green Hill innerhalb kürzester Zeit den dritten Tod zu verbuchen hatte, dabei ziemlich gelassen. »Der Einkauf ist doch völlig egal. Viel interessanter ist, was ich darüber gehört habe.« In diesem Moment schienen Mina und Collin kollektiv die Luft anzuhalten und nur darauf zu warten, was der Dorfklatsch zu berichten hatte. »Es hat Christie erwischt. Aber keine Sorge, zumindest dieses Mal ist es kein Mord.«

Die Ladenbesitzerin? Mina klappte die Kinnlade herunter und ihre Fingernägel gruben sich in den weichen Stoff des Sessels. Was war dieses Mal passiert?

»Aber erzählt erst mal, wo ihr die ganze Zeit gewesen seid. Sicherlich nicht auf dem Friedhof. Oder hattet ihr etwa vor, in die nächste Stadt zu laufen, um die Sachen zu besorgen?«

Mina wusste nicht, ob sie lachen oder vor Frustration laut aufstöhnen sollte. Nachdem sie den ersten Schock über den Tod der Ladenbesitzerin überwunden hatte, siegte einmal mehr wieder ihre Neugier.

Doch abermals war es Collin, der Ellison antwortete. »Wir waren bei Lottie. Auf den Schock eine heiße Schokolade trinken und ein paar Kekse verdrücken.«

»Oh, sie hat sich sicher über deinen Besuch gefreut«, erwiderte Ellison lächelnd. »Mich wundert es, dass sie den Laden immer noch führt. Immerhin ist sie nicht mehr die Jüngste und das Stehen den ganzen Tag ...« Sie ließ den Rest des Satzes unausgesprochen, doch Mina und Collin wussten auch so, was sie sagen wollte.

Collin konnte sich ein Schmunzeln nicht verkneifen. »Dir ist bewusst, Grandma, dass du und Lottie genau gleich alt seid oder? Du führst das B&B auch immer noch.«

Abermals winkte Ellison lässig ab. »Das ist etwas völlig anderes. Du weißt ja, man ist nur so alt, wie man sich fühlt und im Gegenteil zu Lottie habe ich meine neue Hüfte erst vor zwei Jahren bekommen. Und die hat mich mindestens um fünf Jahre jünger gemacht. Also erzähl mir nur nichts davon, das B&B zu schließen. Deine Mutter liegt mir damit schon immer in den Ohren. Selbst jetzt werde ich den Klang ihrer Stimme nicht los, wie sie mir erzählt, was als alte Frau, die allein einen Betrieb führt, alles schief laufen kann.«

Er hob auf Ellisons Anschuldigung hin, auch wenn sie dabei lachte, abwehrend die Hände nach oben. »Das wächst allein auf Mums Mist. Mir würde nicht im Traum einfallen, dich dazu zu überreden, das B&B aufzugeben. Das habe ich ihr schon oft gesagt, aber keine Chance. Da ist sie stur wie ein Esel.«

»Von wem sie das nur hat«, erwiderte Ellison und musste selbst ein wenig schmunzeln.

Auch Mina und Collin fielen mit ein, denn inzwischen kannte auch sie Ellison gut genug, um zu wissen, dass das Wort ›stur‹ eher noch eine Untertreibung war. »Jetzt erzähl aber endlich, was der Dorfklatsch schon wieder zu berichten hat. Ich glaube, du hast uns lange genug auf die Folter gespannt. Was ist genau passiert?«

Collin brachte es auf den Punkt und Mina beugte sich neugierig vor. Selbst Mr. Marvel setzte sich auf und sah zu Ellison hinüber, als könnte er es kaum erwarten, zu erfahren, was geschehen war.

»Amanda, diese alte Schnüfflerin. Sie muss wirklich den ganzen Tag am Fenster hängen und nur darauf warten, jeden Klatsch als Erste aufzuschnappen. Anders kann ich es mir nicht erklären. Jedenfalls meinte sie, es sei ein Herzinfarkt gewesen. Christie sei eben noch auf der Leiter gestanden, um eine Glühbirne auszuwechseln, hätte sich ans Herz gefasst und wäre dann wie ein Baum einfach umgefallen.«

»Und das hat Amanda so genau vom Fenster aus beobachtet?« In Collins Stimme schwang deutlich mit, dass er von dieser Information nicht allzu viel hielt. »Wir wissen beide, dass sie nicht mehr alle Tassen im Schrank hat. Die Frau hat Angst vor ihrem eigenen Schatten und sieht manchmal Dinge, die sich später als etwas völlig anderes herausstellen. Ich würde auf ihren Tratsch nicht so viel geben.«

Ellison verschränkte die Arme vor der Brust. »Besser als die Alternative, oder?«

»Die da wäre?«

»Ein weiterer Mord in Green Hill. Das wäre fatal! Nicht nur, weil mir dieses Dorf bisher als sehr sicher vorkam, sondern, da dann auch keiner mehr hierher kommen möchte. Und wir wissen beide, dass das B&B so schon nicht gerade oft besucht wird. Schlimm genug, dass wir Freddies Leiche ausgerechnet in meinem Garten gefunden haben. Das ist nicht die Art von Presse, die ich mir für das B&B gewünscht habe.«

Mina hob beruhigend die Hände, in dem Versuch zwischen Großmutter und Enkel zu vermitteln. »Natürlich will keiner einen weiteren Mord. Ich hoffe, dass Christie nicht lange leiden musste und es so schnell ging, wie es sich nun herumspricht. Aber wenn diese Amanda tatsächlich schon öfter Stuss erzählt hat, dürfen wir ihren Ausführungen nicht blind vertrauen«, setzte sie an Collin gewandt hinzu, der bereits zu einem Gegenargument ansetzen wollte und nun den Mund wieder schloss. »Ich würde abwarten. Spätestens morgen oder übermorgen wird es sich dann komplett herumgesprochen haben.«

»Abwarten? Ausgerechnet aus deinem Mund?« Ellison zwinkerte Mina verschwörerisch zu. »Ich glaube, das wird uns beiden deutlich schwerer fallen als meinem lieben Enkelsohn hier.« Sie nickte in Collins Richtung, der darauf nichts weiter erwiderte. »Aber ja, vielleicht hast du recht. Wir sollten warten und hoffen, dass es tatsächlich ohne Fremdverschulden passiert ist. Arme Christie. Ich habe schon immer gesagt, dass sie sich allein mit diesem Laden übernommen hat. Man hat die Frau ja kaum woanders zu Gesicht bekommen.«

»Mir fällt erst jetzt auf, wie viele Frauen in Green Hill ohne zusätzliche Hilfe ihre Läden führen. Du, Christie, Lottie«, zählte Mina auf. »Das ist beeindruckend.«

»Du meinst vor allem in unserem Alter?«

Minas Wangen erhitzten sich, doch sie nickte auf Ellisons Frage hin knapp. »Ich stelle es mir so schon schwierig vor. Aber es ist ja auch körperlich schwere Arbeit. All das Geschleppe mit den Kisten und so weiter.«

»Und jetzt war es vielleicht eine Kiste voller Glühbirnen zu viel«, sagte Ellison in einem dunklen Tonfall, der Mina eine Gänsehaut bescherte. »Naja, jeder segnet irgendwann das Zeitliche. Und nun war Christie an der Reihe. Die Frage ist, wer kommt als Nächstes?«

Collin und Mina wechselten einen Blick und Ersterer schüttelte zusätzlich den Kopf. »Darüber will ich ehrlich gesagt weder jetzt noch später nachdenken. Ich muss immer noch die letzten drei Tode verdauen.«

»Wem sagst du das. Ich ...« Ein lautes Klingeln unterbrach Mina und Ellison erhob sich aus ihrem Sessel.

»Irgendwann lasse ich dieses verdammte Telefon abstellen. Das ist heute schon der fünfte Anruf und einer war unwichtiger als der andere«, fluchte sie vor sich hin, während sie das Kaminzimmer in Richtung Flur verließ und damit Mina, Collin und Mr. Marvel allein zurückließ.

So einfach, wie es in Lotties Café war mit Collin zu sprechen, so schwer fiel es Mina in diesem Moment, ein Gespräch anzufangen. Ihre Gedanken wirbelten zu sehr durcheinander, verwoben mit den dazu passenden Bildern, die sie nicht loslassen wollten.

Die Testamentsverlesung mit den für Mina nun nicht mehr so fremden Menschen, Freddie, wie er tot im Garten lag. Der Zettel, den Mr. Marvel in seiner Hand fand. Das Tagebuch, das sie im Bilderrahmen entdeckten und das Ereignis, das darin festgehalten wurde, Margots Einbruch mit dem Brief auf Freddies Bett und nun Christies Tod auf einer Liste, die im Moment erschreckend schnell wuchs. Diese Bilder verfolgten Mina inzwischen mehrmals täglich, als würde ihr Gehirn mit

Nachdruck dafür sorgen wollen, dass sie die Geschehnisse nicht vergaß.

»Ich übersehe irgendwas. Anders kann es nicht sein. Irgendetwas passt nicht«, murmelte Mina vor sich hin und vergaß dabei für einen Moment, dass sie nicht alleine im Raum war.

»Wovon redest du?«

Sie drehte sich zu Collin um, der sie mit fragend hochgezogenen Augenbrauen musterte. »Von dem Fall.«

»Wovon auch sonst.« Er boxte sie sanft gegen die Schulter und grinste dabei. »Spuck es auch, was beschäftigt dich?«

»Das passt doch alles schon wieder nicht zusammen. Ich meine, ich war mir so sicher, dass der Einbrecher – oder wie wir jetzt wissen die Einbrecherin – und Freddies Mörder dieselbe Person sein müssen. Und jetzt wissen wir zwar, dass Margot die Einbrecherin war, aber sie hat für die Tatzeit des Mordes ein Alibi. Ich weiß einfach nicht weiter. Wir müssen irgendetwas übersehen haben. Wer verdammt nochmal war es?« Mina raufte sich das Haar. »Ganz ehrlich? Das macht mich absolut wahnsinnig. Ich. Versteh. Es. Einfach. Nicht. Und ich kann dir nicht sagen, wie sehr es mich nervt.«

»Brauchst du auch nicht, ich sehe es dir an. Du reißt dir gleich deine kompletten Haare aus.« Mina hielt den Atem an, als Collin zuerst sanft die Hände aus ihren Locken löste und diese dann zurückstrich, weil sie ihr vermutlich in allen Himmelsrichtungen vom Kopf standen. »Das werden wir schon herausfinden. Manchmal braucht es nur ein wenig Geduld.« Er zog die Hand wieder zurück, als hätte er jetzt erst bemerkt, dass er Mina überhaupt berührt hatte. »Wo bleibt Grandma eigentlich? Hat sie die Zeit beim Telefonieren vergessen?«

Als wäre das ihr Stichwort, betrat Ellison das Kaminzimmer. »Dreimal dürft ihr raten, wer das am Telefon war, um mir den neuesten Dorfklatsch mitzuteilen.«

»Amanda«, sagten Mina und Collin wie aus einem Munde und warfen sich darauf amüsierte Blicke zu.

Auch auf Ellisons Lippen lag ein Grinsen. »Korrekt. Aber jetzt kommt die besonders gute Neuigkeit.« Sie schnaubte, wodurch Mina sofort klar war, dass sie es ironisch meinte. »Meine Anwesenheit wird nun bei ihr vor Ort verlangt.«

»Was ist es dieses Mal? Braucht sie ein anderes Buch ganz dringend?«

»Nein, es geht um Alastairs Geburtstag nächste Woche, der mit dem Gartenfreunde-Treffen zusammenfällt. Amanda hatte die Idee, dass wir eine Kleinigkeit vorbereiten könnten.«

»Aber das ist doch nett«, wandte Mina ein und sah zwischen Ellison und Collin hin und her, die nun beide dasselbe miesepetrige Gesicht zur Schau trugen.

Dieses Mal war Collin derjenige, der antwortete. »Die beiden können sich nicht ausstehen. Damit will sie ihm nur unter die Nase reiben, dass er ›ein alter Sack ist, der nicht mehr alle Gehirnwindungen beisammenhat‹, wie sie gerne sagt. Zumindest waren das genau die Worte, die sie letztes Jahr benutzt hat. Das war nicht das einzige Treffen, bei dem ich dabei war. Aber *dieses* wird mir definitiv in Erinnerung bleiben.«

»Und er nennt sie mal den Dorfdrachen, mal das unermüdliche Klatschweib. Das beruht also definitiv auf

Gegenseitigkeit«, fügte Ellison hinzu, während sie sich einen grellgelben, dünnen Schal um den Hals warf.

»Wow, das klingt tatsächlich nicht gerade nach der großen Liebe zwischen den beiden«, sagte Mina, worauf Ellison nur in großer Geste nickte.

»Jedenfalls muss ich los. Denn wenn Amanda etwas noch weniger leiden kann als Alastair, dann ist es Unpünktlichkeit.«

»Da ist sie bei dir dann ja an der richtigen Adresse«, erwiderte Mina, worauf Collin laut lachte und nickte.

»Da hast du nicht Unrecht.« Ellison schnappte sich einen dunkelgrünen Cardigan von der Sessellehne und zog ihn sich über. »Es wird nicht allzu lange dauern. In zwei Stunden bin ich hoffentlich zurück.« Sie hob die Hand zum Abschied und war gerade dabei das Kaminzimmer zu verlassen, als sie ruckartig stehen blieb. Dann drehte Ellison sich um und fasste sich mit einer Hand an die Stirn.

»Ach herrje, das hätte ich fast vergessen. Sie kommt ja heute!«

»Was? Wer kommt heute?«, fragte Mina, während Collin beinahe gleichzeitig »Wer?« sagte.

»Freddies Frau hat sich für heute angekündigt. Die Polizei hat es endlich geschafft, sie in Afrika zu erreichen. Habe ich euch das noch nicht erzählt? Jedenfalls hat sie sofort, als sie den Anruf erhielt, einen Flug gebucht und mich angerufen, ob es hier eine Übernachtungsmöglichkeit gäbe.«

Mina klappte beinahe der Unterkiefer auf den Boden. »Freddies Frau kommt hierher? Heute? Ich kann nicht fassen, dass du vergessen hast, uns davon zu erzählen!« Sie schluckte gegen den sich bildenden Kloß in ihrem

Hals an. »Weiß sie denn, dass er … naja … hier umgekommen ist?« Mina konnte sich einfach nicht vorstellen, dass sie sich ausgerechnet das B&B als vorübergehendes ›Zuhause‹ ausgesucht hatte, nachdem ihr Mann hier gestorben war. Mina jedenfalls könnte hier keine einzige Nacht verbringen. Auch dann nicht, wenn es die einzige Übernachtungsmöglichkeit im Dorf war. Da würde sie lieber mehrere Kilometer von der nächsten Stadt hierher pendeln.

»Keine Ahnung. Ich war auch überrascht über den Anruf. Aber sie klang sehr freundlich am Telefon und hat sich mindestens zehnmal dafür bedankt, dass ich es möglich mache, so kurzfristig ein Zimmer für sie bereitzustellen. Dabei habe ich ihr mehrmals versichert, dass das kein Problem ist. Wir sind im Moment ja nicht gerade überbucht.«

»Ich kann mir nicht vorstellen, dass sie nicht darüber Bescheid weiß. Immerhin hat die Polizei ihr am Telefon mit Sicherheit alles über den Vorfall erzählt«, räumte Collin ein. »Seltsam ist es trotzdem. Also ich muss Mina schon zustimmen, wenn meine Frau hier umgekommen wäre, würde ich keinen Fuß hineinsetzen wollen.«

Ellison zuckte in einer hilflos wirkenden Geste die Schultern. »Ich weiß nur, dass ich jetzt losmuss. Wärt ihr so freundlich, hierzubleiben und euch um sie zu kümmern?«

»Klar.«

»Kein Problem«, sagten Mina und Collin beinahe wieder gleichzeitig. Sie hatten kaum ausgesprochen, als Ellison den Raum mit einem schnellen Wink verließ und die beiden allein zurückblieben.

»So.« Collin klatschte mit beiden Händen auf seine Schenkel. »Wie gehen wir jetzt mit dieser ›Freddies Frau taucht gleich auf‹ Sache um?«

20

Die Antwort auf Collins Frage war einfach: Gar nicht. Denn entgegen Ellisons Erwartung, dass Freddies Frau jeden Moment auftauchen würde, ließ die sich auch eine Stunde, nachdem Ellison zu Amanda gegangen war, nicht blicken.

»Denkst du, ihr ist auf dem Weg etwas zugestoßen? Ich meine, von Afrika hierher ist nicht unbedingt ein Katzensprung.«

Als wäre das ein verstecktes Codewort sprang Mr. Marvel auf Minas Schoß, kaum als sie den Satz beendet hatte. Sie streichelte ihn und lächelte, als der Kater sofort zufrieden schnurrte.

Collin schüttelte den Kopf und ließ sich ein Stück tiefer in Ellisons nun freien Sessel sinken. »Nein, glaube ich nicht. Und wenn sich die Flüge verspätet oder verschoben hätten, hätte sie sicherlich angerufen.«

Also warteten sie weiter und die Anspannung im Raum war einmal mehr mit den Händen zu greifen. Sie konnten sich nicht erklären, warum Freddies Frau unbedingt hier übernachten wollte. Oder war das einfach eine groteske Form von ›man muss an den jeweiligen Ort zurück, um sich selbst ein Bild zu machen‹?

Doch das war nicht die einzige Frage, die Mina sich die ganze Zeit über stellte. Oh nein, da gab es deutlich drängendere. Zum Beispiel, die nach Freddies Mörder spukte wieder präsent in Minas Kopf herum oder ob seine Frau über Freddies Vergehen in seiner Jugend Bescheid wusste. Vielleicht hatte auch sie ein Motiv? Vielleicht war sie nie in Afrika gewesen oder früher zurückgereist, um auf den richtigen Moment zu warten. Sie jedenfalls wusste definitiv von seinen Allergien. Das war zugegeben etwas weit hergeholt, doch Mina durfte nichts außer Acht lassen. Wie oft passierte das in ihren geliebten Krimis: Die Ermittler hatten bestimmte Personen als Täter oder Täterin ausgeschlossen, ohne genug Informationen über sie in Erfahrung zu bringen – und zack! – Sie waren es am Ende.

»Was braut sich in deinem Kopf schon wieder zusammen?« Collins Stimme riss Mina aus ihren Überlegungen.

»Hä?«, gab sie wenig geistreich zurück und entlockte ihm damit zumindest ein Lächeln.

»Ich sehe dir an der Nasenspitze an, dass du dir schon wieder über irgendetwas den Kopf zerbrichst, und ich bin mir sicher, dass es irgendwie mit Freddies Frau und seinem Tod zusammenhängt.«

Mina lachte auf. »Das hast du gut kombiniert, Sherlock. Allerdings war das auch nicht allzu schwer zu erraten. Ich habe nur darüber nachgedacht, ob ...«

»Bin wieder da!«, ertönte ein Ruf aus dem Flur, gefolgt von dem lauten Knallen der Haustür. Ellison hatte scheinbar Amandas Geburtstagsplanung für Alastair überstanden. »Und ich habe Besuch dabei!«

Bevor sich einer der beiden rühren oder die Hoffnung aussprechen konnte, dass es sich dabei nicht um Amanda handelte, trat Ellison mit einer Frau im Schlepptau in das Kaminzimmer. Sofort erhoben Mina und Collin sich und eine seltsame Atmosphäre, in der keiner so recht zu wissen schien, wie er sich verhalten sollte, legte sich über den Raum.

»Darf ich vorstellen? Das ist Freddies Frau, Claire Kerr. Ein kleiner Zungenbrecher, nicht wahr?« Ellison lachte ein wenig zu schrill und definitiv zu laut auf, doch keiner fiel mit ein. Lediglich Claire selbst zwang sich zu einem, wenn auch etwas knapp ausfallenden Lächeln.

»Freut mich, euch kennenzulernen. Ellison hat mir auf dem Weg hierher schon ein wenig erzählt.« Die Frau wirkte freundlich, aber vor allem müde. Die Haut blass, die Wangen eingefallen und die Augen gerötet und geschwollen, als hätte sie tagelang geweint, was Mina nur zu gut verstand. Claire Kerr musste unter Schock stehen. Und wer wollte ihr das verdenken, nachdem sie zuerst ihre Schwiegermutter und dann ihren Mann verloren hatte?

Mina reichte Claire die Hand und war für einen Moment von dem erstaunlich festen Händedruck überrascht. »Freut mich ebenso und natürlich möchte ich Ihnen noch mein herzliches Beileid aussprechen.« Ihre Stimme zitterte bei den letzten Worten ein wenig, da gleichzeitig wieder die Bilder vor ihrem inneren Auge aufstiegen, die sie seit dem Leichenfund im Garten verfolgten.

»Ich danke dir«, erwiderte Claire Kerr und Tränen glitzerten in ihren Augen. Dann wandte sie sich Collin zu, der ihr ebenfalls die Hand reichte und sein Beileid aussprach.

Dann standen die vier so unterschiedlichen Personen, die fast nur durch Zufall etwas miteinander verband, ein paar Augenblicke im Raum, ohne etwas zu tun oder zu sagen. Keiner schien so richtig zu wissen, wie sie mit der Situation umgehen sollten. Vor allem nicht, als Claire Kerr ein Taschentuch aus ihrer hinteren Hosentasche hervorzog, kräftig hinein schnäuzte und sich dann mit der Rückseite über die Augen tupfte.

»Ich kann immer noch nicht fassen, dass er fort ist«, sagte sie. Die Worte kamen so leise und gepresst aus ihrem Mund, dass Mina sie mehr erahnte, als tatsächlich hörte.

Ellison legte mütterlich eine Hand auf die Schulter der Frau. »Setzen Sie sich doch, Claire. Ich hole ein wenig Gebäck aus der Küche und nach einem oder zwei Gläschen Scotch geht es Ihnen sicherlich ein wenig besser.« Sanft, aber bestimmt drückte sie Claire auf einen der Sessel und verschwand dann in Richtung Küche.

Collin reagierte geistesgegenwärtig und ging seinerseits auf die Vitrine zu, in der Ellison ihren geliebten Scotch und ein paar Gläser stets auf Vorrat hatte. Sie pflegte immer zu sagen, dass man nie wissen konnte, wann man ein Gläschen brauchte – und in diesem Moment zeigte sich einmal wieder, dass sie damit recht behielt. Er nahm eine volle Flasche und vier Gläser heraus und füllte sie zu einem Drittel. »Ich glaube, heute haben wir alle einen nötig.« Das erste Glas drückte er Claire Kerr in die Hand, die ihm dafür ein schwaches Lächeln schenkte und sich mit leiser Stimme bedankte.

Das nächste reichte er Mina mit einem Blick, den sie von ihm inzwischen zu gut kannte. Er hieß so viel wie

›Halte dich zurück.‹ Mina rollte daraufhin nur in großer Geste mit den Augen. Selbst Collin sollte wissen, dass sie eine trauernde Frau nicht sofort mit Fragen über ihren verstorbenen Mann löcherte. Sie war vielleicht extrem neugierig und wollte den Fall unbedingt lösen, aber dafür ging sie gewiss nicht über Lei... Das machte sie nicht um jeden Preis. Hier musste mit Fingerspitzengefühl vorgegangen werden. Ausnahmsweise. Auch wenn Minas eigentliche Spezialität die mit-der-Tür-ins-Haus-Methode war.

Ellison kam zurück in das Kaminzimmer und stellte ein Tablett mit Scones auf das kleine Tischchen. »Bedient euch. Das sind allerdings die Letzten, die ich da habe. Nachdem jetzt auch Christie das Zeitliche gesegnet hat, war es das vorerst mit frischem Gebäck. Zumindest, wenn man nicht gerade eine halbe Weltreise in die nächste Stadt machen möchte.«

So viel zum Thema Fingerspitzengefühl. Collin sah seine Großmutter mit großen Augen an, während Claire Kerr sich schon wieder über ihre tupfte. Mina dagegen grinste in sich hinein, froh darüber, dass sie dieses Mal nicht diejenige war, die ins Fettnäpfchen getreten war. Doch Ellison saß völlig gelassen in ihrem Sessel, nahm einen tiefen Schluck Scotch und sah, vermutlich auf der Suche nach Bestätigung, einmal in die Runde.

Erst als Collins und Minas Blicke sich auf sie richteten, schien sie zu bemerken, was sie soeben vom Stapel gelassen hatte. Sie schlug sich die freie Hand vor den Mund und ihre Augen weiteten sich erschrocken. »Oh nein, entschuldigen Sie bitte, Claire. Das war nicht sehr rücksichtsvoll von mir.«

»Schon in Ordnung«, schniefte Freddies Frau in das halb zerfledderte Taschentuch und versuchte sich dabei an einem Lächeln, das jedoch in Schieflage geriet. »Nur wäre es für mich vielleicht besser, in mein Zimmer zu gehen. Sie wissen ja, ich hatte eine lange Anreise und der Jetlag … Ich glaube, dass diese jämmerliche Weinerlichkeit vor allem davon kommt.«

»Selbstverständlich.« Ellison sprang in einem Tempo auf, das Mina ihr nicht zugetraut hätte. »Ich zeige Ihnen gerne Ihr Zimmer. Collin, Mina? Ihr kümmert euch bitte um Claires Gepäck und bringt es in Zimmer drei. Es steht hinter dem Tresen.«

Mina atmete erleichtert auf. Sie war froh, dass Ellison zumindest daran gedacht hatte, Claire nicht ausgerechnet das Zimmer zu geben, in dem Freddie seine letzte Nacht lebend verbracht hatte. Zwar konnte Claire selbst nicht wissen, um welchen Raum es sich handelte, aber Mina hätte dabei definitiv ein mieses Gefühl. Auch weil ein Teil seiner Sachen noch darin stand. Diese würden sie ihr lieber erst am nächsten Tag geben, wenn sie sich ein wenig ausgeruht und beruhigt hatte.

»Ich danke euch.«

Ellison hielt Claire Kerr die Tür auf und am Knarzen der Treppen hörten Mina und Collin, dass die beiden bereits nach oben gingen, während sie sich in den Eingangsbereich begaben. Hinter dem Tresen stapelten sich zahlreiche Koffer und Taschen in allen möglichen Farben, Größen und Formen. Mina klappte bei dem Anblick einmal mehr an diesem Tag die Kinnlade herunter.

»Sag nicht, dass das Alles Claire gehört.« Auch in Collins Stimme schwang deutlich Unglaube mit. »Wie hat sie es geschafft, den ganzen Kram in so kurzer Zeit zu packen?«

Mina schüttelte nur den Kopf, unfähig, ihm die Frage zu beantworten. »Ich weiß nur, dass wir das jetzt da hoch schaffen müssen.« Sie warf einen verzweifelten Blick auf all die Habseligkeiten Claire Kerrs und dann zur alten Holztreppe.

»Damit haben wir das Training jedenfalls für heute abgehakt«, sagte Collin, als er den letzten Koffer mit einem lauten Stöhnen vor Zimmer Nummer drei abstellte und sich dann mit dem Handrücken über die verschwitzte Stirn strich.

Sie hatten über zwanzig Minuten gebraucht, um alle Koffer und Taschen nach oben zu schaffen. Bei der Menge würde das eine Zimmer wohl eher nicht ausreichen. Es sah bereits jetzt mehr als überfüllt aus und eine Hälfte der Sachen stand noch draußen auf dem Flur.

»Entschuldigen Sie bitte für all das.« Claire breitete die Arme aus, als würde sie alles umfassen wollen. »Als ich von Freddies Tod erfahren habe, habe ich sofort meinen gesamten Aufenthalt abgebrochen und alle Sachen gepackt. In dem Moment habe ich nicht so weit gedacht, dass dafür hier kein Platz ist.«

Ellison winkte ab und schenkte der verzweifelten Frau ein beruhigendes Lächeln. »Machen Sie sich darüber keine Gedanken. Wir werden den Rest einfach in das Zimmer nebenan stellen. Sie sind im Moment neben Mina unser einziger Gast, aber sollte ich den Raum brauchen, werden wir eine andere Möglichkeit finden. Doch bis dahin machen wir das so.« Sie gab Collin ein

Zeichen, der sich mit zusammengepressten Lippen abwandte und daran machte, das restliche Gepäck vom Flur in das zweite Zimmer nebenan zu schaffen. Mina half ihm, wodurch das schnell erledigt war.

»Ich danke Ihnen für Ihre Hilfe. Zu Beginn habe ich mir wirklich ein wenig Sorgen gemacht hierherzukommen. Aus Angst, es würde unangenehm werden nach Freddies ... nachdem er ... nach diesem Vorfall«, schloss sie schließlich mit bebender Stimme.

»Oh nein, Claire. Sie sind hier wie jeder andere Gast herzlich willkommen. Bleiben Sie, solange Sie wollen. Aber nun ruhen Sie sich ein wenig aus. Falls Sie irgendetwas benötigen, kommen Sie nach unten. Wir sind sicher noch eine Weile im Kaminzimmer.«

»Vielen Dank«, erwiderte Claire Kerr abermals. »Gute Nacht.« Sie schloss die Tür und ein kollektives Aufatmen ging durch Mina, Ellison und Collin. Selbst Mr. Marvel, den Mina auf der letzten Treppenstufe bemerkte, schien erleichtert. Sein Schwanz lag ruhig neben ihm und er sah sich betont langsam auf dem Flur um.

Sie öffnete gerade den Mund, um etwas zu sagen, als Ellison nur den Kopf schüttelte und auf die geschlossene Tür deutete, hinter der Claire war.

»Lasst uns nach unten gehen«, sagte sie stattdessen und nickte betont in Richtung der Treppe. Mina brauchte keine Expertin in nonverbaler Kommunikation sein, um zu verstehen, dass Ellison, was auch immer ihnen allen gerade durch den Kopf ging, nicht vor dieser Zimmertür besprechen wollte.

Die Stufen ächzten unter dem Gewicht der drei, doch so konnte sich Claire Kerr zumindest sicher sein, dass sie tatsächlich verschwanden und nicht vor der Tür ihres Zimmers patrouillierten. Mr. Marvel war bereits an ihnen vorbeigeschossen und wartete im Kaminzimmer mit einem Blick auf sie, der so viel heißen sollte wie ›Habt ihr es auch mal geschafft?‹

»Du bist wirklich ein frecher Kater. Wir haben nun mal keine vier Beine.« Mina beugte sich nach unten, um Mr. Marvel zwischen den Ohren zu kraulen. Er war an diesem – zugegeben sehr aufregenden Tag – doch ein wenig zu kurz gekommen. Umso mehr genoss er in diesem Augenblick die Streicheleinheiten seiner neuen Besitzerin.

»Bin ich der Einzige, der diese Claire Kerr seltsam findet?«, eröffnete Collin das Gespräch und sah, auf der Suche nach Bestätigung, erst seine Grandma und dann Mina fragend an. Als diese jedoch nicht sofort antworteten, sprach er weiter. »Ich meine, wer hat die Zeit, sein ganzes Hab und Gut einzupacken, wenn er gerade erfahren hat, dass sein Ehepartner gestorben ist. Also das Letzte, was mir in einer solchen Situation einfallen würde, wäre alles, was ich vor Ort dabei habe, zu packen und mich erst mit mehreren Tagen Verspätung auf den Heimweg zu machen. Ich hätte einfach nur das Wichtigste mitgenommen und wäre sofort los.«

Ellison wackelte abwägend mit dem Kopf hin und her, während sie dasselbe mit der bernsteinfarbenen Flüssigkeit in ihrem Glas machte. »Jeder geht anders mit solchen Neuigkeiten um. Keiner von uns weiß, wie wir in einer solchen Situation reagiert hätten. Und sie meinte, sie hätte ihren Aufenthalt in Afrika komplett abgebrochen. Es wäre vermutlich sehr teuer, noch einmal zurückzufliegen, um die restlichen Sachen zu holen.« Sie trank einen Schluck und stellte dann das Glas zurück auf den Tisch. »Als wir erfahren haben, dass dein Großvater schwer erkrankt ist, war mein einziger Wunsch, so schnell wie möglich fortzuwollen. Nicht, weil ich nicht bei ihm sein und ihn auf seinem Weg unterstützen wollte, sondern da ich den Gedanken nicht ertragen konnte, ihn krank und schwach und nicht mehr als ihn selbst in Erinnerung zu behalten.«

»Aber du bist geblieben.«

Ellison nickte und Mina fühlte sich ein wenig komisch, bei diesem plötzlich sehr intimen Gespräch zwischen Großmutter und Enkel dabei zu sein. »Ich bin aus Liebe geblieben und Claire Kerr ist aus demselben Grund gekommen.«

Collin senkte den Blick und kaute nachdenklich auf seiner Unterlippe herum. »Ich verstehe«, sagte er schließlich nur. Den restlichen Abend verbrachten sie damit, über Ellisons Besuch bei Amanda und Claires Ankunft zu sprechen – wieder einmal ohne neue Erkenntnisse hinsichtlich Freddies Fall.

21

Am nächsten Morgen erreichte sie als Erstes die Nachricht, dass Christie, die Besitzerin des Dorfladens, tatsächlich nicht Opfer eines Verbrechens geworden war. Jedenfalls wenn es kein Verbrechen war, sich ohne Aufsicht oder Hilfe auf eine Leiter zu stellen, abzurutschen und sich an einem der Regale den Kopf aufzuschlagen. So viel zum Thema Herzinfarkt. Da hatte Amanda wohl etwas danebengelegen. Gut, dass Ellison und Mina beschlossen hatten, zuerst einmal abzuwarten. Dank des Besuchs eines der vertrauenswürdigen Mitglieder der Gartenfreunde, wussten sie nun zumindest die gesamte Wahrheit.

»Nicht zu fassen. Da ist sie jahrelang alleine in diesem Laden und unzählige Male auf diese klapprige Leiter gestiegen und dann wird ausgerechnet das ihr einmal zum Verhängnis.« Ellison schüttelte den Kopf, wodurch ihre grauen Haare wild hin und her flogen. Sie zog die knallpinke Strickjacke, die sich fürchterlich mit dem orangefarbenen Oberteil darunter biss, enger um sich, als wäre ihr kalt.

Die andere ältere Dame, deren Name Mina schon wieder vergessen hatte, nickte mit vorgerecktem Kinn und beinahe arrogantem Blick. »Ich sage euch, irgendetwas liegt in der Luft. Und was auch immer es ist, gefällt mir so gar nicht. Im Moment geht es drunter und drüber.

Als würde alles, das vorher gut lief, sich jetzt ins Gegenteil verkehren.«

»Ach, so extrem würde ich es nun aber nicht ausdrücken«, erwiderte Ellison mit einem versöhnlichen Lächeln. »Es sind auch in den vergangenen Jahrzehnten Unfälle geschehen und Leute am Alter gestorben.« Damit spielte sie wohl vor allem auf Christie und Poppy an.

»Dann hast du es noch nicht gehört?« Die Augen der Frau quollen vor Begierde, Ellison den Klatsch als Erste zu erzählen, beinahe über.

»Was gehört?«

Nun beugten Mina und Collin sich gleichermaßen nach vorne, um die folgenden Worte nicht zu verpassen. Da sollte er noch einmal sagen, dass Minas Neugierde zu viel war. Zumindest benahm er sich in diesem Augenblick kaum besser als sie.

Verschwörerisch lehnte sich auch die ältere Dame vor, wodurch sie einen zugegeben seltsam anzusehenden Klatsch-Kreis darstellten. Sie sprach so leise, als hätte sie Sorge, irgendjemand anderes könnte das Folgende hören. »Es geht um Tracy Chandler.«

Mina saugte so laut die Luft ein, dass sich alle Blicke ihr zuwandten. »Entschuldigung.« Als der Name Tracy Chandler fiel, hatte sich sofort eine Gänsehaut auf ihrem ganzen Körper ausgebreitet und selbst die feinen Härchen auf ihrem Arm stellten sich auf. »Sprich weiter.«

»Oder viel mehr noch geht es um den Unfall, der sich damals ereignet hat.« Ellisons Freundin legte eine

Kunstpause ein, die so lang dauerte, dass Mina vor Ungeduld fast aus ihrer Haut sprang. »Es heißt, man wisse nun, wer der Unfallverursacher war.«

Nun war es Collin neben Mina, der laut aufkeuchte und auf den sich die Blicke der drei Frauen richteten. »Sorry«, nuschelte er und stellte dann schließlich genau die Frage, die Mina auch beschäftigte. Nicht etwa, weil sie es nicht bereits wussten, sondern weil sie herausfinden wollte, was die *anderen* wussten. »Wer war es?«

»Niemand von uns hat geglaubt, dass wir diese Frage nach so vielen Jahren tatsächlich noch beantwortet bekommen.« Als sie eine weitere, noch längere Redepause einlegte, schüttelte Mina die Frau in Gedanken. Sie wusste wirklich, wie sie ihre Zuhörer dazu brachte, an ihren Lippen zu hängen.

»Nun spuck es schon aus, Beverly. Wir haben nicht den ganzen Tag Zeit«, sagte Ellison, bevor Mina die Möglichkeit bekam, ihren Plan in die Tat umzusetzen.

Beverly kniff die Augen zusammen und für den Bruchteil einer Sekunde legte sich ein verärgerter Zug um ihren Mund. Doch dann schien sie zu entscheiden, dass sie ihre Zuhörer lange genug auf die Folter gespannt hatte und ließ die Bombe endlich platzen. »Freddie Kerr.«

Tatsächlich. Die Wahrheit darüber, wer die Verantwortung dafür trug, dass Tracy Chandler im Rollstuhl saß, war nun nach über zwanzig Jahren ans Licht gekommen. Nur wie hatte sie sich so schnell verbreitet? Bevor Mina den Gedanken weiterverfolgen konnte, unterbrach ein lauter Schrei sie.

»Was?«, hallte es durch den Garten und alle vier drehten sich beinahe synchron in die Richtung, aus der er stammte.

Claire Kerr stand nur wenige Schritte von ihnen entfernt. Augen und Mund weit aufgerissen, das Gesicht so bleich, dass Mina befürchtete, sie würde gleich umfallen. Keiner von ihnen hatte sie bemerkt, so vertieft waren sie in ihr Gespräch gewesen »Freddie?«, sagte sie gerade laut genug, dass sie sie hörten. »Das ... das kann nicht sein. Er ... er würde nie. Das muss ... muss ein Fehler sein.«

Mina war die Erste, die reagierte. Sie stand rasch auf und ging zu der unter Schock stehenden Frau. »Kommen Sie, setzen Sie sich.« Mit langsamen Schritten führte sie Claire zu der Bank und platzierte sie darauf. Diese schien sich jedoch gar nicht mehr zu fangen. Ihr Körper zitterte zuerst, doch dann ging es in ein regelrechtes Beben über, dass die gesamte Bank ins Wackeln brachte.

»Sie wussten nichts davon, dass Ihr Mann ein junges Mädchen angefahren und dann einfach sich selbst überlassen hat? Tracy sitzt seitdem im Rollstuhl, hatte einen Herz-Kreislauf-Stillstand erlitten, wodurch das Hirn geschädigt wurde und sie sich unter anderem nur noch in Lauten äußern kann. Sie muss vierundzwanzig Stunden täglich von Pflegepersonal überwacht werden.« Mina hörte den Vorwurf in Beverlys Stimme deutlich heraus und Ellison warf ihrer Freundin einen warnenden Blick zu.

Doch Claire Kerr schien die vorwurfsvollen Worte nur zum Teil wahrzunehmen. »Nein, ich hatte keine Ahnung. Er war so lang nicht mehr hier. Ich habe ihn noch gefragt, ob ich mich freistellen lassen soll, um ihn zur Testamentseröffnung zu begleiten. Aber er meinte, dafür müsse ich nicht extra aus Afrika anreisen. Gerade wo doch die Flüge so teuer sind.« Sie schluchzte leise auf, worauf sich Ellisons Griff um ihre Schulter verstärkte. »Hätte ich es nur getan und nicht auf ihn gehört. Vielleicht wäre er dann noch am Leben.«

»Wohl kaum«, brummte Beverly und Mina würde ihr am liebsten einen Knebel verpassen, um all diese Worte zurückzuhalten.

Jedenfalls glaubte sie Claire, dass sie keine Ahnung von dem Unfall hatte. Das Ganze lag so lange zurück. Die beiden lernten sich erst Jahre danach kennen und Mina konnte sich vorstellen, dass Freddie die Vergangenheit hatte hinter sich lassen wollen und sich vermutlich auch dafür schämte, was er in seiner Jugend getan hatte.

»Er hat gespendet«, flüsterte Claire Kerr da mit einem Mal. »Freddie hat mir nie genau erzählt, was es damit auf sich hatte. Er meinte nur, wenn es finanziell möglich ist, sollte man anderen helfen. Daher hat er jeden Monat denselben Geldbetrag an ein Krankenhaus gespendet. Wie hieß es noch gleich?« Sie starrte die ganze Zeit auf einen unbestimmten Punkt vor sich und wirkte, als wäre sie an einem völlig anderen Ort. »Das City Hospital of the Green Ville«, erinnerte sie sich schließlich.

Nun war Ellison diejenige, die die Augen aufriss. »Ist das nicht das Krankenhaus, in das Tracy nach dem Unfall eingeliefert wurde?«

Beverly nickte bestätigend. »Dort war sie mehrere Monate, wenn ich mich richtig erinnere. Sie haben mithilfe von Physiotherapie versucht, ihr so viel Mobilität wie möglich zurückzugeben. Leider nur mit mäßigem Erfolg. Dabei ist es eines der besten Krankenhäuser in der Gegend.«

»Er hat also doch seine Buße getan.« Collin strich sich wie so oft durch die Locken. »All die Jahre über hat er nie vergessen, was passiert ist, sondern versucht, es zumindest durch die Spenden irgendwie wieder gut zu machen.«

Beverly schürzte die Lippen. »Freddie Kerr hätte sich stellen müssen. Er hätte seine Tat zugeben und dafür zur Rechenschaft gezogen werden müssen. Die Familie Chandler hat so sehr gelitten in all den Jahren.«

»Aber gerade diese Spenden zeigen doch, dass er es nie vergessen hat und es zumindest auf diese Art und Weise wiedergutmachen wollte«, meldete sich Mina zu Wort.

»Dadurch kann Tracy aber auch nicht wieder laufen«, gab Beverly trocken zurück.

Mina setzte sich gerader auf der Bank auf und begegnete Beverlys Blick mit vorgerecktem Kinn. »Das könnte sie auch nicht, wenn er sich gestellt hätte. Ich möchte nicht gutheißen, was passiert ist. Auf keinen Fall. Aber dieser Unfall ist nun mal geschehen und niemand und nichts hätte daran etwas ändern können.«

»Ich kann immer noch nicht glauben, dass er mir nie davon erzählt hat. Es ist fast, als hätte ich meinen Mann nicht gekannt.« Claire schluchzte auf und strich sich mit zitternden Händen die Tränen aus dem Gesicht.

Ellison wandte sich der völlig aufgelösten Frau zu. »Sie dürfen aufgrund dieser Geschichte nicht alles in Frage stellen. Als dieser Unfall geschehen ist, war Freddie sehr jung und er hat es offenbar all die Jahre zutiefst bereut.« Sie sah auf und sprach nun zu Beverly. »Ich glaube, wir sollten uns für heute verabschieden. Danke für deinen Besuch. Du findest selbst raus?« Sie formulierte die letzten Worte zwar als Frage, doch Ellisons Stimme ließ keinen Zweifel daran, dass sie für den Moment genug von ihrer Freundin hatte.

Beverly war dies auch bewusst, weswegen sie sich nur knapp verabschiedete und den Garten durch das Tor verließ. Dieses Klatschgespräch war offensichtlich alles andere als so verlaufen, wie sie sich das vorgestellt hatte. Selbst ihre Schritte wirkten wütend, obwohl das Stampfen auf dem Gras nicht zu hören war.

»Claire, darf ich Sie auf einen Tee einladen? Ich befürchte, für einen Scotch ist es noch zu früh«, sagte Ellison und warf dabei einen Blick auf die Uhr, die erst zehn Uhr vormittags anzeigte.

»Das ist sehr freundlich von Ihnen, vielen Dank. Aber ich glaube, ich würde mich gerne auf mein Zimmer zurückziehen und Freddies Sachen durchgehen.«

Mina konnte verstehen, dass Claire Kerr nach dieser Eröffnung erst einmal für sich sein wollte. Es gab bestimmt einiges, über das sie nachdenken wollte – und dabei war man lieber allein. Zumindest würde es ihr so gehen.

»Selbstverständlich. Melden Sie sich gerne, wenn Sie irgendetwas brauchen.«

Claire Kerr nickte, bedankte sich ein weiteres Mal und verließ den Garten durch dasselbe Tor wie Beverly wenige Minuten zuvor.

Die Stille zwischen Mina, Ellison und Collin war unheimlich laut. Jeder von ihnen schien seinen eigenen Gedanken hinterher zu hängen und nicht genau zu wissen, wie mit dieser neuen Situation umgegangen werden soll.

Schließlich war es Ellison, die das Schweigen durchbrach, indem sie trocken auflachte. »Einen Vorteil hat das Ganze. Claire Kerr können wir definitiv von der Verdächtigenliste streichen.«

»Und damit kommen wir bei dem dazugehörigen Nachteil an. Denn das bedeutet, dass wir praktisch wieder bei null Verdächtigen sind. Zur Abwechslung.« Mina konnte ihre Verärgerung darüber nicht unterdrücken. »Es ist wirklich, als würde das Schicksal nicht wollen, dass wir den Täter endlich finden.«

»Du siehst alles immer gleich so negativ. Betrachte es doch mal aus einem anderen Blickwinkel. So verdächtigt ihr keinen, der es nicht war. Es ist eindeutig schlimmer jemanden für den Täter zu halten, der es nicht war, anstatt niemanden mehr auf der Liste zu haben.« Collin zwinkerte ihr zu, was Mina mit einem Augenrollen quittierte.

»Hör auf damit immer alles besser zu wissen. Du hast keine Ahnung, wie anstrengend das ist.« Obwohl ihre Worte hart klangen, konnte sie das aufkeimende Lächeln nicht unterdrücken.

Collin ließ seine Augenbrauen auf und ab hüpfen und erwiderte das Grinsen nur umso breiter. »Und das Beste daran ist, dass ich recht habe.«

»Schluss ihr zwei«, warf Ellison ein und musste dabei ebenso lachen. »Ihr seid ja schlimm. Ich dachte, nach eurem kleinen ungeplanten Ausflug gestern, versteht ihr euch besser.«

Mina verschränkte die Arme vor der Brust. »Aber das heißt ja nicht unbedingt, dass man sich deswegen alles gefallen lassen muss.« Nun zwinkerte sie ihrerseits Collin zu, der daraufhin laut auflachte.

»Recht hat sie«, sagte er im Brustton der Überzeugung. Dann kehrte wieder Stille ein. Irgendwie fühlte es sich nach den Erkenntnissen des Tages falsch an, solche Witze zu reißen.

Ellison räusperte sich. »Wisst ihr, ich war anfangs auch skeptisch, als Claire sich meldete und meinte, sie würde hier unterkommen wollen. Aber ich glaube ihr, dass sie gerade zum ersten Mal von dem Unfall gehört hat. Sie wirkt so«, sie unterbrach sich selbst, um das richtige Wort zu suchen, »verloren.«

»Sie tut mir ehrlich gesagt einfach nur leid. Ich kann mir nicht einmal annähernd vorstellen, wie hilflos sie sich fühlt«, stimmte Mina ihrer älteren Freundin zu.

»Das willst du auch gar nicht.« Collin beugte sich vor, indem er die Ellenbogen auf dem Tisch abstützte. »Wie auch immer. Also ich bin für einen Themenwechsel. Wer noch?« Mina hob sofort den Arm wie in der Schule und Ellison nickte nur bestätigend. »Vorschläge?«

Mina lachte und schüttelte den Kopf. »Ich dachte, du hast zumindest ein Thema, über das wir stattdessen sprechen könnten.«

»Nein, ich kann ja nicht die ganze Arbeit machen. Ihr müsst schon etwas beisteuern.«

Ellison schmunzelte. »Wie wäre es damit, dass Mr. Marvel gerade dabei ist, sich auf meinen Lieblingsrosen zu erleichtern?«

Sofort drehten sich Mina und Collin mit einem Ruck auf der Bank um. Erstere sprang sogar auf und rief »Mr. Marvel! Nein! Komm wieder hierher!« Sie eilte auf den roten Kater zu, der gerade dabei war Ellisons Rosen zu düngen. Doch bevor sie ihn erreichte, war er fertig und stolzierte mit erhobenem Kopf und Schwanz davon. »Na, das hast du ganz hervorragend gemacht.« Mina beugte sich vor, um sich das Unheil anzusehen, und überlegte, ob sie eine Tüte holen und Mr. Marvels Rückstände damit aufsammeln sollte.

»Lass gut sein, Mina!«, rief Ellison zu ihr herüber, während Collin nur laut lachte und damit die Worte seiner Großmutter beinahe übertönte.

Doch etwas anderes hatte Minas Aufmerksamkeit auf sich gezogen. Nur wenige Schritte weiter lag etwas, das golden glitzerte in einem von Ellisons Blumenbeeten. Geistesgegenwärtig, um dieses Mal nicht den gleichen Fehler zu machen und ihre Fingerabdrücke darauf zu hinterlassen, zog Mina ein Taschentuch hervor und sammelte die Brosche damit auf. Sie betrachtete sie genauer und stutzte, als sie auf der Rückseite eine kleine Gravur mit den Initialen P. K. erkannte. Wie kam die hierher?

Mina ging zurück zu Ellison und Collin. Immer darauf bedacht, die Brosche nur mit dem Taschentuch zu berühren.

»Sag bitte nicht, dass du seinen Haufen mitbringst«, witzelte Collin. Doch als er sah, was Mina da tatsächlich in der Hand hatte, stutzte er.

»Die habe ich paar Schritte neben den Rosen in einem der Beete gefunden.« Sie hielt Ellison die Brosche unter die Nase, die hinter ihren dicken Brillengläsern verwirrt blinzelte. »Hast du eine Ahnung, von wem die sein könnte?«

Ellisons Stirn legte sich in konzentrierte Falten und sie formte beim Lesen mit dem Mund die Initialen der Gravur auf der Rückseite der Brosche. Dann lehnte sie sich wieder zurück. »Die erste Person, die mir mit diesen Initialen einfällt, ist Poppy Kerr. Aber wie sollte ihre Brosche hierherkommen? Länger als ein paar Tage kann sie hier nicht gelegen haben. Vor dem Wettbewerb habe ich praktisch jeden Quadratzentimeter des Gartens überprüft. Nicht auszudenken, wenn das Ding dort herumgelegen und einer der Prüfer sie gesehen hätte.«

Minas Kopf ratterte, doch auch ihr wollte keine rechte Erklärung dafür einfallen. Sie sah auf die Brosche und wieder nach oben, wobei ihr Blick Collins begegnete. »Das könnte heißen, dass tatsächlich jemand neben Freddie und uns zwischen dem Wettbewerb und seinem Tod im Garten gewesen sein muss.«

»Die Frage ist nur, wer?«, erwiderte Ellison und sah in zwei ratlos dreinblickende Gesichter.

22

»Wehe, der Kater freut sich nicht darüber. Wenn ich schon keine Scones mehr backen kann, dann soll zumindest einer in diesem Haus von Frischgebackenem profitieren.«

Mina schmunzelte, während Ellison die Zutaten für die Katzenleckerlis vermengte. Es hatte nicht allzu viel Überredungskunst von Mina gebraucht, um Ellison dazu zu bringen, etwas für Mr. Marvel zu backen. »Ich bin mir sicher, dass er sich vor Dankbarkeit überschlagen wird.«

»Nicht so frech, meine Liebe. Die ausgiebige Gartenarbeit, wie es für den Wettbewerb notwendig war, fehlt mir. Es gibt ja kaum ein Quäntchen Unkraut zu zupfen und wenn auch noch das Backen wegfällt, bleibt mir nichts mehr. Es gibt ja nicht einmal Gäste, um die man sich kümmern kann.«

»Zumindest, wenn man von Claire Kerr absieht«, fügte Mina hinzu und bereute es fast schon wieder.

Ellison winkte nur mit dem Schneebesen ab. »Die sperrt sich doch ohnehin den ganzen Tag auf ihrem Zimmer ein. Jedenfalls habe ich sie, seit dem Vorfall im Garten gestern, nicht mehr zu Gesicht bekommen.«

»Dabei hätte ich sie gern gefragt, ob sie die Brosche kennt. Ist zwar unwahrscheinlich, aber vielleicht gehörte sie Freddie, als eine Art Andenken an seine Mutter.«

»Warum sollte er eine Brosche zu einem Spaziergang im Garten ausführen?«, fragte Collin, der in diesem Moment in die Küche spazierte. Ehe Ellison oder Mina reagierten, steckte er bereits einen Finger in die Schüssel und leckte ihn ab. »Das schmeckt irgendwie komisch.« Er verzog das Gesicht und während Ellison ihren Enkelsohn überrascht anschaute, platzte Mina vor Lachen.

Lachtränen liefen ihr aus den Augen und sie versuchte mehrmals, ihm klarzumachen, dass er da den Teig für Katzenleckerlis naschte. Doch es kamen nur unverständliche Worte aus ihrem Mund heraus.

»Ich glaube, was Mina dir sagen möchte, ist, dass du gerade Mr. Marvels Snack probiert hast.« Ellison schmunzelte, als sich auf Collins Gesicht Entsetzen abzeichnete. Mina jedoch versuchte, sich bei dem Anblick zusammenzureißen, um sich vor Lachen auf den Beinen zu halten.

Collin stürzte auf das Waschbecken zu und spülte sich den Mund mit Wasser aus. Es dauerte mindestens eine Minute, bis er wieder aufhörte, den Wasserhahn zudrehte und sich das Gesicht mit einem Küchentuch abtrocknete. »Ihr hättet mich ruhig vorwarnen können«, grummelte er und warf vor allem Mina einen bösen Blick zu.

»Dafür warst du viel zu schnell.« Ellison hob den Zeigefinger, als würde sie keinen erwachsenen Mann, sondern ein Kind ermahnen. »Irgendwann musst auch du lernen, dass man seine Finger nicht in fremde Schüsseln steckt.«

Es kostete Mina alle Kraft, um sich zusammenzureißen und nicht in einen erneuten Lachanfall auszubrechen. »Ja, Collin. Respektiere bitte die Privatsphäre fremder Schüsseln.«

Collin warf ihr daraufhin einen weiteren bösen Blick zu, doch Mina ignorierte diesen gekonnt. »Ja ja, macht euch ruhig lustig über mich. Geschmacklich sind sie jedenfalls nicht so übel, wie man meinen könnte, wenn es um Katzen-Cookies geht.«

»Ich bin mir nicht sicher, ob das ein Kompliment oder eine Beleidigung ist.« Ellison zog das Backblech näher zu sich heran und formte die Masse in kleine Quader, wie es in dem Rezept stand, das Mina im Internet gefunden hatte. »Herrje, das wird eine halbe Ewigkeit dauern.«

Kurzerhand griff Mina nach zwei weiteren Schüsseln, teilte die Masse in drei Teile und legte jeweils einen davon in die anderen Schüsseln. Eine reichte sie Collin mit den Worten: »Dann kannst du dich auch ein wenig nützlich machen.«

Tonlos äffte er sie nach, nahm seinen Teil jedoch entgegen und formte ebenfalls kleine Rechtecke und platzierte sie auf dem Backblech, das sich nun deutlich schneller füllte.

In stiller Eintracht arbeiteten die drei vor sich hin. Einzig die fröhliche Musik, die aus dem Küchenradio drang, war noch zu hören. Ellison wippte als Erste mit dem Fuß im Takt mit. Als Nächstes gesellte sich Mina dazu und wog ihre Hüfte im Rhythmus und nickte mit dem Kopf. Auch Collin stieg als letzter im Bunde mit ein und spielte Luftgitarre und nur einen Augenblick später waren sie alle drei am Tanzen und Singen.

Es war eine so gelöste Stimmung, wie Mina sie, seit sie in Green Hill angekommen war, nicht erlebt hatte. Vergessen war die Testamentsverlesung und damit der eigentliche Grund, weswegen sie hier war. Vergessen waren Freddies Tod und die Suche nach seinem Täter, die Mina an Ort und Stelle festhielt. Und vergessen war die Sorge darum, die Wahrheit nie ans Licht zu bringen – zumindest für den Moment.

Collin tanzte um sie herum und hielt ihr den Schaber hin, den er als Mikrofon missbrauchte, woraufhin sie – zugegeben ziemlich schief – die darauffolgenden Lyrics hinein schmetterte. Als Nächstes sang er selbst und dann die beiden gemeinsam die folgenden Zeilen. Mit der freien Hand griff er nach ihrer und sie tanzte, von ihm geführt, in einem Kreis um Collin herum. Er legte eine Hand um ihre Taille und zog sie an sich heran, während er den letzten Ton in das provisorische Mikrofon hineinbrüllte.

Mina versuchte, sich nichts davon anmerken zu lassen. Doch Collins Berührung ging ihr durch und durch und sie verbuchte ein weiteres erstes Mal in Green Hill: Die erste *positive* Gänsehaut. Nur leider war der Moment dieser Nähe bereits wieder vorbei. Genauso wie das Lied.

Ellison, die Mina in der vergangenen Minute völlig vergessen hatte, klatschte laut in die Hände. Ein breites Grinsen lag auf ihren Lippen und die zahlreichen Fältchen um Mund und Augen zeugten davon, wie glücklich sie dieser Moment machte. »Wunderbar, ihr zwei!

Wirklich. An euch sind ein paar Entertainer verlorengegangen.«

Abermals nach Minas Hand greifend, hob Collin seine mitsamt ihrer nach oben und verbeugte sich dann in großer Geste. Ellison klatschte noch lauter, während Mina spürte, wie ihr Gesicht knallrot anlief. Wie hatte sie sich nur so in diesem Moment verlieren können?

Collin stieß ihr leicht den Ellenbogen in die Seite, worauf sie zu ihm aufsah. Diese verdammt grünen Augen musterten sie und schienen jedes Detail ihres Gesichts aufnehmen zu wollen, während Mina wieder einmal dagegen ankämpfte, in ihnen zu versinken. Zur Musik tanzen und singen war schön und gut. Aber sich in den Enkel ihrer neuen Freundin vergucken? In einen Mann, der wohlgemerkt aus Schottland kam, sie in London studierte und die Semesterferien bald vorbei waren. Noch dazu gab es einen Fall zu klären! Sie hatte keine Zeit, für was auch immer sich ihr verräterisches Herz da einbildete.

»Darf ich? Du hast da Katzenteig auf der Nase.« Ohne ihre Antwort abzuwarten, beugte Collin sich ein Stück zu ihr herunter und strich mit dem Zeigefinger sanft an ihrer Nase entlang. »So weg.«

Mina bewegte sich die ganze Zeit über nicht, sondern war damit beschäftigt, Collin mit großen Augen anzuschauen und zu beten, dass sie dabei nicht wie ein Breitmaulfisch aussah.

»So, ich würde sagen, die dürfen jetzt für zehn Minuten in den Ofen und wenn sie ein wenig abgekühlt sind, können wir die Dinger direkt mal bei Mr. Marvel ausprobieren. Wobei ich mir sicher bin, dass er sowieso alles frisst, was ihm in die Quere kommt.« Ellison warf dem zugegeben besonders flauschigen Kater einen vielsagenden Blick zu, der von dem kleinen Tisch in der Ecke aus, die Arbeiten an seinem Essen beobachtete. Als würde er prüfen, dass seine Bediensteten das ja richtig machten. »Bin gleich wieder da, ich muss nur rasch das Badezimmer aufsuchen.« Sie verließ den Raum und ließ Mina, Collin und Mr. Marvel allein zurück.

»Dann fange ich schon mal mit dem Aufräumen an«, rief Mina aus und trat rasch auf die Arbeitsplatte zu. Sie musste dringend Abstand zwischen sich und Collin bringen. Diese seltsamen Anflüge von Gefühlsregungen waren absolut fehl am Platz. Falscher Ort, falsche Zeit und überhaupt einfach ... falsch. Also schnappte sie sich einen Lappen und befreite die Küche von klebrigen Teigresten und Krümeln. In ihrem Rücken hörte sie Collin leise lachen und bevor sie sich selbst davon abhalten konnte, legte sie das Putztuch zur Seite und drehte sich mit einem Ruck zu ihm um. »Was gibt es da zu lachen?« Sie stützte beide Hände in die Hüften und sah ihn von unten hinauf an.

Collin schüttelte grinsend den Kopf. »Nichts weiter.« Doch das Aufblitzen in seinen Augen verriet ihr, dass ihm durchaus bewusst war, was sie da gerade tat – und das regte sie nur noch mehr auf. »Ich habe dich bisher nie so eifrig zu Putzutensilien greifen sehen.« Er zwinkerte ihr zu, was ihr Herz heftig zum Pochen brachte.

»Das könnte daran liegen, dass du mich erst seit ein paar Tagen kennst. Also praktisch gar nicht.«

»Ich habe tatsächlich das Gefühl, ich würde dich schon ziemlich gut kennen. Du bist verdammt neugierig und steckst deine Nase gerne in Dinge, die dich nichts angehen.«

Mina verschränkte die Arme vor der Brust. »Sagt derjenige, der Katzenkeksteig gegessen hat.«

Collin ignorierte sie, fuhr mit seiner Liste fort und zählte dabei an seinen Fingern mit. »Du bist sturer als ein Maulesel, wenn du dir irgendetwas in den Kopf gesetzt hast.«

»Das könnte man auch zielstrebig nennen.«

»Du weißt immer alles besser. Das ist absolut nervtötend.«

Mina zuckte mit den Schultern. »Ich kann ja nichts dafür. Vielleicht weißt du einfach zu wenig.«

»Und du musst immer das letzte Wort haben. Auch das ist einfach nur anstrengend.«

Mina rollte mit den Augen und setzte gerade zu einem weiteren Gegenargument an, als ihr ein seltsamer Geruch in die Nase stieg. »Verdammt die Kekse!« Sie lief mit schnellen Schritten auf den Ofen zu, schaltete ihn aus und zog das Blech heraus. »Puh, Glück gehabt. Ein paar sind etwas schwarz geworden, aber der Großteil sieht in Ordnung aus«, sagte sie halb an Mr. Marvel gewandt und halb zu sich selbst. Immerhin hatten ihr die Leckerli eine Möglichkeit verschafft, das Gespräch mit Collin zu beenden.

»Ah, sehr gut, ihr habt trotz eurer Auseinandersetzung nicht vergessen, das Blech aus dem Ofen zu holen.« Ellison trat zurück in die Küche und bei dem Gedanken, dass sie die ganze Zeit in der Tür gestanden und keiner der beiden es bemerkt hatte, lief Mina knallrot an.

Collin war in den vergangenen Minuten erstaunlich ruhig geworden. Auch als sie die abgekühlten Katzenkekse ins Kaminzimmer brachten, blieb er verdächtig still. Beinahe, als würde er sich auf den nächsten Schlagabtausch vorbereiten. Zumindest war es das, was Mina gedanklich in diesem Augenblick tat. Sie ließ sich in einen der Sessel sinken und zählte im Kopf all die Dinge auf, die sie an Collin nervten. Nur für den Fall, dass sie eine Chance bekam, sich zu revanchieren. Doch seltsamerweise stieg ständig ein Bild seiner strahlend grünen Augen in ihr auf – und die störten sie zugegebenermaßen mit am wenigsten an ihm.

»So, dann wollen wir mal«, sagte Ellison, als sie sich ebenfalls setzte und die Schüssel mit den nun fertigen Leckerlis vor sich abstellte. »Und ich wiederhole mich. Wehe, der Kater weiß meine Arbeit nicht zu schätzen.«

»Das wird er sicherlich.« Mina griff in die Schüssel und nahm sich für den Anfang drei Katzenkekse heraus. »Komm her, Mr. Marvel.« Mit langsamen, beinahe majestätischen Schritten kam der Kater auf sie zu und setzte sich neben ihren Sessel. Sie beugte sich hinunter und hielt ihm die geöffnete Hand hin.

Zuerst schnupperte er nur daran und ließ sich dabei so viel Zeit, dass Ellison frustriert aufstöhnte. Doch dann schob er die Leckerli vorsichtig mit der Pfote von Minas Hand und fraß sie innerhalb weniger Sekunden alle auf einmal vom Boden auf. Sobald er fertig war, hob er das Köpfchen und warf Mina einen bedeutungsschweren Blick zu, den er mit einem auffordernden Miauen kombinierte.

»Damit beantwortet sich wohl die Frage, ob sie ihm schmecken.« Sie grinste Ellison an, die erfreut zurücklächelte.

Ein Klopfen unterbrach sie. Langsam wurde die Tür aufgeschoben und Claire Kerr stand im Durchgang. Selbst aus diesen paar Metern Entfernung erkannte Mina, dass die Augen der Frau geschwollen und rot waren, als hätte sie die letzten Stunden weinend verbracht. Doch auf ihren Lippen lag ein kleines Lächeln. »Entschuldigt die Störung. Aber ich halte es nicht mehr im Zimmer aus und dachte, etwas Gesellschaft würde mir ganz guttun.«

»Selbstverständlich!«, reagierte Ellison als Erstes, stand auf und zog einen Holzstuhl für Freddies Frau heran. »Setzen Sie sich doch. Wollen Sie etwas Trinken?«

»Ich denke, ein Gläschen Scotch wäre jetzt genau das Richtige«, erwiderte Claire Kerr beinahe schüchtern und nahm auf dem Stuhl Platz.

Ellison klatschte einmal laut in die Hände. »Das lobe ich mir.« Mit geübten Handgriffen holte sie Flasche und Glas aus der Vitrine und schenkte einen Schluck ein. »Hier, bitte sehr. Ich hoffe, Sie wissen einen guten Lagavulin Single Malt Whisky zu schätzen.« Sie ging zurück zu ihrem Sessel und setzte sich. »Wir haben gerade ein paar Leckerbissen für den Kater gebacken. Nicht, dass er das nötig hätte, aber da es mir aktuell verwehrt bleibt, Scones zu backen ...« Ellison ließ den Rest des Satzes unausgesprochen und zwinkerte Claire Kerr stattdessen nur zu.

»Oh, Sie backen also gerne? Das war schon immer meine absolute Lieblingsbeschäftigung. Früher gab es oft Wochenenden, an denen ich nichts anderes gemacht habe. Meine Mutter hat stets geflucht wie ein Bergarbeiter, wenn ich wieder einmal über und über mit Mehl bestäubt war.«

Ellison nickte. »Zwar liebe ich es noch mehr, in meinem Garten zu arbeiten, aber ja. Ich backe auch äußerst gerne und das mit dem Mehl kenne ich nur zu gut. Sie sprechen in der Vergangenheit. Haben Sie nun keine Zeit mehr dafür?«

Claire Kerr schüttelte den Kopf, während sie einen Schluck ihres Scotchs trank. »Nein, nein. Daran liegt es nicht einmal unbedingt. Nur ist es so unheimlich schwer, Rezepte zu finden, die auch etwas für Freddie sind.« Ihr Gesichtsausdruck versteinerte sich und sie wurde ein wenig blass um die Nase. »Ich meine ... waren.«

Ellison reagierte glücklicherweise schnell. »Und für sich alleine zu backen, macht natürlich nur halb so viel Spaß. Das kenne ich. Inzwischen bin ich froh, dass meine Scones ein festes Ritual bei den wöchentlichen Treffen der Gartenfreunde sind. Dadurch habe ich mindestens einmal in der Woche einen Grund zum Backen. Sie sind aber auch nicht solche Feinschmecker, zugegeben.«

»Freddie hat Kuchen, Torten und alle möglichen anderen Backwaren geliebt. Nur seine Allergien haben uns in diesem Fall beiden das Leben schwergemacht. Ihm, weil er nur wenige ausgewählte Dinge essen konnte und mir, da meine Backauswahl damit ziemlich eingeschränkt war.«

Sofort tauchten eine Millionen Fragen in Minas Kopf auf, die sie Claire gerne stellen würde. Nur mit Mühe gelang es ihr, sich zurückzuhalten und nicht sofort damit herauszuplatzen, sondern sich die Worte vorher zurechtzulegen. »Ich wusste gar nicht, dass er so viele Allergien hatte. Dann waren es nicht nur die Erdnüsse?«

Claire lachte auf. »Oh nein. Noch auf einige weitere Hülsenfrüchte, wie zum Beispiel Sojabohnen, Linsen und Lupinen. Er hatte aber auch noch Kreuzreaktionen zu Schalenfrüchten, was in Einzelfällen vorkommen kann. Daher standen Haselnüsse, Mandeln oder Walnüsse auch auf der Verbotsliste. Aber wir sind bisher immer gut damit klargekommen. In letzter Zeit hat er sich morgens fast ausschließlich von Obst und Haferflocken ernährt.«

Der Rest des Satzes blieb unausgesprochen, doch Mina wusste auch so, was Claire sagen wollte: Ich verstehe nicht, wie das passieren konnte – und genauso ging es Mina auch.

»Der Polizist hat uns nur von der Erdnussallergie erzählt.«

Claire nickte. »Die wurde auch als Erstes festgestellt. Er hat mir erzählt, dass er als Kind einmal eine sehr schwere Reaktion auf Erdnüsse hatte und dann einen Allergietest machen musste. Seitdem sind ihm alle bekannt. Unsere Freunde und Bekannte wussten es nicht so genau, aber wir hatten es auch so gehandhabt, dass Freddie selbst etwas zu essen mitgebracht hat, wenn wir eingeladen wurden, damit sich die Gastgeber keine Sorgen machen oder extra das Gericht ändern mussten.«

Ellison und Mina tauschten Blicke aus. Wenn Freddie als Kind eine schwere allergische Reaktion hatte und ins Krankenhaus musste, dann hatte sich das in dem kleinen Örtchen sicher innerhalb weniger Tage verbreitet. Und damit hatte vermutlich auch jeder in Green Hill gewusst, dass Freddie schwer allergisch auf Erdnüsse war. Die wichtige Frage war: Wer hatte sich dieses Wissen zu Nutze gemacht?

»Ich ... ich kann einfach nicht glauben, dass er ... fort ist.« Claire seufzte und eine einzelne Träne lief an ihrer Wange herunter. »Und morgen ist schon seine Beerdigung.«

23

Heute war es soweit. Freddies Beerdigung. Mina hatte gehofft zu diesem Zeitpunkt bereits zu wissen, wer für seinen Tod verantwortlich war. Doch wie sich herausstellte, gestaltete es sich noch schwieriger als erwartet, den Mörder ausfindig zu machen. Hatte sie wirklich gedacht, sie würde nur ein paar Fragen stellen müssen und die Wahrheit innerhalb weniger Stunden ans Licht bringen? Wie naiv sie doch an die ganze Sache herangegangen war.

Mr. Marvel miaute leise und strich um ihre Beine herum, als wollte er ihr sagen, dass alles in Ordnung kam und sie nicht so hart zu sich selbst sein sollte. Dankbar lächelte sie den Kater an und strich ihm über das weiche Fell.

Als sie sich wieder aufrichtete, betrachtete Mina sich in dem Wandspiegel, der so schmal war, dass sie sich gerade so komplett darin sehen konnte. Da sie nicht davon ausgegangen war, an einer Beerdigung teilzunehmen, hatte sie in ihrem Koffer nichts Passendes gefunden. Allerdings war Claire so freundlich und hatte ihr eine schwarze Bluse geliehen, die einigermaßen passte und zu der sie, mangels Alternative, eine dunkle Jeanshose angezogen hatte.

Es klopfte laut an ihrer Tür. »Mina? Bist du fertig? Wir müssen los!«, klang Collins Stimme gedämpft durch die Tür.

Rasch schnappte sie sich ihre Umhängetasche vom Bett und zog die Tür so ruckartig auf, dass Collin mit einem Satz zurücksprang.

»Bin schon fertig.« Mr. Marvel folgte ihr auf den Flur, worauf sie die Tür hinter ihm zuzog. »Ich meine, wir sind fertig«, korrigierte sie sich.

»Ihr gebt schon ein seltsames Paar ab.«

»Mr. Marvel ist ein Gentleman. Von ihm können sich jedenfalls einige Männer eine Scheibe abschneiden.« Sie zwinkerte Collin zu und schob sich an ihm vorbei. Im Augenwinkel erkannte sie, dass er auf ihre Worte hin nur grinsend den Kopf schüttelte.

»Das lasse ich wohl besser unkommentiert«, erwiderte er, während sie die knarzende Holztreppe nach unten gingen. Mina konnte nicht mehr darauf antworten, da Ellison und Claire bereits im Eingangsbereich auf sie warteten. Der Anblick der völlig neben sich stehenden Claire verpasste der kurzzeitig aufgekommenen guten Stimmung einen ordentlichen Dämpfer und erinnerte Mina wieder daran, wohin sie nun gehen würden. Als hätte sie das länger als für ein paar Minuten vergessen können.

Claire trug ein schwarzes knielanges Kleid. Ihre Hände klammerten sich fest um die Henkel einer kleinen Handtasche, als würde sie irgendwie versuchen, daran Halt zu finden. Ihre Augen waren geschwollen und stark gerötet und Mina erinnerte sich dadurch nur zu gut an die leisen Schluchzer, die sie in der vergangenen Nacht durch die dünnen Wände gehört hatte. Sie schluckte fest, wollte gerne irgendetwas sagen, das Claire aufmunterte. Aber es gab keine Worte, die ihr den Schmerz nehmen konnten. Nur die Zeit würde es besser machen ... und vielleicht die Wahrheit über das Geschehene. Denn am gestrigen Tag war deutlich geworden, wie viele Fragen sie sich über den Tod ihres Mannes stellte und, dass sie sich nicht erklären konnte, wie es überhaupt dazugekommen war.

In diesem Moment schwor Mina sich, dass sie nicht aufgeben würde. Es war lang nicht mehr nur ihre Neugier oder ihre Liebe zu Krimis und True-Crime-Podcasts, die sie dazu brachte, diesen Fall weiterzuverfolgen und lösen zu wollen. Oh nein! Sie wollte die Wahrheit ans Licht bringen: Für ihren verstorbenen Großcousin, damit er in Frieden ruhen konnte. Für Claire, damit sie ihren Verlust besser verarbeiten konnte. Und für die Person, die das zu verantworten hatte, damit diese ihre gerechte Bestrafung bekam. In diesem Moment stupste Mr. Marvel sie mit dem Köpfchen am Bein an und miaute laut, als sie zu ihm heruntersah, als würde er ihre Gedanken bestätigen und ihr Mut zu sprechen wollen.

»Lasst uns gehen. Nicht auszudenken, wenn wir zu spät kommen«, riss Ellisons Stimme Mina aus ihren Gedanken.

Sie verließen das B&B und gingen schweigend durch das Dorf in Richtung der kleinen Dorfkirche und des danebenliegenden Friedhofs, die sie keine zehn Minuten später erreichten.

Vor dem Eingang der Kirche hatte sich bereits eine kleine Gruppe versammelt, die Mina wenige Augenblicke später als die Mitglieder der Gartenfreunde erkannte. Ein kleiner Stein fiel ihr bei dem Anblick vom Herzen und erst da bemerkte sie, dass sie sich tatsächlich Sorgen gemacht hatte, dass außer ihr, Ellison, Collin, Claire und Mr. Marvel niemand auftauchen würde. Doch in diesem Fall war auf die Bewohner Green Hills Verlass. Ob der Mörder auch da sein würde? Hieß es nicht oft, sie würden zum Ort des Geschehens zurückkehren? Warum dann auch nicht, um zu sehen, ob Freddie tatsächlich unter die Erde kam?

Mina schüttelte es ein wenig bei dem makabren Gedanken und war glücklich um die Ablenkung, als sie die Gartenfreunde erreichten und das Stimmengewirr sie ins Hier und Jetzt und raus aus ihrer Gedankenwelt beförderte.

»Es heißt, er wäre für Tracy Chandlers Unfall verantwortlich«, vernahm sie nun die Stimme einer der älteren Frauen und die Freude über die Ablenkung war mit einem Mal verflogen. Wie hatte sie auch erwarten können, dass über dieses Thema während Freddies Beerdigung nicht gesprochen wurde? Dieses Detail hatte das Dorf ganz schön in Aufruhr versetzt – verständlicherweise – aber zumindest für heute hatte Mina gehofft, dass diesem Gerede Einhalt geboten wurde. Allein schon aus Respekt vor dem Toten.

»Nun ist gut mit dem Geläster. Ich möchte euch jemanden vorstellen«, sagte Ellison und warf der Frau, die zuvor gesprochen hatte, einen Blick zu, der sie tatsächlich sofort verstummen ließ. »Das ist Claire Kerr, Freddies Frau.« Ellison deutete auf die aufgelöste Frau neben sich, woraufhin die Umstehenden sofort große

Augen bekamen und einige in sich zusammenschrumpften. Scheinbar empfanden sie nun doch ein wenig Scham im Angesicht der Witwe.

Höflich begrüßten sie Claire nacheinander mit einem Händedruck und sprachen ihr Beileid aus. Mina hatte die Bewohner Green Hills noch nie so kleinlaut gesehen wie in diesem Augenblick – und es blieb auch so, bis der Pastor aus dem Inneren der Kirche trat. Die Hände vor dem Bauch verschränkt, warf er einen Blick nach links und rechts, bevor er an Claire hängen blieb und auf sie zukam.

»Guten Morgen, Mrs. Kerr«, sprach er mit ruhiger, beinahe sanfter Stimme. »Wir sind soweit. Wenn Sie mir folgen möchten, führe ich Sie zu Ihrem Platz.«

Claire nickte und wandte sich dann Ellison zu. »Ich hoffe, es ist nicht zu viel verlangt, aber würdet ... würdet ihr euch mit mir in die erste Reihe setzen? Ich weiß nicht ... ob ...« Sie schluckte fest und Mina erkannte Tränen in ihren Augen glitzern. »Ich will nicht alleine dort sitzen.«

Ellison griff sofort nach Claires zitternder Hand und strich großmütterlich darüber. »Selbstverständlich kommen wir mit, wenn Sie das möchten.«

Der Pastor hatte geduldig auf ihre Entscheidung gewartet und nickte dann. »Dann folgen Sie mir bitte.« Bevor er sich umdrehte, warf er Mr. Marvel einen kurzen Blick zu, doch sagte nichts weiter, weswegen Mina ihn mit in die kleine Kirche gehen ließ.

Die Kirche war im Inneren genauso unscheinbar wie ihr Äußeres, aber dennoch strahlte sie etwas aus, das Mina berührte. Sie war nicht gläubig und doch hatten Kirchen häufig etwas an sich, das sie in Ehrfurcht vor

der Architektur erstarren ließ. Durch die kleinen Bunt-
glasfenster an den Seiten der Kirche fiel das Sonnenlicht, wodurch bunte Lichtreflexe auf dem Steinboden
entstanden. Mr. Marvel sprang von einem Licht zum
nächsten, als würde er sie fangen wollen.

Der Pastor führte sie den Gang entlang zur ersten
Reihe auf der linken Seite. Beim Anblick des Sarges ent-
schlüpfte Claire ein lautes Schluchzen und alle Dämme
brachen. Die Tränen rannen ihr, einem Sturzbach
gleich, über die Wangen. Ellison trat sofort an ihre
Seite, legte ihr einen Arm um die Schulter und führte
sie zu der Bank, auf die sie Claire nun setzte. Mitleid
überkam Mina und legte sich einer zentnerschweren
Last gleich auf ihre Schultern. Gleichzeitig breitete sich
ein ungutes Gefühl in ihr aus. Ihr Nacken brannte und
sie fühlte sich mit einem Mal beobachtet. Sie drehte
sich um, doch es war niemand zu sehen. Die Glocken
läuteten und eine Gänsehaut trat auf Minas Unter-
arme.

Mr. Marvel miaute und das Geräusch hallte laut in
der Kirche wieder. Mina sah zu ihm herunter. Auch er
blickte sich mit großen Augen um, das Fell gesträubt
und der Schwanz doppelt so flauschig wie sonst. Er
spürte die Veränderung im Raum definitiv auch. Nur
konnte Mina nicht sagen, woran dieser plötzliche Um-
schwung lag. Sie blickte sich ein weiteres Mal um und
in diesem Moment öffnete sich das Tor der Kirche und
die übrige Trauergemeinde trat ein. Schweigend und
mit undurchsichtigen Mienen schritten sie den Gang
entlang und ließen sich auf die Bänke sinken.

Orgelspiel setzte ein und der Pastor trat vor den Altar.
Dort wartete er, mit vor dem Bauch verschränkten

Händen, bis das Lied beendet war und begann schließlich mit seiner Predigt.

Mina konnte sich kaum auf seine Worte konzentrieren. Zu sehr war sie auf dieses vorherige, seltsame Gefühl konzentriert – und auf Claire, die sichtlich mit sich rang, um nicht völlig zusammenzubrechen.

Unruhig rutschte Mina auf ihrem Platz umher, sah sich immer wieder um und beobachtete die anderen Menschen in der Kirche. Sie sah Glenna, die Gartenfreunde, Margot, die ihren Blick sogar auffing und mit einem wütenden Funkeln erwiderte – und den Notar. Neben ihm saß eine Frau mittleren Alters mit blondem Pagenschnitt, die vermutlich seine Ehefrau war. Mina konnte es kaum glauben, dass die Chandlers tatsächlich zu Freddies Beerdigung gekommen waren. Trotz allem, was damals vor über zwanzig Jahren geschehen war.

Der Pastor beendete seine Predigt, das Orgelspiel setzte abermals ein und vier Männer traten nach vorn neben den Sarg, um diesen hinauszutragen. Claire, Ellison, Collin, Mina und Mr. Marvel schritten als Erstes hinter dem Pastor hinaus. Die Trauergemeinde erhob sich beinahe synchron und folgte ihnen.

Sie blieben vor einem ausgehobenen Grab auf dem Friedhof stehen und Mina wunderte sich nicht schlecht, als sich darum herum eine Gruppe Männer und Frauen in Schottenröcken versammelte. Auf ihren Köpfen trugen sie die traditionellen Glengarry Hats und unter ihren Armen rotkarierte Dudelsäcke, die nur auf ihren Einsatz zu warten schienen.

Die Trauergemeinde versammelte sich um das Grab. Der Pastor sprach die Segnungsworte und auf ein Kommando des Dirigenten hin, setzte das Spiel der Dudelsäcke ein. Abermals breitete sich Gänsehaut auf Minas gesamten Körper aus, aber dieses Mal eine der guten Art. Noch nie zuvor hatte sie diese Instrumente live erlebt und war begeistert von deren Klang. Es war beinahe, als würde sie für einen Moment in eine andere Zeit versetzt werden.

Das Dudelsackspiel erstarb, als der Sarg in die Erde gelassen wurde und der Pastor ein weiteres Mal vortrat. Er nahm eine Handvoll Erde und sprach »Asche zu Asche. Staub zu Staub« und warf dann die Erde auf den Sarg. Er sah zu Claire und nickte ihr zu. An Ellisons Unterarm geklammert, trat sie nun ebenfalls nach vorn, um sich ein letztes Mal von ihrem Mann zu verabschieden. Ihr gesamter Körper bebte, als sie eine Rose aus einem der Körbe nahm, die Augen schloss und sie auf den Sarg warf.

Als Nächstes gingen Mina, Collin und Mr. Marvel auf das Grab zu, bei dessen Anblick sich Minas Kehle zuschnürte. Sie hatte nicht einmal die Chance bekommen, ihren Großcousin kennenzulernen. Zwar hatte Mina den ein oder anderen Vorstoß gewagt, sobald sie wusste, wer Freddie war. Doch er hatte jeden ihrer Versuche abgeblockt – und nun war es zu spät. Der Zug, einander kennenlernen und diese Familienfehde vielleicht sogar aufzuklären, war abgefahren. Die Chance verstrichen.

Mina nahm ebenfalls eine Rose und Tränen sammelten sich in ihren Augen, als sie wie Claire zuvor die Blume auf den Sarg fallen ließ. Sie spürte die Blicke der anderen Anwesenden nur zu deutlich in ihrem Rücken. Zu sagen, dass es unangenehm war so beobachtet zu werden, wäre noch eine nette Umschreibung.

Ruckartig wandte sie sich ab. Mit einem Mal hielt sie es nicht länger aus und lief mit schnellen Schritten zu Ellison und Claire, die sich etwas abseits platziert hatten.

Irgendetwas heute war seltsam. Mina wusste nicht genau, wie sie es beschreiben sollte oder woran es genau lag. Aber sie hatte ein komisches Gefühl in der Bauchgegend – und das betrog sie nur selten. Wobei sie dieses Mal mit aller Kraft hoffte, dass es anders war und sich nicht bewahrheitete.

Wenn da nicht ständig dieses Brennen in ihrem Nacken wäre. Sie fühlte sich beobachtet. Auf eine Art und Weise, die ihr die Nackenhaare aufstellten und eine Gänsehaut bereiteten. Sie drehte sich um und ließ ihren Blick mehrmals über die Menge schweifen. Die Gartenfreunde ... die Chandlers ... Selbst Margot war da. Trotz ihres Streits und der Tatsache, dass sie bei Ellison eingebrochen war und mehr als nur deutlich gemacht hatte, dass Freddie den Tod verdient hatte, war sie hier.

Aber fehlte da nicht jemand? Mina sah sich ein weiteres Mal um und tatsächlich: Sie konnte Glenna nirgendwo sehen. Wo war sie hingegangen? Immerhin hatte Mina sie vor der Kirche noch gesehen.

»Alles in Ordnung?«, raunte Collin in Minas Ohr, worauf sie heftig zusammenzuckte. »Sorry, ich wollte dich nicht erschrecken. Du siehst nur aus, als wärst du gerade einem Geist begegnet.«

»Schon gut«, erwiderte Mina und winkte ab. »Ich schau kurz etwas nach, ich bin gleich wieder da.« Sie ließ Collin und die anderen einfach stehen, ohne seine Antwort abzuwarten. Einer Eingebung folgend verließ sie so unauffällig wie möglich Freddies Grab und folgte dem schmalen Weg fort von der Trauergemeinde tiefer in die Mitte des kleinen Friedhofes.

Etwas raschelte hinter ihr und als sie sich umdrehte, sah sie Mr. Marvel, der die Verfolgung aufgenommen hatte. Ein Lächeln umspielte ihre Lippen und sie war froh, sich nicht allein auf die Suche nach Glenna machen zu müssen. Schließlich übernahm er sogar die Führung und Mina folgte ihm einfach. Als hätten sie ein und denselben Gedankengang gehabt, lief Mr. Marvel direkt in Richtung von Poppys Grab, wo sie Glenna vermutete.

Und tatsächlich: Als sie nach rechts abbogen und ein paar Reihen weitergingen, erkannte Mina ganz deutlich Glennas Gestalt vor Poppys Grab. Noch waren sie einige Meter entfernt, weswegen sie Mina und Mr. Marvel noch nicht bemerkt hatte. Sie stand aufrecht vor dem Grab und Mina erkannte, dass sich ihre Lippen bewegten, als würde sie zu Poppy sprechen. Doch es wirkte eher ... eindringlich. Nicht wie Worte der Trauer.

Gerade wollte Mina auf Glenna zugehen, um sie zu fragen, ob alles in Ordnung war, als Mr. Marvel ihr in den Weg trat. Mit großen, dunklen Augen sah er zu ihr auf ohne einen Laut von sich zu geben.

Abermals sah Mina zu Glenna und Mr. Marvel hatte recht: Sie konnte nicht genau benennen, was es war, aber irgendetwas stimmte an dieser Szene nicht. Sonnenlicht brach durch die Wolkendecke und fiel auf Glenna. Etwas Goldenes blitzte in dem Licht auf.

24

Freddies Beerdigung war inzwischen beinahe genau 24 Stunden her und Mina konnte nicht damit aufhören, darüber nachzudenken. Mal abgesehen von der Dudelsackmusik, die ihr seit dem Vortag nicht mehr aus dem Kopf ging, spukte darin noch deutlich mehr herum. Vor allem Glenna und die Szene, die Mina an Poppys Grab beobachtet hatte. Und dieses goldene Glitzern. Es erinnerte sie beinahe an …

»Hallo? Erde an Mina! Bist du bei uns?«

Mina schreckte auf und blickte in drei fragende Gesichter. Vier, wenn sie Mr. Marvels schiefgelegten Kopf mit Blick aus großen Augen mitzählte. »Was?«, gab sie wenig geistreich zurück. Sie hatte am vorherigen Tag Collin nur knapp erzählt, wohin sie kurzzeitig verschwunden war, aber sie hatte gemerkt, dass er sich mit ihrer Erklärung noch nicht so ganz zufriedengab. Ellison dagegen hatte ihren Weggang gar nicht bemerkt, da sie sich so auf Claire konzentriert hatte mit der sie inzwischen alle per du waren.

»Claire hat dich eben gefragt, ob du auch gerne backst.«

Ah, Ellisons Ablenkungsprogramm für Claire, um sie ein wenig aus ihrem Schneckenhaus zu holen, war also zum Back-Thema zurückgekehrt. Mina blies die Wangen auf und dachte nach. »Es ist nicht so, dass ich es nicht gerne mache. Aber um ehrlich zu sein, bin ich einfach total unbegabt. Ich würde mal sagen, dass meine Kompetenzen einfach in anderen Bereichen liegen.«

»Du meinst hoffentlich nicht deine Detektivarbeit. Denn das ist bisher ziemlich in die Hose gegangen«, frotzelte Collin, woraufhin ihn sofort zwei giftige Blicke trafen: Minas und Ellisons. Claire dagegen wirkte zunächst verwirrt, äußerte sich aber nicht dazu. Mit einem Mal wirkte sie, als wäre sie an einem völlig anderen Ort. »Ich habe euch ja schon erzählt, dass das Backen meine Passion ist und Freddie war schon immer ein Leckermaul. Das war also ein perfektes Match, wenn diese Allergien nicht gewesen wären.« Claire lächelte tapfer, doch Mina sah deutlich, wie sehr sie mit sich und ihren Gefühlen rang. »Er litt wirklich sehr darunter. Allein, weil er so viele Lebensmittel nicht essen konnte, die er gerne gegessen hätte. Auf harmlosere Allergien pfiff er manchmal sogar, wenn er wusste, dass er das Haus für ein paar Tage nicht verlassen musste. Dann war es ihm egal, ob er über das Wochenende rote Pusteln im Gesicht hatte, solange er nur sein Lieblingsgebäck essen konnte.« Ein seliges Lächeln lag nun auf Claires Lippen und ließ sie zehn Jahre jünger wirken. »Aber manche, wie die gegen Erdnüsse zum Beispiel, waren eben sehr gefährlich. Vor allem, wenn es ihn unvorbereitet getroffen hat und man schnell handeln musste.«

»Gab es schon einmal eine Situation, in der es gefährlich wurde?«, fragte Mina vorsichtig und hoffte, damit nicht zu weit zu gehen. Doch die Neugier lag einfach in ihrer Natur, weswegen es ihr oftmals sehr schwer fiel, sich zurückzunehmen.

Claire nickte. »Zwei sogar. Eine ist so präsent in meinem Kopf, dass mich die Bilder manchmal nachts verfolgen. Vor allem jetzt suchen sie mich noch stärker heim als in den vergangenen Jahren.« Sie schluckte fest, bevor sie fortfuhr. »Wir waren jung und haben unseren ersten gemeinsamen Urlaub im Süden verbracht. Ich wusste zwar, dass er mehrere Allergien hatte, aber kaum etwas über ihren Schweregrad und in welchen Lebensmitteln diese Inhaltsstoffe stellenweise überall zu finden waren. Jedenfalls habe ich uns zur Feier des Tages, es war sein Geburtstag, der durch Zufall in unseren Urlaub fiel, einen Kuchen für ihn bestellt. Der wurde ihm fast zum Verhängnis.«

»Ach herrje!«, rief Ellison aus. »Das stelle ich mir schwierig vor. Vor allem, wenn man sich noch nicht so lange kennt und dem anderen nur eine Freude machen will.«

»Zum Glück ist alles gutgegangen. Jedenfalls haben wir den restlichen Tag gemeinsam im Krankenhaus verbracht, wo sich rührend um ihn gekümmert wurde. Aber von Kuchen haben wir uns dann erst mal ein paar Wochen ferngehalten.«

Ellison schmunzelte. »Das glaube ich gerne.« Sie sah zu Mina, als erwartete sie, dass diese ebenfalls etwas zu dieser Erinnerung äußerte. Doch bei dem Wort ›Kuchen‹ hatten alle Glocken in Minas Kopf zu läuten begonnen und mit einem Mal fiel ihr auch ein, wieso.

›Nach der Testamentseröffnung war Freddie sehr aufgewühlt, weswegen ich beschlossen hatte, ihm ein wenig Kuchen vorbeizubringen.‹ Mina hörte Glenna diese Worte so deutlich sagen, als würde sie direkt neben ihr stehen. Dann tauchte dieser goldene Lichtreflex in ihrer Erinnerung auf und verband sich mit einem weiteren Bild. Dem Bild einer goldenen Brosche, die sie in Ellisons Garten gefunden hatte – und die ähnliche Lichtreflexe verursacht hatte.

»Oh Gott«, keuchte sie laut. »Ellison, wir müssen sofort mit Glenna sprechen. Collin, bleib du bitte hier. Wir erzählen dir später alles.« Ellison schien zu spüren, dass es dringend war und stand sofort auf. Collin und Claire hingegen sahen sie nur erstaunt an, hatten jedoch keine Chance etwas zu sagen. Mina schnappte sich Mr. Marvel und lief mit ihm unter dem Arm, gefolgt von Ellison, aus dem Kaminzimmer heraus.

Draußen vor dem B&B angekommen, setzte sie den Kater neben sich ab und sog die frische Luft ein. Sie liefen los und es dauerte nicht lang, bis Ellison neben ihr keuchte.

»Sagst du mir jetzt mal, was los ist?«, sagte sie abgehakt, während sie versuchte, mit Mina mitzuhalten, die mit immer schneller werdenden Schritten den Weg zu Poppys Herrenhaus zurücklegte.

In knappen Worten erzählte sie Ellison von ihrer Beobachtung auf Freddies Beerdigung sowie von ihrer Vermutung mit der Brosche und dem Kuchen.

»Du glaubst doch nicht wirklich, dass Glenna Freddie umgebracht hat? Ich meine, sie wusste doch von all seinen Allergien. Deshalb hat sie doch extra Schokoladenkuchen gebacken.«

Doch. Genau das glaubte Mina. Die Frage war nur, ob es ein tatsächlicher Mord oder nur ein tragisches Versehen mit Todesfolge war. »Ich hoffe, das werden wir gleich herausfinden«, erwiderte Mina vage.

Sie waren so überstürzt aufgebrochen, ohne überhaupt einen Gedanken darüber zu verlieren, was sie tun oder sagen wollte, wenn sie auf die alte Dame traf. Und nun würde sie sich dafür am liebsten selbst eins überbraten. Das war genau das unüberlegte Handeln, von dem Collin gesprochen hatte. Einerseits mochte es verständlich sein, dass sie aufgeregt und nervös war und unbedingt wissen wollte, ob an ihrer Theorie etwas dran war. Doch gleichzeitig überstürzte sie es dann oft und dachte nicht lang genug nach – und das war ihr nachweislich nicht erst einmal zum Verhängnis geworden.

Während Mina sich in diesen Für und Widers verlor, kamen sie Poppys Haus immer näher, bis sie schließlich vor dem eisernen Tor stehen blieben. Noch hätten sie die Möglichkeit umzukehren, doch mit welchem Gewinn? Früher oder später musste sie mit Glenna sprechen, auch wenn sie die ältere Dame am liebsten nicht damit belasten würde, dass sie möglicherweise für Freddies Tod verantwortlich war. Aber das war die letzte Information, die sie benötigte, um endlich die Wahrheit herauszufinden.

Mina atmete tief durch und drückte auf den Knopf neben der Sprechanlage. Es vergingen mehrere Augenblicke und sie befürchtete bereits, dass Glenna nicht da war. Doch dann knackte und rauschte es und endlich meldete sich eine Stimme: »Hallo?«

»Hallo Glenna, hier sind Mina und Ellison. Dürfen wir Sie kurz stören?«

»Ihr stört doch nicht! Kommt bitte herein.« Die ältere Dame klang sogar erfreut über Minas und Ellisons Besuch, was sich nur wenige Momente später durch das freundliche Lächeln auf ihren Lippen bestätigte, als sie den beiden Frauen und Mr. Marvel die Tür öffnete. Wieder einmal klopfte das schlechte Gewissen bei Mina an. Immerhin war es, wie bereits bei den anderen beiden Malen, kein Höflichkeitsbesuch, sondern nur einer, um Glenna auszuhorchen.

»Wie schön, dass ihr da seid. Möchtet ihr einen Tee?«

Beinahe hätte Mina »Bitte etwas Stärkeres« geantwortet – und auch in Ellisons Gesicht konnte sie denselben Wunsch ablesen, doch stattdessen erwiderte Mina Glennas freundliches Lächeln nur und antwortete für Ellison und sich selbst: »Ja, bitte. Das wäre sehr lieb.« Sie folgten ihr in die Küche und ließen sich auf ihre bereits angestammten Plätze an dem riesigen Tisch sinken. Oder eher Tafel, denn das Wort ›Tisch‹ wirkte bei dieser schieren Größe unpassend. Mr. Marvel legte sich direkt neben Minas Stuhl auf den Boden und rollte sich zu einer Fellkugel zusammen.

Es dauerte keine fünf Minuten, als Glenna auch schon mit einer Teekanne, drei Tassen und einem Teller Shortbread auf einem Tablett zurückkam. In der Zwischenzeit hatte Mina versucht, sich die richtigen Worte zurechtzulegen. Doch das war um einiges schwieriger, als sie gedacht hatte, weswegen sie improvisieren würde. *Wenn Collin hier wäre, wäre er alles andere als begeistert von diesem Plan*, dachte sie.

»Hier, bitte schön.« Glenna stellte das Tablett vor Mina und Ellison ab und ließ sich mit einem Ächzen auf den Stuhl neben sie fallen. »Ich befürchte, meine alten Knochen machen diese Aufräumaktion nicht mehr so mit, wie es noch vor fünf Jahren gewesen wäre.« Sie lächelte Mina und Ellison an, goss dann in alle drei Tassen Tee und fügte in Minas Milch und zwei Löffel Zucker hinzu. Offenbar hatte Glenna es sich von ihrem letzten Besuch gemerkt.

Dankend nahmen Mina und Ellison ihre Tassen entgegen. »Das glaube ich dir. Aber selbst ich wäre mit diesen Mengen überfordert. Poppy hat sich offensichtlich für viele Dinge interessiert und diese gesammelt und durch das große Haus hatte sie auch den Platz dafür«, sagte Mina und beobachtete dabei Glennas Reaktion auf ihre Worte über den Rand der Tasse hinweg.

»Da hast du recht. Aber das war ihre Leidenschaft und ich muss sagen, dass mir die Menge erst jetzt richtig bewusst wird. Vorher, als Poppy noch da war, ist mir das nie so aufgefallen. Sie hat es in jedem Fall verstanden, alles so herzurichten, dass es nicht zu überladen wirkte. Abgesehen von ihrer Bibliothek natürlich. Die ist nach wie vor kaum zu erfassen – und das, obwohl ich schon mehrere der Regale ausgeräumt habe. Auch dank eurer Hilfe.« Glenna räusperte sich und trank dann vorsichtig einen Schluck. »Entschuldigt den Monolog. Ihr seid sicher nicht hierhergekommen, um euch meine Probleme anzuhören. Wie kann ich euch helfen?«

Mina wechselte einen kurzen Blick mit Ellison und holte dann tief Luft, um sich für die folgenden Worte zu wappnen, und entschloss sich dabei für ihre altbewährte ›Mit der Tür ins Haus – Strategie‹. »Du hattest mir bei meinem ersten Besuch erzählt, dass Freddie nach der Testamentsverlesung ziemlich aufgewühlt war.«

»Ja, das stimmt.« Glenna nickte. »Es hat ihn doch mehr getroffen, als er vermutlich selbst angenommen hatte. Ich habe ihm daraufhin Kuchen vorbeigebracht, um ihm zumindest ein wenig Freude zu bereiten. Über meinen Besuch war er aber zugegeben nur bedingt erfreut.«

»Dabei hätte er sich denken können, dass er nach so vielen Jahren ohne Kontakt zu seiner Mutter nicht das große Erbe bekommen würde.«

Glenna bewegte abwägend den Kopf von links nach rechts. »Vermutlich hat die Hoffnung zunächst doch überwogen.«

»Ja, das kann sein. Aber du warst doch nach der Verlesung sicherlich auch aufgewühlt?«

»Ziemlich sogar. Ich habe nach dem Termin mit dem Notar einfach keine Ruhe gefunden und musste irgendetwas machen. Also habe ich den restlichen Tag mit Backen verbracht. Dabei habe ich die ganze Zeit an Freddie gedacht, bis ich mir irgendwann ein Herz genommen habe und rübergegangen bin.«

»Das war ein Schokoladenkuchen oder?«, stellte Mina nun endlich die Frage, die ihr, seit sie losgegangen waren, unter den Nägeln brannte. Neben ihr richtete sich Ellison in ihrem Stuhl auf und selbst Mr. Marvel schien die Ohren zu spitzen, als könne er die Antwort kaum abwarten. In diesem Moment schien die Zeit stillzustehen und eine Anspannung lag in der Luft, die beinahe mit den Händen zu greifen war.

»Ja, genau. Damit kann man nicht viel falsch machen und wenn du mich fragst, ist Schokolade ohnehin ein Allheilmittel.«

»Das stimmt. Ich esse auch für mein Leben gerne Schokoladenkuchen. Ich meine, wer nicht.« Ihr eigenes Lachen klang in ihren Ohren so schrill, dass Mina sich diese am liebsten zugehalten hätte. »Hast du ein Rezept dafür? Kannst ... kannst du es mir vielleicht zeigen?«

Täuschte Mina sich oder war Glenna unter dieser Frage ein wenig zusammengezuckt?

»Natürlich.« Glenna stand rasch auf und ging in die Küche. Mina hörte, wie ein paar Schubladen geöffnet und geschlossen wurden, bevor sie zurückkam. In ihrer Hand hielt sie ein schmales Backbuch und blätterte darin herum. »Entschuldige, ich kann es gerade nicht finden.«

Mina und Ellison tauschten einen schnellen Blick aus und schienen genau dasselbe zu denken: Irgendetwas stank hier zum Himmel – und zwar gewaltig. Selbst Mr. Marvel schien das zu spüren. Er fing Minas Blick auf und als hätte er ihre Gedanken gelesen, sprang er mit einem Satz auf Glenna zu.

Diese erschrak sich dabei so sehr, dass ihr das Backbuch aus der Hand fiel und mehrere handgeschriebene Seiten auf den Boden segelten. Geistesgegenwärtig sprang Mina auf und sammelte alle losen Blätter wieder ein. Dabei warf sie auf jedes einen kurzen Blick, bis sie mit leicht zitternder Hand das letzte Papier ansah – und darauf als Überschrift tatsächlich Schokoladenkuchen stand. In enger, schnörkeliger Handschrift waren darunter sowohl Mengenangaben und Lebensmittel, als auch die Vorgehensweise beschrieben. Mina überflog die Angaben und schnappte laut nach Luft. Langsam ließ sie das Rezept sinken. »Hier steht, gemahlene

Erdnüsse nach Bedarf. Wie viel nimmst du da immer? Oder lässt du sie weg?«

Glenna winkte ab, wobei ihre Hand dabei ein wenig zitterte. Oder bildete Mina sich das nur ein? »Nicht viel. Vielleicht ein, zwei Teelöffel voll, aber sie geben dem Kuchen das gewisse Etwas.«

Mina presste fest die Lippen zusammen und versuchte, nicht zu erschrocken auszusehen. Sie durfte sich nichts anmerken lassen. Doch Erdnüsse standen laut Claire auf Freddies Allergieliste ganz oben und Glenna war mit hoher Wahrscheinlichkeit die letzte Person, die ihn lebend gesehen hatte ... Die Frage war nun nur: Waren zwei Teelöffel bereits eine tödliche Dosis? Und wenn ja, hatte Glenna noch aus früherer Zeit von Freddies Allergien gewusst oder war es nur ein Versehen?

Es kostete sie einiges an Überwindung, um nicht sofort aufzuspringen und zur Polizei zu gehen oder vor Glenna mit allem herauszuplatzen. Mina konnte sich einerseits nicht vorstellen, dass die ältere Dame Freddie den Kuchen mit der Absicht vorbeigebracht hatte, ihn umzubringen. Andererseits waren in Minas Krimis immer diejenigen die Mörder, von denen man es am wenigsten erwartete. Doch was wäre ihr Motiv?

Eines jedenfalls war klar: Der Weg zur Polizei war nun unumgänglich – und dieses Mal hatte ihre Theorie Hand und Fuß, weswegen sie diese zumindest anhören sollten. Aber erst einmal musste sie diesen Besuch hinter sich bringen und nur Gott wusste, wie schwer es Mina in diesem Moment fiel, auf ihren vier Buchstaben sitzen zu bleiben.

»Du hast recht«, sagte sie schließlich. »Zu Schokoladenkuchen kann man wirklich nicht ›Nein‹ sagen.«
Wohl auch dann nicht, wenn er einen ins Grab bringt.

Für einige Augenblicke war es still. So still, dass man jedes noch so kleine Geräusch hörte. Das Ticken der Uhr im Hintergrund. Mr. Marvel, der sich putzte, und Glennas Atem, der immer schneller und lauter wurde.

»Du weißt es«, sagte die ältere Dame schließlich. Dabei starrte sie die ganze Zeit über auf die Tischplatte. Erst ein paar Augenblicke später hob sie den Kopf und das, was Mina in ihren Augen zu erkennen glaubte, schnürte ihr die Kehle zu. Mina wurde eiskalt. »Ihr stellt all diese Fragen.«

»Weil wir wissen wollen, was tatsächlich geschehen ist«, wagte Mina sich mit leiser und versucht ruhiger Stimme vor. Wobei Letzteres ihr nicht so ganz glücken wollte. Das leichte Zittern war deutlich herauszuhören.

Umso mehr zuckte sie zusammen, als Glenna mit einem Mal beide Hände mit voller Wucht auf die Tischplatte schlug und sie aus weit aufgerissenen Augen anstarrte. »Es musste so kommen. Nach all dem, was ich die letzten Jahre ertragen musste.« Sie blähte die Nasenflügel und ihre etwas milchige Augen, nun von roten Äderchen durchdrungen, traten so weit aus ihren Höhlen hervor, dass Mina Sorge hatte, sie würden gleich einfach herausfallen. Der Körper der alten Frau zitterte nicht nur. Er bebte. Vor Wut. »So viele Jahre lang habe ich Poppys Freundschaft ertragen müssen. Ich dachte schon, ich würde es nicht mehr erleben, ein ruhiges Leben ohne sie führen zu können.«

Mina klappte mehrmals den Mund auf und zu. Unfähig, auch nur ein Wort hervorzubringen. Die Gedanken in ihrem Kopf schossen so wild hin und her, dass sie nicht wusste, welchen davon sie packen und festhalten sollte. Gab Glenna gerade zu, Poppy umgebracht zu haben? Aber das konnte nicht sein. Minas Großtante war eines natürlichen Todes gestorben. »Aber ... ihr ... wart doch beste Freundinnen«, brachte Mina hervor.

»Was hast du getan, Glenna?«

Auf diese Worte hin drehte Mina sich zu Ellison um. Für ein paar Augenblicke hatte sie vergessen, dass die B&B-Besitzerin ebenfalls da war, so tief saß der Schock.

»Ich habe ihr nichts getan. Poppy war krank und ist schließlich daran zu Grunde gegangen. Aber zu behaupten, dass es mir leidtäte, wäre gelogen.« Glenna schluckte fest und ballte die Hände auf dem Tisch zu Fäusten. Dann sah sie zu Mina. »Diese Freundschaft, wie du sie nennst, war zermürbend. Sie hat mich in den Wahnsinn getrieben. Nach Freddies Weggang war sie nicht mehr dieselbe. Aus Angst davor, allein zu sein, hat sie sich an mich geklammert, sich festgebissen wie ein Terrier. Ich konnte kaum einen Schritt tun, hatte in ihrer ständigen Präsenz keine Luft zum Atmen.«

Mina riss die Augen auf, als ihr Hirn eine Erinnerung ausspuckte. Etwas, das Alastair bei dem Gartenfreunde-Treffen gesagt hatte: »Wobei die Freundschaft zwischen Glenna und Poppy schon ein wenig seltsam war. Poppy hat ja förmlich an ihr geklebt.«

Die Worte wiederholten sich wie ein nie enden wollendes Mantra in ihrem Kopf. Oh Gott. Sie hatte die ganze Zeit so falschgelegen.

»Und als hätte sie mich mein Leben lang noch nicht genug gestraft, hat sie mir auch noch diese ganze Arbeit hinterlassen.« Glenna warf die Arme in die Luft und stieß ein abgehaktes Lachen aus, das Mina eine Gänsehaut der unguten Art bescherte. Inzwischen wollte sie nur noch so schnell wie möglich weg. Aber vorher musste sie endlich erfahren, was tatsächlich geschehen war. Also blieb sie trotz ihres stetig anwachsenden Unbehagens auf ihrem Platz sitzen. »Alle sehen nur, dass ich dieses Haus, die teuren Gemälde, den Schmuck und die wertvollen Bücher geerbt habe. Doch keiner scheint die Details zu kennen, die mich selbst nach Poppys verdammten Tod noch dazu zwingen, nach ihrer Pfeife zu tanzen. Alles soll an bestimmte Einrichtungen verkauft werden. Der Erlös zum Teil gespendet und zum Teil dafür verwendet werden, aus diesem Grundstück eine Art Einrichtung für Künstler zu machen.« Glenna lachte trocken auf. »Nach all den Jahren bleibt mir am Ende gar nichts.«

Minas Hirn arbeitete auf Hochtouren. Sie hatte erst später erfahren, dass Poppy so genaue Anweisungen hinterlassen hatte, noch war ihr bewusst, dass alles verkauft werden sollte. Sie konnte sich nur daran erinnern, dass Glenna bei der Testamentsverlesung zu ihr gesagt hatte, dass es später für Mr. Marvel hier keinen Platz mehr geben würde – und nun wusste sie auch, warum. Glenna hatte Recht. Sobald sie die ganze Arbeit erledigt hatte – und das war einiges – stand sie zum Schluss mit leeren Händen da.

»Was ist wirklich mit Freddie geschehen, Glenna?« Ellisons Stimme klang fest und kühl, wofür Mina ihre ältere Freundin bewunderte. Sie saß aufrecht auf ihrem Stuhl und sah mit ebenso festem Blick zu Glenna, die ihn mit zusammengepressten Lippen erwiderte.

»Es ... war einfach genug. Er ist nach sechsundzwanzig Jahren zurückgekehrt. Sechsundzwanzig Jahre, in denen ich seine Mutter und ihre Launen ertragen musste. Allein. Wegen ihm. Während er sich in Edinburgh ein schönes Leben aufbauen konnte, bin ich hier beinahe erstickt. Und dann bekommt er mit dem Pflichtanteil auch noch mehr als ich. Ich habe nichts als Arbeit und er kann sich auf einem kleinen Vermögen ausruhen?« Glenna lachte trocken auf und schüttelte den Kopf. »Das ist nicht fair. Deshalb wollte ich ihm einen Denkzettel verpassen.«

»Du hast ihn umgebracht«, schlussfolgerte Ellison und dieses Mal gelang es ihr nicht, den Schock aus ihrer Stimme herauszuhalten.

»Ich habe mich revanchiert! Bei Poppy für das Alles hier und was ich in den letzten Jahren ertragen musste und bei Freddie dafür, dass er nach so vielen Jahren plötzlich wiederauftaucht, nachdem ich wegen ihm durch die Hölle gegangen bin. Wer hätte denn ahnen können, dass ihn diese zwei Teelöffelchen direkt ins Grab befördern würden? Ich dachte, er müsste vielleicht ein paar Tage das Bett hüten und würde dann einfach wieder von hier verschwinden. Aber nun gut ... ich würde lügen, wenn ich sagen würde, dass es mir leidtut. Am Ende hat es den Richtigen getroffen, nach alldem, was er getan hat. Auch wenn ich mich erschrocken habe, als es hieß, er sei an einem allergischen Schock gestorben. Das muss ich zugeben.«

Oh. Mein. Gott. Glenna hatte Freddie umgebracht. Sie wollte ihn zwar nicht direkt töten, war aber ganz offensichtlich über den Ausgang ihrer kleinen Racheaktion alles andere als schockiert, noch schien sie wirklich

Schuldgefühle zu haben. Wie sehr musste diese Frau unter Poppys »Freundschaft« gelitten haben, um diesen Schritt zu gehen? Mina zwang sich dazu, tief ein und auszuatmen. Irgendwie die Ruhe zu bewahren und im Angesicht der Frau, die Freddie umgebracht hatte und ihr direkt gegenüber saß, nicht komplett auszuflippen. Diese Frau hatte ohne mit der Wimper zu zucken zugegeben, Minas Großcousin umgebracht zu haben, wenn auch zunächst aus Versehen – und sie und Ellison waren Zeuginnen ihres Geständnisses geworden.

Ellison schien dasselbe zu denken wie Mina: Sie mussten so schnell wie möglich aus dem Herrenhaus verschwinden und die Polizei informieren. »Wir werden die Polizei rufen.«

»Ihr könnt nicht gehen«, erwiderte Glenna und in ihren Augen blitzte etwas auf, das Mina so gar nicht gefiel. Wie konnte es ihr vorher nicht aufgefallen sein, dass diese Frau völlig verrückt war? »Ihr hättet das Alles nie erfahren dürfen. Es hätte einfach so weiterlaufen können, ohne dass auch nur irgendjemand Verdacht geschöpft hätte. Warum habt ihr nicht einfach aufgehört, herumzuschnüffeln?«

»Die Wahrheit kommt früher oder später immer ans Licht«, sagte Ellison, schob ihren Stuhl zurück und stand auf. »Und wir werden jetzt gehen.«

»Werdet ihr nicht.« In einer Geschwindigkeit, die Mina Glenna nicht zugetraut hatte, zog sie eine Pistole unter ihrer Kleidung hervor – und richtete sie direkt auf Ellison. Nun war Mina sich tatsächlich doch nicht mehr ganz so sicher, dass Freddies Tod ein Versehen war. Vielleicht war das auch nur das, was Glenna sich selbst einredete. »Niemand darf davon erfahren.« Obwohl die Worte ruhig klangen, erkannte Mina an Glennas zitternden Händen deutlich, wie nervös sie war.

Mina stand nun ebenfalls auf. Langsam. Mit erhobenen Händen. »Du willst uns nichts tun, Glenna. Einen Tod hast du bereits verursacht, willst du dieses Mal wirklich für zwei Morde die Verantwortung tragen?«

»Ich habe keine andere Wahl.«

Mina nahm eine Bewegung hinter Glenna wahr. Es war Collin! Sofort sah sie wieder weg, versuchte, sich nichts anmerken zu lassen, während Ellisons Enkel sich mit erhobener Pfanne von hinten an Glenna heranschlich. Wie war er auf einmal hierhergekommen? Mina musste Glenna irgendwie am Reden halten, in der Hoffnung, dass sie das noch für ein paar weitere Augenblicke vom Schießen abhielt.

»Natürlich hast du eine andere Wahl«, sagte Mina einen Ticken lauter als nötig. »Die gibt es immer. Wir könnten dir bei dieser Testamentssache helfen. Dann bleibt die Arbeit nicht nur an dir hängen und du kannst Green Hill verlassen, wenn du das möchtest. Du bist dann nicht mehr länger an all das hier gebunden.« Alles, was Mina sagte, war absoluter Quatsch. Doch es war auch genau richtig, denn Collin ragte nun direkt über Glenna auf und bevor diese reagieren konnte, ließ er die Pfanne auf ihren Schädel hinab sausen.

Mit einem lauten *Klong* und einem Seufzen ging Glenna bewusstlos zu Boden. Das würde eine ordentliche Beule geben, aber zumindest hatte Collin sie so gerettet und Glenna ganz nebenbei noch dingfest gemacht. Jedenfalls würde sie erst einmal nicht davonlaufen können.

»Jetzt seid ihr sicher froh, dass ich nicht auf euch gehört habe, sondern als Back-Up gefolgt bin oder? Zum Glück hat eine von euch das Tor nicht richtig geschlossen. Sonst hätte ich auch noch über dieses verdammte Ding klettern müssen.« Collin drehte die Pfanne am Griff in seiner Hand herum, als hätte er nicht gerade eine potenzielle Mörderin kurzzeitig ausgeknockt. »Glaubt ihr mir jetzt endlich, dass es keine gute Idee ist, sich einfach mit einer Straftäterin zu treffen? Ich habe euch unzählige Male gesagt, wie schief das gehen kann.«

Ellison legte eine Hand auf die Schulter ihres Enkels. »Jaja, das hast du toll gemacht. Und jetzt lasst uns einen Krankenwagen für die Verrückte holen und direkt zur Polizei fahren.«

25

»Wir würden gerne mit DC Brown sprechen. Es ist dringend.« Mina sprach so schnell und eindringlich auf die Frau am Schalter ein, dass diese sie mit hochgezogenen Augenbrauen von oben herab ansah. »Sagen Sie ihm, wir haben neue Informationen zum Tod von Freddie Kerr. *Wichtige* neue Informationen«, setzte Mina mit Ausdruck nach.

Trotz der Dringlichkeit in ihrer Stimme schien die junge Polizistin davon völlig unbeeindruckt. »DC Brown befindet sich aktuell in einem Gespräch.«

»Das hier ist wichtiger. Ich weiß, wie Freddie Kerr ums Leben gekommen ist. Genauer gesagt, wer für seinen Tod verantwortlich ist.«

Dieses Mal warf die Polizistin Mina einen Blick zu, der so viel hieß wie: Was glauben Sie, wer Sie sind? Sie schüttelte den Kopf, stützte sich mit beiden Händen auf dem Schreibtisch ab und beugte sich so weit wie möglich vor, bevor ihre Stirn die Scheibe berührte. Dabei sah sie Mina die ganze Zeit über tief in die Augen. »Wie gesagt, er ist aktuell in einem Gespräch. Sie können gerne Platz nehmen und warten oder zu einem anderen Zeitpunkt noch einmal kommen. DC Brown ist sehr beschäftigt und kann nicht ...«

Im selben Moment wurden Männerstimmen im gegenüberliegenden Flur laut. Sie unterhielten sich über irgendetwas, das einen der beiden sogar zum Lachen brachte. Als sie um die Ecke bogen und damit in Minas Sichtfeld gerieten, konnte diese kaum an sich halten: DC Brown plänkelte mit einem anderen Polizisten herum, den Mina nicht kannte und erzählte ihm scheinbar irgendeine besonders lustige Geschichte. In der einen Hand hielt er einen blauen Donut mit pinken Streuseln mit dem er, während er sprach, in der Luft herumwedelte. In der anderen Hand hatte er einen ebenso pinken Karton, in dem vermutlich weitere Donuts darauf warteten, verspeist zu werden. Gerade blieb Brown stehen und bot seinem Kollegen, augenscheinlich nicht zum ersten Mal, einen an.

»Hier, nimm nur Ronald. Das schadet dir definitiv nicht, so ein wenig Nervennahrung.« Brown klopfte sich mit der Donut-Hand vielsagend auf den Bauch, wobei ihm augenscheinlich egal war, dass er dabei Rückstände auf seiner Uniform hinterließ, und grinste den anderen Polizisten breit an, woraufhin dieser sich ebenfalls einen nahm.

Mina blies die Wangen auf und lief so rot an, dass sie kurz vorm Platzen stand. Sie schaute sich die Szenerie nur eine weitere Sekunde an und drehte sich dann wieder zu der jungen Polizistin um, deren Gesicht genauso hochrot war wie Minas. »Ich sehe, in was für einer wichtigen Besprechung er ist.«

»Mina«, sagte Collin mit drohendem Unterton. Doch sie ließ sich weder davon, noch von dem Ruf der Polizistin zurückhalten, als sie auf die beiden Männer zuging. »DC Brown. Wie ich schon gehört habe, sind Sie zwar schwer beschäftigt«, sie deutete auf die Donuts in seinen Händen und warf der jungen Frau am Schalter über die Schulter hinweg einen weiteren, genervten Blick zu, die zugegeben ziemlich verzweifelt wirkte, »aber wir müssen Sie dringend sprechen. Es geht um den Fall Freddie Kerr. Wir wissen, wie er wirklich gestorben ist. Und durch wen.« Den letzten Halbsatz setzte sie mit etwas leiserer Stimme nach.

Brown seufzte auf. »Sie geben wirklich nicht auf was? Hören Sie, junge Dame. Sie sollten aufhören, Ihre Nase in polizeiliche Angelegenheiten zu stecken und einwandfreie Personen bei uns anzuschwärzen. Freddie Kerrs Tod war ein tragischer Unfall. Er starb an einem allergischen Schock. Das ist kein Fall, der von der Polizei untersucht werden muss.«

Wenn Mina etwas hasste, dann war es, auf ihre vorherigen Fehler hingewiesen zu werden – oder unterschätzt zu werden. Vor allem, da sie dieses Mal die Wahrheit kannte! Sie ballte ihre Hände zu Fäusten, versuchte ansonsten aber vollkommene Ruhe nach außen auszustrahlen. Wenn sie sich nun aufregte, würde Brown sie erst recht nicht anhören. »Es war keine völlig falsche Spur. Die Sekretärin des Notars empfindet etwas für ihn und nachdem sie beide von Freddies Fahrerflucht erfahren hatten, hätten sowohl sie als auch der Notar ein Motiv gehabt. Selbst Ms. Margot hatte ein Motiv. Sie hatte seit ihrer gemeinsamen Schulzeit etwas für Freddie übrig, um nicht zu sagen, dass sie völlig in ihn verschossen war. Deswegen ist sie nach seinem Tod in dessen Gästezimmer im B&B eingebrochen und hat diesen Brief hinterlassen.«

»Ms. Margot war die Einbrecherin?«

Mina nickte knapp, ging allerdings nicht weiter auf die Frage ein. »Nur waren sie alle nicht diejenigen, durch die er letztlich gestorben ist. Wir wissen, wer es war«, sagte sie eindringlich und betonte dabei jedes einzelne Wort. Er musste ihr endlich glauben und eine Chance geben, alles zu erklären. Zwar konnte Glenna dank Collins beherztem Eingreifen mit der Pfanne nicht aus dem Krankenhaus abhauen, aber dennoch sollten sie keine Zeit verlieren.

»Wer dann?« Trotz des betont genervten Untertons hörte Mina in der Stimme des Polizisten so etwas wie Neugier aufblitzen, was ihr zumindest für den Moment ein Triumphgefühl verschaffte.

»Vielleicht solltet ihr das doch lieber im Büro klären. Das hier ist kaum der richtige Ort «, schaltete sich nun Browns Kollege ein, der den Donut in der Zwischenzeit verputzt hatte. In seinem Bart hatten sich ein paar der pinken Streusel verfangen, doch das schien ihm bislang nicht aufgefallen zu sein.

Brown nickte seinem Kollegen zu und wandte sich dann abermals an Mina und sah auch Ellison und Collin an. »Folgen Sie mir bitte ins Büro.« Von der zuvor gelösten Stimmung zwischen den beiden Polizisten war nichts mehr übrig. Stattdessen hatten sie wieder den Mantel der Professionalität übergestreift, was Mina nur recht war. Immerhin würde es so, wenn er nicht nur an Donuts dachte, einfacher sein, mit ihm über den Fall zu sprechen. Zumindest hoffte sie das.

Mina, Ellison und Collin folgten Brown den Flur entlang, von dem links und rechts mehrere Türen abgingen. Vor einer auf der linken Seite verabschiedete sich Browns Kollege, doch erst bei der letzten auf der gegenüberliegenden Seite hielt er selbst inne und öffnete sie schließlich mit einem Schlüssel. Brown trat ein und

hielt sie für die drei nachfolgenden Personen auf. In
dem Zimmer standen zwei Schreibtische. An dem auf
der rechten Seite des Raumes saß ein Mina inzwischen
bekanntes Gesicht: Fergus, der übereifrige Polizeianwärter, der Brown normalerweise auf Schritt und Tritt
folgte. Seltsam, dass er einen Donut mit einem anderen
Kollegen verspeisen konnte, ohne von seinem Schoßhündchen verfolgt zu werden.

»Setzen Sie sich. Fergus, holen Sie bitte den Bericht
über Freddie Kerrs Tod. Sie wissen schon. Dieser in
dem steht, dass der Mann eines natürlichen Todes gestorben ist.« Er warf Mina, Ellison und Collin einen
Blick unter hochgezogenen Augenbrauen zu und ließ
sich dann auf seinen Bürostuhl fallen.

»Ja, Sir. Kommt sofort, Sir.« Dienstbeflissen stand Fergus auf und trat auf den Aktenschrank zu, aus dem er
eine sehr dünne Akte hervorzog und sie vor Brown auf
den Schreibtisch legte. Anschließend blieb er mit hinter dem Rücken verschränkten Händen ein paar
Schritte entfernt stehen, als würde er nur auf eine weitere Anweisung seitens Brown warten.

Brown zog die Akte zu sich heran, klappte sie auf und
sah sich das einzelne Blatt Papier, das vermutlich den
Untersuchungsbericht des Arztes darstellte, durch. Das
Rascheln wirkte in dem ansonsten so stillen Büro unheimlich laut und es dauerte eine halbe Ewigkeit, bis er
die Akte endlich wieder schloss. Deutlich länger jedenfalls als es gedauert hätte, den Bericht durchzulesen. Er
stützte das Kinn auf seinen Händen ab und sah Mina
direkt an. »Sie sind also der Meinung, dass es sich bei
Freddie Kerrs Tod um keinen natürlichen handelte?

Und behaupten zu wissen, wer dafür verantwortlich ist?«

»Ja«, erwiderte Mina mit fester Stimme und setzte sich aufrechter auf ihren Stuhl. »Also wir haben erfahren ...«

»Moment.« Brown hob die Hand und unterbrach Mina, die sich gerade mit Feuereifer in ihre Erzählung über ihren Besuch bei Glenna stürzen wollte. »Ich stelle die Fragen und Sie antworten darauf. Sonst entgehen uns nur wichtige Details.« Er wandte sich an Fergus. »Fergus, Sie nehmen die Aussage auf.« Der Polizeianwärter nickte so heftig, dass er am nächsten Tag sicher üble Nackenschmerzen haben würde, worauf Brown sich wieder Mina zuwandte. »Also von Anfang an: Wie haben Sie Freddie Kerr gefunden?«

Beinahe wäre ihr ein lautes Seufzen entwichen. Immerhin hatten sowohl sie als auch Ellison, diese Frage schon am ersten Tag gefühlt einhundert Mal beantwortet. Und doch versuchte sie, so ruhig und geduldig wie möglich nacheinander die Fragen des Polizisten zu beantworten. Erst als sie zu den interessanten Stellen kamen, wurden Minas Ungeduld und die Aufregung wieder entfacht.

»Seine Frau, Claire Kerr, ist in Ellisons B&B als Gast und durch Zufall sind wir auf das Thema backen gekommen. Und da hat sie uns erzählt, dass Freddie viele verschiedene Allergien hatte. Unter anderem eine heftige Erdnussallergie, die ihm ja schließlich auch zum Verhängnis wurde. Wir haben in seinem Zimmer zwar einen Epi-Pen gefunden, allerdings hatte er diesen im Garten nicht bei sich und da er eingeschlossen war, konnte er auch nicht daran gelangen.« Mina erkannte, wie Brown erstaunt die Augenbraue nach oben zog und in seinem Blick so etwas wie ein Hauch von Achtung lag.

Er lehnte sich in seinem Stuhl zurück und spielte mit dem Kugelschreiber herum, indem er mit einem Klicken immer wieder dessen Mine hervorschießen und dann zurückschnappen ließ. »Verstehe.«

Mina schluckte fest und es kostete sie Überwindung, die nächsten Worte auszusprechen. »Glenna hat ihm nach Poppy Kerrs Testamentsverlesung einen Kuchen vorbeigebracht. Wir haben gerade ... mit ihr gesprochen. Sie hat gesagt, dass darin ein wenig geriebene Erdnüsse waren. Und ...«

»Glenna Donovan?«

Mina nickte.

»Sie ist die Haupterbin von Poppy Kerrs Vermögen, richtig?«

»Ja, und sie ...«

»Und sie war es, die Freddie etwas zu essen vorbeigebracht hat, von dem Sie glauben, dass es ihm letztlich das Leben gekostet hat?«

Minas Kehle wurde staubtrocken und sie bekam die folgenden Worte kaum hervor. Sie fühlte sich direkt wieder in Poppys Herrenhaus zurückversetzt. Hatte das Bild vor Augen, wie Glenna die Pistole auf Ellison gerichtet hatte. »Sie hat zugegeben, absichtlich in den Kuchen Erdnüsse getan zu haben. Sie wollte ihm einen Denkzettel verpassen, aber letztendlich hat sie ihn damit umgebracht. Zwar scheinbar unabsichtlich, aber wenn Sie mich fragen, bereut sie es nicht unbedingt. Sie liegt im Krankenhaus in der Stadt, aber ist inzwischen

wieder ansprechbar«, beendete Mina ihre Ausführungen.

Der Polizist ignorierte sie und wandte sich stattdessen an den Anwärter. »Fergus, ich befürchte, dieses Mal
könnte die junge Frau hier recht haben. Rufen Sie im
Krankenhaus an und fahren Sie den Wagen schon einmal vor. Wir müssen eine Befragung durchführen. Die
Akte Freddie Kerr wird wieder geöffnet.«

26

»Mir fällt gerade eine riesengroße Last von den Schultern«, sagte Claire und seufzte laut auf, wie um ihre Worte zu unterstreichen. Und tatsächlich drückte ihre gesamte Körpersprache nichts als Erleichterung aus. »Endlich habe ich Gewissheit darüber, was geschehen ist. Ich hatte die ganze Zeit über das Gefühl, dass irgendetwas nicht passt. Aber es war einfach nicht greifbar. Jetzt weiß ich es und ...« Sie schluckte fest »... auch wenn es schrecklich ist, was Glenna meinem Mann angetan hat, so kann ich jetzt damit abschließen. Langsam.«

Mina nickte. Ihr war es am Vortag genauso ergangen, als sie die Polizisten ins Krankenhaus zu Glenna, die wieder vollkommen genesen würde, begleitet und ihre Verhaftung wegen Totschlags mit eigenen Augen gesehen hatte. In dieser Nacht jedenfalls hatte sie zum ersten Mal, seit sie Freddies Leiche im Garten gefunden hatte, wieder ruhig schlafen können. Auch wenn der Schock darüber, wie sehr sie sich in Glenna anfangs getäuscht hatte, groß war.

»Möchtest du sicher nicht noch etwas bleiben? Ich meine, die letzten Tage waren ziemlich turbulent und hier findest du ein wenig Ruhe, bevor es wieder zurück nach Südafrika geht«, sagte Ellison und drückte dabei Claires Hand.

Freddies Frau lächelte, doch das täuschte Mina nicht über das leichte Glitzern in ihren Augen hinweg. Zwar war sie sich sicher, dass es ihr besser ging als zuvor, doch trotz allem hatte sie ihren Mann auf eine schreckliche Art und Weise verloren und da die beiden keine Kinder hatten, war sie nun auf sich allein gestellt. »Es ist lieb von dir, mir das anzubieten. Aber ich glaube, Ablenkung wird mir guttun. Und mein Aufenthalt in Südafrika war ja noch nicht beendet, sondern nur unterbrochen. Dort werde ich jetzt gebraucht.«

»Das verstehe ich«, sagte Ellison und schloss Claire in ihre Arme. »Es tut mir wirklich leid, was geschehen ist. Und falls du etwas brauchst oder doch nach einem Ort suchst, an dem du ein paar Tage Ruhe hast, dann melde dich gerne.«

Claire löste sich von ihr. »Danke. Vielleicht werde ich auf dein nettes Angebot eines Tages zurückkommen.« Sie atmete tief durch und schulterte ihre Handtasche. »Aber ich werde nicht gleich zum Flughafen fahren. Vorher würde ich gerne noch eine andere Sache hier in Green Hill erledigen.«

Etwas in Claires Ton sagte Mina, dass mehr dahintersteckte, und sie warf ihr einen fragenden Blick zu. »Was denn?«

»Neugierig wie eh und je«, sagte Ellison und lachte.

Ihr war Minas Blick nicht entgangen, deren Wangen sich puterrot färbten. »Entschuldige, Claire. Es geht mich nichts an.«

»Das ist so nicht ganz richtig.« Die Frau holte tief Luft und wirkte mit einem Mal nervös. »Ich würde gerne die Familie Chandler besuchen. Allen voran Tracy.«

Mina, Ellison und Collin sahen Claire mit großen Augen an. Selbst Mr. Marvel hielt mitten in der Bewegung inne und hörte damit auf, seine Pfote abzulecken. Ein paar Sekunden verstrichen, bis schließlich Ellison diejenige war, die die Stille durchbrach. »Bist du dir sicher, dass das eine gute Idee ist?«, fragte sie vorsichtig und mit sanfter Stimme.

»Freddie hat sich als Jugendlicher etwas Schlimmes zu Schulden kommen lassen. Etwas, das ihn Jahre später noch verfolgt, zum Kontaktabbruch mit seiner Mutter, aber vor allem dazu geführt hat, dass sich das Leben dieser jungen Frau von einer Sekunde auf die andere auf den Kopf stellte. Inzwischen weiß ich, dass er Geld an das Krankenhaus gespendet hat, weil Tracy damals dort behandelt wurde. Und ich möchte das fortführen. Nur, indem ich direkt die Familie Chandler unterstütze. Vorausgesetzt natürlich, sie nehmen mein Angebot an.«

»Das ist ...« Ellison suchte nach den richtigen Worten. »... großzügig«, schloss sie schließlich. Doch ihr verkniffener Mund zeigte deutlich, dass sie mit dieser Wortwahl nicht zufrieden war.

»Es ist das Mindeste. Die Familie hat sehr unter diesem Unfall gelitten, und zwar kann ich nicht ungeschehen machen, was passiert ist, aber so wäre es möglich, finanziell Abhilfe zu schaffen. Zumindest würde ich ihnen das gerne anbieten.« Claire lächelte etwas steif in die Runde. »Könnt ihr mir vielleicht sagen, wo ich die Chandlers zu dieser Zeit finden kann?« Bei dieser Frage sah sie vor allem zu Ellison, die über das Geschehen im Dorf von den dreien am besten Bescheid wusste.

Ellison dachte nicht lange nach. »Unter der Woche ist Tracy im Pflegeheim, da sie eine vierundzwanzig Stunden Betreuung benötigt. Aber am Wochenende holen die Chandlers sie nach Hause und die Familie verbringt dann die zwei Tage immer gemeinsam. Dort wirst du sie am ehesten antreffen. Ich kann dir gerne die Adresse geben.«

»Das wäre wunderbar.« Claire nestelte an dem Reißverschluss ihrer Jacke herum, als würde ihr eine weitere Frage auf der Zunge liegen, doch sie traute sich nicht, diese auszusprechen.

»Ich kann dich gerne begleiten«, bot Mina an. Nicht nur, weil sie Tracy bisher nicht kennengelernt hatte und neugierig auf die Frau war, sondern vor allem, um sich bei ihrem Vater, dem Notar, für ihren letzten Auftritt zu entschuldigen. »Ich habe auch etwas mit Mr. Chandler zu klären.« Sie warf Ellison und Collin einen bedeutungsvollen Blick zu, die sofort zu verstehen schienen und ihr knapp zunickten.

»Sehr gerne. Ich bin zugegeben ein wenig nervös. Da wäre eine Begleitung vermutlich eine gute Idee.«

»Sie leben direkt neben dem Gebäude, in dem die Testamentsverlesung stattgefunden hat. Das rote Backsteinhäuschen mit dem hübschen kleinen Vorgarten. Ihr könnt es gar nicht verfehlen«, erklärte Ellison.

Keine zehn Minuten später hatte Claire sich von Ellison und Collin verabschiedet und fand sich gemeinsam mit Mina in ihrem Mietwagen wieder. Das Auto war bis unter das Dach mit Koffern, Taschen und Freddies Habseligkeiten, die noch im B&B gewesen waren, gefüllt.

Mina war mehr als froh, dass die Fahrt nur wenige Minuten dauerte und sie dadurch nicht lang zwischen all dem Gepäck eingeklemmt war. Für Claire würde das zumindest keine angenehme Fahrt zum Flughafen werden, doch das schien sie im Moment nicht allzu sehr zu kümmern.

Das Backsteinhäuschen mit dem von Ellison beschriebenen Vorgarten war tatsächlich neben dem Gebäude, in dem der Notar arbeitete. Sie parkten direkt davor und mussten so nur dem gepflasterten Weg durch das kleine schwarze Tor zur ebenso dunklen Haustür folgen. Daran hing ein Schild, auf dem in geschwungenen Buchstaben das Wort »Familie« stand.

Mina schluckte bei dem Anblick und Claires Nervosität schien sich innerhalb des Bruchteils einer Sekunde auf ein Maximum zu verstärken. Sie hoffte inständig, dass Notar Chandler nicht nur ihre Entschuldigung annahm, sondern sowohl sie als auch Claire nicht sofort zum Teufel jagte, wenn er hörte, weswegen sie gekommen waren. Andererseits hatten er und seine Frau an Freddies Beerdigung teilgenommen, obwohl sie wussten, dass er für Tracys Zustand verantwortlich war.

Beinahe gleichzeitig atmeten die beiden Frauen einmal tief durch. Dann sahen sie sich an und fielen in ein nervöses Kichern. »Bereit?«, fragte Claire, worauf Mina abgehakt nickte.

»Bereit.«

Bevor sie es sich anders überlegen konnte, drückte Mina die Klingel neben der Tür – und dann warteten sie. Es dauerte nur wenige Augenblicke, als sie auch schon eilige Schritte hörten. Wie so oft in den letzten

Tagen pochte Minas Herz in ihrer Brust wie wild und ihre Hände wurden schwitzig.

Die Tür öffnete sich und Mr. Chandler sah Claire überrascht an, dann wanderte sein Blick weiter zu Mina und er zog die Augenbrauen zusammen. »Ms. Abbott? Hatten wir einen Termin? Wenn ja, tut es mir sehr leid. Der ist mir wohl entfallen.«

»Nein, nein«, sagte sie schnell. »Wir sind wegen eines anderen Anliegens hier. Dürfen wir vielleicht einen Moment hereinkommen? Wir wollen Sie natürlich nicht allzu lang stören, aber es wäre besser, wenn wir das nicht hier draußen erklären.«

Das Erstaunen über diesen unerwarteten Besuch zeichnete sich deutlich auf dem Gesicht des Notars ab. Genauso wie etwas, das Mina als eine milde Form der Abneigung einstufte. Ob das nun ihrem letzten Aufeinandertreffen geschuldet war, bei dem sie sich zugegeben daneben benommen hatte, oder nur damit zu tun hatte, dass er am Wochenende seine Ruhe und Zeit mit der Familie verbringen wollte, konnte sie jedoch nicht sagen.

»Selbstverständlich, kommen Sie herein.« Mr. Chandler trat zur Seite und zog die Haustür auf, um Mina und Claire in den gemütlich eingerichteten Flur zu lassen.

Die Tür zum Wohn- und Esszimmer stand offen und Mina sah, dass an dem Tisch zwei Frauen saßen. Die Jüngere der beiden im Rollstuhl, weswegen Mina sie sofort als Tracy erkannte. Ihre Mutter, Mrs. Chandler, war gerade dabei ihr einen Löffel Eintopf zu geben. Einerseits gab dieses Bild etwas Heimeliges ab. Etwas Familiäres. Denn Mrs. Chandler lächelte die ganze Zeit versonnen vor sich hin und auch Tracy schien die Aufmerksamkeit ihrer Mutter in vollen Zügen zu genießen. Doch andererseits war es erschreckend nun mit eigenen Augen zu sehen, was der Unfall der Frau angetan hatte.

Mr. Chandler schritt an ihnen vorbei in Richtung des Esszimmers und Mina und Claire folgten ihm, wenn auch mit ein wenig Abstand. »Schatz? Ms. Abbott und ...« Er wandte sich mit einem Lächeln an Claire. »Entschuldigen Sie, ich habe gar nicht nach Ihrem Namen gefragt.« Mr. Chandler hielt ihr die Hand entgegen.

Claire ergriff diese und erwiderte den Händedruck. »Claire. Claire Kerr. Freut mich sehr, Sie kennenzulernen.«

»Ebenso«, sagte er und für den Bruchteil einer Sekunde blitzte Überraschung in seinen Augen auf, doch dann wandte er sich wieder in Richtung seiner Frau. »Jedenfalls haben wir unerwarteten Besuch bekommen.«

Mrs. Chandler erhob sich ebenfalls und trat auf Mina und Claire zu, um ihnen nacheinander die Hand zu reichen. »Guten Tag Ms. Abbott, Mrs. Kerr. Setzen Sie sich doch gerne.« Sie wies auf die freien Stühle, worauf die beiden Frauen ihrer Aufforderung nachkamen. »Was können wir für Sie tun?«, fragte Mrs. Chandler gerade heraus, als auch ihr Mann Platz genommen hatte.

Mina und Claire tauschten einen kurzen Blick aus, worauf Mina zuerst das Wort ergriff. »Ich wollte mich vorweg erst einmal bei Ihnen entschuldigen, Mr. Chandler. Bei unserem letzten Termin habe ich mich sowohl Ihnen als auch Ihrer Sekretärin gegenüber nicht gerade freundlich verhalten. Dafür gab es zwar ... Gründe.

Zumindest zu diesem Zeitpunkt. Doch diese haben sich wie Sie wissen als falsch herausgestellt und … ja, es war nicht richtig von mir. Ich hoffe, Sie nehmen die Entschuldigung an.«

Mr. Chandler schenkte Mina ein Lächeln. »Es war tatsächlich ein etwas … seltsamer Termin. Ich hatte mich gewundert, worüber Sie noch sprechen wollten. Gerade da Poppys Testament sehr ausführlich und klar beschrieben war. Jedenfalls danke ich Ihnen und nehme die Entschuldigung gerne an. Doch das war sicher nicht der einzige Grund, weswegen Sie gekommen sind?«, stellte der Notar fest und sah zwischen Mina und Claire hin und her.

»Da liegen Sie richtig«, ergriff nun Claire das Wort. Sie atmete einmal tief durch und setzte sich aufrechter auf ihren Stuhl. Die Hände vor sich auf dem Tisch verschränkt, wodurch ihr goldener Ehering im Licht der Lampen glänzte. »Ich bin aus einem völlig anderen Grund hier. Es geht um Tracy.«

Sofort sahen Mr. und Mrs. Chandler zuerst einander mit großen Augen an und drehten sich dann beinahe gleichzeitig zu ihrer Tochter um, die allerdings keine Regung zeigte. »Tracy?«, brachte Mr. Chandler schließlich hervor. »Warum?«

Es schien Claire Überwindung zu kosten, die nächsten Worte auszusprechen. »Es geht um den Unfall, den mein Mann verursacht hat, wie auch ich inzwischen weiß. Darf ich fragen, welche Verletzungen sie genau davongetragen hat? Bitte entschuldigen Sie meine Direktheit. Ich bin Ärztin.«

Mrs. Chandler gab bereitwillig Auskunft. Nacheinander rasselte sie alles herunter, wie sie das vermutlich schon unzählige Male getan hatte. »Tracy hat eine Rückenmarksverletzung erlitten.« Sie sah zu ihrer Tochter und griff nach ihrer Hand, die auf der Lehne des Rollstuhls lag. »Sie ist ab dem Hals abwärts gelähmt und kann dadurch weder Beine noch Arme bewegen. Es kam zu einem Herz-Kreislauf-Stillstand, wodurch das Gehirn ebenfalls geschädigt wurde. Sie ist nicht mehr imstande zu sprechen, versucht aber, sich durch Laute auszudrücken. Es ist ein Wunder, dass sie den Unfall überhaupt überlebt hat. Wir sind jeden Tag dankbar und tun alles dafür, ihr die bestmögliche Pflege zukommen zu lassen.« Wieder sah sie Tracy liebevoll an.

»Das ist sicherlich nicht einfach. Vor allem finanziell«, erwiderte Claire, worauf Mrs. Chandler mit zusammengepressten Lippen den Kopf schüttelte. Freddies Frau holte tief Luft, um sich für die folgenden Worte zu wappnen. »Auch ich habe erst vor wenigen Tagen erfahren, dass Freddie für den Unfall verantwortlich ist.« Claire kamen die Worte sichtlich nur schwer über die Lippen. Doch als sie einmal angefangen hatte, sprudelte es förmlich aus ihr heraus. »Er hat mir nie davon erzählt. Scheinbar wusste niemand darüber Bescheid außer seiner Mutter. Erst Mina«, sie deutete neben sich, »hat eine Art Tagebuch in Poppys Haus gefunden, in dem Poppy alles festgehalten hatte. Auch die Wahrheit über den Unfall. Freddie hat mit dieser Schuld nie abgeschlossen und über zwanzig Jahre lang jeden Monat Geld an das Krankenhaus gespendet, in dem Tracy behandelt wurde. Es tut mir wahnsinnig leid, was damals geschehen ist und ich wünschte, er könnte Ihnen und

Tracy dies selbst sagen. Denn ich weiß, wie sehr er darunter gelitten hat.« Claire schloss den Mund und mit einem Mal kehrte eine beinahe unheimliche Stille ein.

Während Mr. Chandler völlig abwesend wirkte und auf einen unbestimmten Punkt der Tischplatte starrte, liefen über das Gesicht seiner Frau ein paar Tränen. Sie griff über den Tisch hinweg nach der Hand ihres Mannes und drückte sie kurz, woraufhin er zum ersten Mal wieder aufsah und für einen Augenblick alle drei Chandlers miteinander verbunden waren. Der gesamte Gesichtsausdruck des Notars zeugte von nichts als Schmerz. Einem Schmerz, denn wohl nur Eltern nachvollziehen konnten, die ähnlich Schlimmes durchgemacht hatten. Einem Schmerz, der nie vollkommen vergehen würde.

Obwohl der Notar – und damit auch seine Frau – bereits seit Poppys Tod darüber Bescheid wussten, war ihnen der Schock deutlich anzusehen. Als würden erst Claires Worte das Ganze so richtig real machen.

Ein paar weitere Augenblicke vergingen, bis Mr. Chandler sich gewappnet fühlte, auf Claires Worte einzugehen. Mina sah, wie sich ihre Hände verkrampften, als er zum Sprechen ansetzte. Als hätte sie Angst davor, was er sagen würde. »Ich muss zugeben, es ist immer noch ein Schock«, begann er stockend. »Nicht nur, dass wir nun nach über zwanzig Jahren wissen, wer der Fahrer des Unfallwagens war, sondern auch, dass er praktisch aus der Nachbarschaft stammte. Es ... ist einerseits eine Erleichterung endlich Klarheit zu haben. Und doch ändert es nichts an dem, was geschehen ist. Es macht unser Kind nicht wieder gesund.«

»Selbstverständlich nicht. Aber Sie hatten das Recht, die Wahrheit zu erfahren. Ich jedenfalls bin Poppy sehr dankbar dafür, dass sie das noch vor ihrem Tod in die Wege geleitet hat. Auch wenn sie, aber vor allem mein Mann, diese Tat viel früher hätten gestehen müssen. Ich weiß, dass auch das Freddies Vergehen nicht wieder gutmacht, aber ich würde Ihnen gerne bei Tracys Versorgung unter die Arme greifen. Finanziell.«

Mina, die seit ihrer Entschuldigung kein Wort mehr gesagt hatte und das Gespräch lediglich stumm verfolgte, beobachtete, wie sich Mrs. Chandlers Griff um den Arm ihres Mannes verstärkte. Ihre Fingerknöchel traten weiß hervor und sicherlich würde Mr. Chandler ein paar rote Striemen davon tragen.

»Wir möchten kein Geld. Bisher sind wir hervorragend allein zurechtgekommen.« Zum ersten Mal, seit sie hergekommen waren, wirkte es, als würde der Notar gleich die Contenance verlieren. Mina hatte ihn noch dafür bewundert, wie ruhig er Claires Worte aufgenommen hatte.

Claire hob beschwichtigend die Hände. »Wie gesagt, ich bin selbst Ärztin und weiß, wie teuer all diese Therapien und die Versorgung im Heim sind. Es ist eine enorme finanzielle Belastung und es ist das Mindeste, dafür zu sorgen, dass Tracy die bestmögliche Behandlung erhält, das ich in Freddies Namen tun kann. Sicherlich haben Sie schon oft darüber nachgedacht, Pflegepersonal für zu Hause einzustellen?«

»Unzählige Male«, ergriff nun Mrs. Chandler das Wort. »Doch wir mussten schnell feststellen, dass das unmöglich ist. Wer hätte gedacht, dass das noch teurer ist, als die Pflege in einem Heim? Wir sind froh, Tracy zumindest an den Wochenenden bei uns zu haben.«

Claire nickte und schenkte der aufgelösten Frau ein warmes Lächeln. »Ich würde gerne die Unkosten für privates Pflegepersonal in Ihrem Haus übernehmen. Ebenso wie für einen Treppenlift«, sie deutete auf die Holztreppe, die in das obere Stockwerk führte, wo sich vermutlich die Schlafzimmer befanden, »damit Tracy die anderen Räume problemlos erreicht. Auch wenn Sie einen Umbau, beispielsweise im Badezimmer benötigen, wäre ich Ihnen hierbei gerne behilflich.«

Mrs. Chandler schlug die Hände vor dem Mund zusammen und schluchzte laut auf. Sie schien völlig überfordert von all den Geschehnissen in diesem Augenblick und konnte augenscheinlich nicht glauben, dass das wirklich passierte. »Das würden Sie tun?«, fragte sie mit bebender Stimme und ihr gesamter Körper zitterte, worauf ihr Mann sie fest in den Arm nahm.

»Wie gesagt, wäre es das Mindeste.«

Der Notar löste sich und sah Claire mit wachem Blick an. »Wir wissen dieses Angebot zu schätzen.«

»Das klingt nach einem Aber«, schaltete Mina sich zum ersten Mal wieder ein. So lange den Mund zu halten fiel ihr schwer und nun war es ausgerechnet im schlechtesten Moment aus ihr herausgeplatzt.

»Hast du das gehört mein Liebling? Bald kannst du immer hier sein. Zu Hause.«

Mr. Chandler sah zu seiner Frau, die ihr Glück kaum fassen konnte und ihrer gemeinsamen Tochter tränenüberströmt immer wieder auf die bereits feuchte Wange küsste.

Sein Gesichtsausdruck änderte sich, wurde weicher. »Kein Aber. Ich ... Wir«, sagte er mit einem weiteren Blick auf seine Familie. »Würden das Angebot gerne annehmen.«

27

Mina stand am Gleis des winzigen Bahnhofs des nächstgrößeren Ortes. Die Autofahrt war erstaunlich schweigsam verlaufen, als wüsste keiner von ihnen so wirklich, was er sagen oder wie er sich verhalten sollte. Ihr Zug würde in zehn Minuten kommen und sie zum Flughafen bringen, von dem wiederum ihr Flug zurück nach London ging.

Es war ein seltsames Gefühl, nun wieder in ihren normalen Alltag zurückzukehren. Mina würde lügen, wenn sie sagte, dass sie die Zeit in Green Hill nicht vermissen würde. Es war spannend, abenteuerlich und herzzerreißend gewesen. Aber vor allem hatte sie dort Menschen kennengelernt, die ihr innerhalb kürzester Zeit wahnsinnig ans Herz gewachsen waren.

Mr. Marvel miaute laut, als hätte er ihre Gedanken gelesen und müsste ihr verdeutlichen, dass es nicht nur Menschen, sondern auch ein gewisser Kater war. Sie bückte sich und nahm ihn auf den Arm, wo er sich schnurrend an ihre Wange presste. Spätestens jetzt war es um sie geschehen und ein paar Tränchen lösten sich aus ihren Augenwinkeln und fielen in Mr. Marvels Fell.

»Ich werde dich verrückten Kater vermissen. Aber ich darf dich nicht mit ins Wohnheim nehmen und ich bin mir sicher, dass es dir zu Hause in Green Hill ohnehin bessergeht. Ellison wird sich ganz wunderbar um dich kümmern und dir so oft es geht Leckerli backen.« Mina war immer noch ein wenig traurig darüber, dass es ihr verboten wurde, Mr. Marvel mit nach London zu nehmen. Sie hatte sich für ihn mit der Verwaltung des Wohnheims angelegt – aber keine Chance. Er durfte nicht mit ihr kommen. Doch das war definitiv kein Abschied für immer.

»Versprich dem Kater bloß nicht zu viel. Umso größer ist nur die Enttäuschung«, sagte nun Ellison, doch das liebevolle Lächeln auf ihren Lippen zeugte ihrer Worte Lügen. Sie ging auf die beiden zu und legte einen Arm um Mina, während sie mit der anderen Hand Mr. Marvel hinter den Ohren kraulte. »Mach dir keine Sorgen, es wird ihm an nichts fehlen.«

»Das weiß ich doch«, schniefte Mina wenig damenhaft. »Danke, dass er bei dir bleiben darf. Ich könnte mir kein Besseres zu Hause für ihn vorstellen als das B&B. Er gehört einfach nach Green Hill. In London würde er definitiv nicht glücklich werden.«

Collin gesellte sich ebenfalls zu ihnen, wodurch eine große Gruppenumarmung entstand. »Es wird hier verdammt langweilig ohne dich, Abbott.«

»Das wirst du von zu Hause in Edinburgh aus gar nicht bemerken«, erwiderte Mina. Doch Collin löste sich wieder und schüttelte den Kopf. »Ich habe mich entschieden, in Green Hill zu bleiben und Grandma zu unterstützen. Zumindest für die nächste Zeit, bis die Semesterferien vorbei sind und es zurück ans Gebäudezeichnen geht. Es gibt einiges zu renovieren und reparieren. Das ist für eine Person allein zu viel. Das musste dann selbst Granny einsehen.« Er warf Ellison einen vielsagenden Blick zu, woraufhin sie ihn liebevoll in die Seite knuffte.

Ein Lächeln breitete sich auf Minas Gesicht aus und ließ ihre Augen aufleuchten. »Aber das ist ja wunderbar! Ich bin mir sicher, dass das B&B dann mehr Gäste anlocken wird. Und Mr. Marvel hat gleich zwei Menschen, die sich rund um die Uhr um ihn kümmern. Besser hätte es ja kaum laufen können. Und für dich ist es vielleicht auch mal ganz gut, an echten Häusern zu arbeiten und in deinen Architekturkursen nicht nur welche aus Eisstielen zu bauen.«

Collin erwiderte ihr Grinsen und auch Ellison lächelte versonnen. Augenscheinlich war sie sehr glücklich darüber, ihren Enkel noch ein wenig länger um sich zu haben – und die Hilfe konnte sie gebrauchen.

Es war ein seltsames Gefühl, zu gehen. Sie war noch nicht mal zwei Wochen hier gewesen und doch kam es ihr deutlich länger vor. Allein schon, weil so viel geschehen war. Sie hatte einer Testamentsverlesung beigewohnt, einen dicken roten Kater geerbt, eine Leiche im Garten gefunden, einen Todesfall aufgeklärt und letztlich Claire dabei unterstützt, den Chandlers zu helfen.

»Ich bin froh, dass die Chandlers Claires Hilfsangebot angenommen haben. Sie wirkten so glücklich darüber, ihre Tochter bald jeden Tag zu Hause haben zu können. Am Montag sollen sogar schon die ersten Vorstellungsgespräche stattfinden«, sagte Mina und ihr Herz erwärmte sich bei dem Gedanken. Die Familie hatte aufgrund des Unfalls, den Freddie verursacht hatte, so sehr gelitten. Es war das einzig Richtige, ihnen zumindest so viel gemeinsame Zeit wie möglich zu verschaffen – und Claire würde alles tun, um sie dabei zu unterstützen.

Ellison zog ein Taschentuch aus ihrer Jackentasche hervor und schniefte hinein. »Claire hat wirklich ein gutes Herz. Immerhin hat niemand sie dazu gezwungen, mit den Chandlers zu sprechen. Sie hätte genauso gut entscheiden können, dass sie nach Freddies Tod und so vielen vergangenen Jahren seit dem Unfall nichts mehr damit zu tun hat. Doch sie hat für ihren Mann die Schuld aufgenommen und ist bereit, der Familie im Gegenzug zu helfen. Das ist eine große Geste.«

Collin und Mina nickten. Schweigen setzte ein und für einen Augenblick hingen alle drei ihren eigenen Gedanken nach. Mina ließ die vergangenen Tage Revue passieren und wusste, dass sie Green Hill mit einem lachenden und einem weinenden Auge verlassen würde.

»Es ist komisch, wieder nach London zurückzufahren«, sagte sie schließlich und sah zuerst Ellison, dann Collin an.

»Wie gesagt. Hier wird es mindestens genauso komisch ohne dich. Ich meine, wer verdächtigt jetzt das halbe Dorf, einen Mord begangen zu haben? Hier gibt es bestimmt noch ein paar andere Geheimnisse, in die du deine Nase hineinstecken könntest.«

Ellison lachte auf, wodurch sich die kleinen Fältchen um ihre Augen herum verstärkten. »Davon bin ich sogar mehr als überzeugt.«

Auch Mina konnte sich ein Grinsen nicht verkneifen. »Das klingt fast, als würdest du es vermissen, wenn ich meine Nase in die Angelegenheiten anderer stecke.«

»Es wird auf jeden Fall deutlich ruhiger und vermutlich langweiliger ohne dich werden«, räumte Collin ein und grinste. Für einen Augenblick schwiegen sie, sahen sich nur tief in die Augen.

»Du wirst uns doch nicht vergessen oder?«, flüsterte er schließlich mit rauer Stimme, ohne den intensiven Blick zu lösen.

Etwas in Minas Bauch rührte sich, als er noch ein Stück näher auf sie zu trat und schüttelte auf seine Worte hin den Kopf. »Das ist absolut unmöglich. Du ... ihr«, verbesserte sie sich schnell, »habt einen nachhaltigen Eindruck hinterlassen.«

Collins Augenbraue schoss in die Höhe und in seinen Augen blitzte etwas auf. »Dann freue ich mich schon darauf, wenn ich ... ich meine, wir ... diesen Eindruck bei unserem nächsten Treffen wieder bestätigen können.« Er zwinkerte ihr zu, worauf Minas Wangen brannten und sie zum ersten Mal seit einer gefühlten Ewigkeit den Blick senkte.

Ein lautes Miauen zerrte Mina raus aus dem Collin-Kokon und zurück in die Wirklichkeit, wodurch sie sich glücklicherweise nicht allzu lang der Scham wegen ihres Versprechers hingeben konnte. Mr. Marvel zappelte wie wild auf ihrem Arm herum und sie bemerkte erst in diesem Augenblick wieder, dass sie den armen Kater die ganze Zeit über festgehalten hatte. Vorsichtig setzte sie ihn auf dem Boden ab, wo er sich sofort einen winzigen Streifen Gras suchte, um sein Geschäft zu verrichten.

Collin lachte beim Anblick des Katers laut auf. »Na wenigstens hat er gewartet, bis du ihn heruntergelassen hast«, sagte er, worauf Ellison und Mina in sein Lachen mit einstimmten.

»Ihr müsst mir versprechen, ganz viele Fotos zu machen und mir zu schicken. Von Mr. Marvel, dem B&B, dem Garten ... Oh, und du musst mir unbedingt berichten, was beim nächsten Gartenwettbewerb herauskommt. Und natürlich, wie es bei den Chandlers mit der Suche nach Pflegepersonal läuft und wie es jetzt mit Poppys Herrenhaus weitergeht. Und ...«

»Überhaupt sowieso absolut alles, was in Green Hill passiert«, unterbrach Collin sie und grinste sie spitzbübisch an.

»Das hast du gut zusammengefasst. Ich will einfach alles wissen, bevor es mir in der Großstadt zu langweilig wird. Also vergesst bloß nicht, mich auf dem Laufenden zu halten.«

Collin rollte mit den Augen, wie er es so oft getan hatte. Doch dieses Mal lag dabei ein Lächeln auf seinen Lippen, das die kleinen Grübchen auf seinen Wangen zum Vorschein brachte. »Keine Sorge, du bekommst stündlich Updates darüber, wer in Green Hill, wann das Haus verlässt. Wir schreiben dir selbst dann, wenn eine Grille anfängt zu husten, versprochen.«

»Minütlich wolltest du wohl sagen.«

Das laute Rattern des einfahrenden Zuges unterbrach ihr Geplänkel und Minas Herz zog sich zusammen. Nie hätte sie vor knapp zwei Wochen gedacht, dass der Abschied ihr so schwerfallen würde – und doch war es so. Rasch drückte sie Mr. Marvel ein letztes Mal an sich und kraulte ihn zwischen den Ohren, bevor sie Ellison und Collin umarmte.

Sie blieben in der Gruppenumarmung stehen, bis der Zug mit laut quietschenden Bremsen stehen blieb. Dann lösten sie sich langsam voneinander. Ellison und Minas Blicke trafen aufeinander und sie mussten beide leise und ein wenig erstickt lachen, als sie Tränen in den Augen der jeweils anderen schimmern sahen.

»Komm gut nach Hause, Mina. Melde dich, wenn du angekommen bist, in Ordnung?« Ellison streichelte ihr sanft über die Wange und Mina nickte.

»Das werde ich. Macht es gut!« Sie griff nach ihrem Koffer und ging auf den Zug zu. Auf dem Weg zu der ihr am nächsten offen stehenden Tür drehte sie sich immer wieder um und winkte Ellison und Collin, der Mr. Marvel auf den Arm genommen hatte, zu.

Mina stieg ein, verstaute ihren Koffer in der Ablage über sich und setzte sich dann an einen der Fensterplätze, von dem aus sie die drei am Bahngleis sah. Ellison winkte ihr, während Collin nach einer Pfote von Mr. Marvel griff und mit ihr Winkbewegungen vollführte, was Mina zum Lachen brachte.

Der Zug setzte sich in Bewegung und Mina winkte so lange, bis Ellison, Collin und Mr. Marvel außer Sicht waren. Tränen liefen ihr über die Wange, während sie gleichzeitig lächelte. Denn eines war Mina klar: Das war kein Abschied für immer. Nichts würde sie davon abhalten, diesen verrückten Haufen wiederzusehen – und wer wusste schon, was ein erneuter Besuch bei Ellison, Collin und Mr. Marvel für sie bereithielt. Abenteuerlich würde es ganz sicher werden.

Danksagung

Mit diesem Buch durfte ich ein weiteres erstes Mal in meiner kleinen Autorenwelt erleben: Meinen ersten Cosy Crime schreiben. Doch ohne die Unterstützung ein paar toller Menschen wäre das nicht möglich gewesen – und jetzt ist genau der richtige Zeitpunkt um einmal »Danke« zu sagen!

Wie immer, Family first: Danke für euren Glauben an mich und meine Geschichten. Das bedeutet mir unheimlich viel.

Ben: Danke, dass du in einem manchmal schwierigen Jahr immer ein offenes Ohr für mich hattest, mich aufgemuntert hast, wenn ich einmal (oder dreißigmal) gezweifelt habe und mich ermutigt hast, meine Träume zu verfolgen. Für all das – und noch so vieles mehr – kann ich dir nicht genug danken.

Das Team von digital publishers: Ich danke euch für die Chance, meine Geschichten in die Welt entlassen zu dürfen und auch dafür, dass ich mit dieser Cosy Crime Reihe einen für mich ganz neuen Weg einschlagen konnte. Vielen lieben Dank für die tolle Zusammenarbeit.

Meiner phänomenalen Lektorin Dani: Ich kann dir nicht sagen, wie happy ich darüber war, dass wir auch an dieser Reihe wieder zusammengearbeitet haben. Durch deine tolle Arbeit lerne ich so unglaublich viel dazu und werde zu einer besseren Autorin. Danke, dass du jedes meiner Bücher durch deine Anmerkungen besser machst!

Und zum Schluss: Ein riesengroßes Dankeschön an euch, meine lieben Leserinnen und Leser. Danke, dass ihr die Geschichte von Mina, Mr. Marvel, Ellison & Co. gelesen und sie bei ihrem mörderischen Abenteuer in Green Hill begleitet habt – das bedeutet mir unheimlich viel. Und eines kann ich euch versprechen: Es ist noch nicht vorbei! Dieses Trio wird noch mehr Fälle aufzuklären haben – und ich hoffe, wir lesen uns dann wieder!

Ich danke euch von Herzen!

Eure Jeannine